책 산책가

책 산책가

원작 Der Buchspazierer

초판 1쇄 발행 2023년 4월 29일

초판 2쇄 발행 2023년 10월 6일

지은이 카르스텐 헨 | **옮긴이** 이나영

발행인 도영 | **편집** 하서린, 이혜숙

내지 디자인 design studio page9 | **표지 디자인** 씨오디 | **표지 일러스트** 김지혜

발행처 그러나 (등록 2016-000257) | **주소** 서울시 마포구 동교로 142, 5층(서교동)

전화 02) 909-5517 | **팩스** 0505) 300-9348

이메일 grunabooks@gmail.com

ISBN 978-89-98120-90-0 03850

책값은 뒤표지에 있습니다. 파본은 구입처에서 교환해 드리며, 관련 법령에 따라 환불해 드립니다.

책 산책가

카르스텐 헨 지음 | 이나영 옮김

그러나

모든 책방 주인과 점원들에게 바칩니다.
힘든 상황에서도 우리에게 아주 특별한 양식을
제공해 주시는 분들입니다.

"소설은 바이올린의 활이요, 그 울림통은 독자의 영혼이다."

스탕달

일러두기

1. 모든 각주는 옮긴이 주입니다.
2. 등장인물 '칼 콜호프'의 이름은 국립국어원 외래어표기법을 따르면 '카를'이 올바르지만, 번역자의 의견에 따라 '칼'로 표기했습니다.

차례

독립한 민중 · 8

이방인 · 42

적과 흑 · 85

위대한 유산 · 120

말 · 166

흔적 · 204

밤 끝으로의 여행 · 259

감사의 말 · 302

독립한 민중[*]

책은 독자가 있기 마련이다. 그렇지만 가끔은, 독자가 그 책을 발견할 수 있도록 도와주는 길잡이가 필요하다. 늦여름 어느 날, 암 슈탓토어[**]라는 책방에서도 그랬다. 책방 이름은 암 슈탓토어였지만, 사실 이 도시 사람들이 대단한 예술 작품이라 여기는 성문, 더 엄밀히 따지자면 그 성문의 잔해들은 책방에서 세 블록이나 떨어져 있다.

명랑함과 소박함, 새것과 오래된 것의 공존은 건물 외관뿐만 아니라 내부에서도 드러났다. DVD와 CD가 진열된 빨

• 할도르 락스네스Halldór Laxness『독립한 민중Sjálfstætt fólk』

•• 암 슈탓토어Am Stadttor: 성문에, 성문 앞이라는 뜻

간 플라스틱 선반 옆에는 만화책이 꽂힌 광택 없는 철제 선반이 있다. 그 옆 반짝이는 유리장에는 지구본이 가지런히 놓여 있고, 나무 선반에는 책이 나란히 꽂혀 있다. 이 책방에서는 보드게임, 문구류, 차 그리고 최근에는 초콜릿까지도 판다. 다소 어수선한 이 공간에 어둡고 육중한 계산대가 있어 중심을 잡아 주는데, 직원들은 제단이라고 부른다. 제단은 바로크 시대의 것인 듯, 앞쪽에는 화려한 말을 타고 달리며 멧돼지 떼를 쫓는 사냥꾼들과 이들을 뒤따르는 다부진 사냥개 무리가 조각되어 있다.

책방의 존재 이유를 묻는 질문이 이 책방에서도 울려 퍼졌다.

"좋은 책 한 권 추천해 주실 수 있나요?"

이 질문을 한 우르젤 셰퍼는 무엇이 좋은 책을 결정하는지 정확히 알고 있었다. 첫째, 좋은 책은 어쩔 수 없이 눈이 감길 때까지 침대에서 계속 읽고 싶을 만큼 흥미진진해야 한다. 둘째, 적어도 세 군데 아니 네 군데에서는 눈물이 나야 한다. 셋째, 300쪽은 넘되 380쪽은 절대 넘지 말아야 하며 넷째, 표지는 초록색이면 안 된다. 초록색 표지의 책들은 믿을 것이 못 된다. 여러 차례 쓴 경험을 하고 내린 결론이었다.

"그럼요."

3년 전부터 암 슈탓토어 책방을 운영하고 있는 자비네

그루버가 대답했다.

"어떤 책을 좋아하세요?"

우르젤 셰퍼는 그걸 알려 주고 싶지 않았다. 자비네 그루버가 책방 주인이기 때문에 기본적으로 어느 정도의 신통력을 가지고 있길 바랐다.

"세 가지 키워드를 주시면 맞는 책을 골라 드릴게요. 사랑, 영국 남부, 페이지 터너는 어떠세요?"

"저기, 혹시 콜호프 씨 계시나요?"

다소 짜증이 섞인 목소리로 우르젤 셰퍼가 물었다.

"제가 뭘 좋아하는지 늘 잘 아시거든요. 그분은 누가 뭘 좋아하는지 늘 알고 계세요."

"아니요, 오늘은 안 계시네요. 콜호프 씨는 이제 가끔씩만 나와요."

"정말 아쉽네요."

"여기, 손님을 위한 책인데요. 콘월에서 펼쳐지는 가족소설이에요. 여기 표지를 보시면 아름다운 저택과 대정원이 그려져 있어요."

"표지가 초록색이네요."

우르젤 셰퍼가 자비네 그루버를 비난의 눈빛으로 쏘아보며 말했다.

"진초록이라니!"

"이야기의 대부분이 던버러 백작의 아름다운 대정원에서 펼쳐지기 때문이죠. 평점도 다 좋아요."

무거운 책방 문이 열리고 그 위에 달린 작은 구리종이 밝게 울렸다. 칼 콜호프가 우산을 접어 능숙하게 털고는 우산꽂이에 꽂았다. 칼의 시선은 자신이 고향이라고 여기는 책방을 훑으며, 고객의 품에 안기고 싶어 하는 신간들을 찾았다. 마치 자신이 바닷가에서 조개를 줍는 사람처럼 느껴졌다. 누군가 집어 들어 거친 모래를 털어 주기만을 바라는 조가비 몇 개가 단번에 눈에 들어왔다. 그러나 우르젤 셰퍼가 눈에 띈 순간, 그 보물들은 갑자기 그리 중요하지 않게 되었다. 우르젤은 그동안 추천받아 읽은 소설들 속에서 자신이 반했던 모든 매력적인 남자들의 집합체라도 본 듯, 칼을 향해 애정 어린 미소를 띠고 있었다. 그중 어떤 남자와도 닮지 않았는데도 말이다. 칼은 예전에는 배가 약간 나왔지만, 그 배는 세월이 흐르면서, 머리숱과 떠나자고 서로 약속이라도 한 듯 함께 사라졌다. 일흔둘, 오늘의 그는 야위었지만, 예전에 입었던 큰 옷을 아직도 입고 다녔다. 지난번 책방 사장은 칼이 이제 탄수화물도 없는 책 속의 단어들만 먹고 사는 것처럼 보인다고 얘기하곤 했다. 그럴 때마다 칼은, 그래도 영양가는 많다고 대꾸했다.

칼은 늘 투박하고 무거운 신발을 신었다. 두꺼운 검은 가죽에 밑창이 하도 튼튼해서 한평생 신어도 될 것 같은 신발이었다. 그리고 질 좋은 양말도 꼭 신었다. 그 위로는 올리브색 멜빵바지와 옷깃이 있는 같은 색의 외투를 걸쳤다.

비나 강한 햇살로부터 눈을 보호하려고 늘 창이 좁은 병거지를 썼다. 잘 때를 빼고는 실내에서도 모자를 벗지 않았다. 모자를 쓰고 있지 않으면 왠지 옷을 다 입지 않은 것처럼 허전했다. 몇십 년 전 어느 골동품 가게에서 산 안경도 모자처럼 쓰지 않은 모습을 거의 볼 수 없었다. 그 안경 뒤에는, 늘 어두침침한 곳에서 오랫동안 독서를 한 듯한 칼의 지적인 눈이 있었다.

"셰퍼 씨, 안녕하세요. 또 뵙는군요."

칼이 우르젤 셰퍼 쪽으로 가면서 인사했다. 우르젤 역시, 자비네 그루버한테서 벗어나 칼 쪽으로 걸어왔다.

"셰퍼 씨, 침실 탁자에 놓고 보기에 딱 좋은 걸로 제가 한 권 추천해 드려도 될까요?"

"아우 그럼요. 지난번에 추천해 주신 책 정말 좋았거든요. 무엇보다 주인공들이 마지막에 서로의 눈을 바라봤잖아요. 마무리를 확실하게 하기 위해서는 키스가 더 좋았겠지만. 이 경우에는 서로를 바라본 것만으로도 만족할래요."

"그 정도면 키스만큼이나 강렬했죠. 때론 키스보다 강렬한 눈빛도 있으니까요."

"제 키스라면 눈빛도 이기기 힘들걸요!"

말을 내뱉는 순간 우르젤 셰퍼는 자신이 낯설게도 뻔뻔하게 느껴졌다. 오랜만에 느껴 보는 감정이었다.

"이 책은 말이죠…"

칼이 계산대 앞에 놓인 책 더미 가운데 한 권을 집으며 말했다.

"입고되자마자 셰퍼 씨를 기다리고 있었답니다. 프로방스가 배경이라 단어 하나하나에서 라벤더 향이 나죠."

"와인색 책들이 최고예요! 키스로 마무리되나요?"

"제가 결말을 알려 드린 적이 있었던가요?"

"없죠!"

우르젤은 칼을 한 번 흘기고 책을 가로챘다.

물론 해피엔딩으로 끝나지 않는 소설을 권해 준 적은 없다. 하지만 이번에는 결말이 달라질 수도 있겠다는 일말의 긴장감을 칼은 절대 빼앗고 싶지 않았다.

"책이 있어서 얼마나 좋은지 몰라요. 책은 절대 변하지 않았으면 좋겠어요. 모든 것이 너무 많이, 너무 빨리 변해서요. 이제는 모두가 카드로만 계산하잖아요. 제가 계산대 앞에서 동전을 딱 맞게 찾아서 내면 사람들이 좀 이상하게 쳐다보더라고요."

"종이책은 늘 있을 거예요, 셰퍼 씨. 어떤 것들은 더 나은 방법으로 표현될 수가 없거든요. 그리고 책은 생각과 이야기를 저장할 수 있는 가장 좋은 방식이에요. 그 속에서는 수백 년 동안도 보존할 수 있죠."

따뜻한 미소로 인사를 하고 칼 콜호프는 광고 포스터로 뒤덮인 문을 통해 책방의 창고이자 사무실 공간으로 쓰는 방으로 들어갔다. 책상은 책 더미로 가득했고, 오래된 컴퓨터의 모니터 가장자리는 노란색 메모지로 가득했으며, 벽에 걸린 대형 연간 계획표는 빨간색으로 적힌 일정으로 가득했다.

칼의 책들은 언제나처럼 가장 어두운 구석에 처박혀 있는 검은 플라스틱 상자 안에 들어 있다. 예전에는 당당히 책상 위에 자리를 잡고 있던 상자였지만, 자비네가 아버지한테서 책방을 물려받은 뒤부터는 매일 조금씩 옮겨져 가장 닿기 어렵고 접근하기 힘든 구석 자리까지 밀려나게 되었다. 이제는 칼이 책을 배달해 줄 사람들이 별로 없었다. 해마다 점점 더 줄어들고 있었다.

"콜호프 씨, 좋은 아침요! 경기 보셨어요? 아, 절대 페널티 킥이 아니었는데! 아직도 그 심판 생각하면 정말 짜증 나요."

마침 신입 학생 인턴 레온이 작은 직원 화장실에서 나왔다. 담배 연기와 함께. 칼에게 이런 질문을 하는 게 아무 의미 없다는 걸 다른 사람들은 알았을 텐데⋯. 칼은 뉴스도 안 보고, 라디오도 안 듣고 신문도 안 읽기 때문이다. 스스로도 가끔 인정하지만, 칼은 속세에서 조금 떨어져 나갔다. 그건 의식적인 결정이었다. 능력 없는 정치인, 녹아내리는 극지방 그리고 난민들의 고생에 대한 보도가 언젠가부터 책에서 볼 수 있는 가장 슬픈 가족 드라마보다도 더 마음을 아프게 했기 때문이다. 자기방어였다. 자신의 세계가 훨씬 작아지기는 했다. 그 세계는 이제 2제곱킬로미터 정도밖에 되지 않았고, 칼은 매일 그 경계 위를 걸어 다녔다.

"조셉 로이드 카가 쓴 멋진 축구 소설•을 아니?"

칼은 심판 문제로 맞장구를 치는 대신 다른 질문으로 말을 돌렸다.

"우리 팀 이야기예요?"

"아니, 스티플 신더비 원더러스 팀 이야기야."

"잘 모르겠네요. 근데 전 어차피 책 안 봐요. 꼭 읽어야 할 때만 봐요. 학교 과제 할 때나요. 근데 그럴 때도 책보단 차라리 영상을 찾아봐요."

그렇게 해서 선생님들보다 한 수 위라도 된 듯 레온은 회심의 미소를 지었다. 자기 자신을 속이는 일인 줄도 모르고.

"그럼, 실습은 왜 여기 와서 하는 거니?"

• 조셉 로이드 카Joseph Lloyd Carr의 『How Steeple Sinderby Wanderers Won the F.A. Cup』

"3년 전에 우리 누나도 여기서 인턴을 했거든요. 저 모퉁이만 돌면 우리 집이라, 가까워요."

인턴 자리를 못 구한 학생들은 2주 동안 학교 청소를 해야 한다는 얘기는 은근슬쩍 뺐다. 학교 관리인이 이 시기를 십분 활용해 (만행을 저지른 모든 학생을 대표하는) 예비 실습생들에게 세상 치욕적인 일을 시켜 가면서 그동안의 벽면 가득한 낙서와 오래된 껌딱지와 화단에 버려진 빵 조각에 대한 복수를 해 왔다.

"누나는 책 좀 보니?"

"여기서 일하고부터는 좀 보긴 하더라고요. 전 절대 그럴 일 없을 거지만."

칼은 레온의 누나가 책을 보기 시작한 이유를 알고 있어서 흐뭇한 미소를 지었다. 이제는 뮌스터블릭 시니어 홈에 살고 있지만, 자신의 이전 사장인 구스타프 그루버는 레온이나 그의 누나처럼 책 읽기를 꺼리는 사람을 어떻게 다루어야 하는지 너무도 잘 알고 있었다. 우선 비닐 포장된 축하 카드를 한 장 한 장 닦게 했다. 그러면 인턴은 너무 지겨운 나머지 지푸라기라도 잡는 심정으로 주변에 보이는 책을 집어 들곤 했다. 사장이 머리를 굴려 전략적으로 놓아둔 책을. 그렇게 모두 구스타프 그루버의 작전에 걸려 책을 읽게 되고야 말았다. 구스타프 그루버는 아이들도 잘 다루었다. 반면 칼에게 아이

16

들은 낯선 존재와도 같았다. 자신이 아이였을 때부터 그랬다. 그리고 어린 시절과 멀어지면 멀어질수록 더 낯설어지고 더 이상한 느낌으로 다가왔다.

　당시 구스타프 그루버는 뱀파이어와 사랑에 빠진 어린 소녀에 대한 소설로 레온의 누나를 꾀었다. 한창 사춘기인 레온에게는 아마도 표지에 예쁜 10대 소녀가 있는 책을 두었겠지. 행간이 너무 빽빽하지 않은 책으로다가. 구스타프 그루버는 어떤 책을 읽는지는 그리 중요하지 않고, 읽는 것 자체가 중요하다고 늘 말하곤 했다. 칼은 그 말이 모든 출판물에 해당하지는 않는다고 생각했다. 앞표지와 뒤표지 사이에 있는 어떤 이들의 생각은 독과도 같기 때문이다. 물론 그보다는 치유가 담겨 있는 경우가 훨씬 더 많았다. 가끔은 치유가 필요하다고 생각조차 못 했던 부분도 치유를 받을 때가 있었다.

　칼은 검은 플라스틱 상자를 조심스럽게 구석에서 꺼냈다. 오늘은 책이 세 권뿐. 모두 길을 잃은 듯 상자 속에 놓여 있었다. 칼은 책 한 권, 한 권을 선물처럼 포장하기 위해 갈색 크라프트지와 끈을 찾았다. 포장을 그만두고 그 수고와 비용을 아끼라고 자비네 그루버가 이미 여러 차례 말렸지만, 칼은 자신의 고객들이 그걸 기대한다면서 포장을 고집했다. 스스로 의식하지는 못했지만, 칼은 모든 책을 두꺼운 크라프트지로 감싸기 전에 한번씩 쓰다듬어 줬다.

마지막으로 칼은 자신의 올리브색 군용 배낭을 챙겼다. 배낭은 세월의 흔적이 보이긴 했지만 칼의 보살핌과 사랑 덕분에 상태가 상당히 좋았다. 아직은 비어 있어 얼핏 부피가 작아 보이지만 천의 주름은 아직은 원래의 배낭 모양이 아니라는 것을 보여 주었다. 칼은 배낭 바닥에 폭신한 양모 담요를 깔고 책들을 조심스럽게 두꺼운 천 가방에 집어넣었다. 마치 새로운 주인에게 데려가는 강아지처럼. 가장 큰 책은 등에 닿는 쪽으로, 가장 작은 책은 등에서 가장 먼 자리에 집어넣었는데, 그렇게 해야 원형의 배낭 모양에 책이 손상되지 않기 때문이다.

칼은 나가는 길에 잠시 생각에 잠기더니, 레온에게 말을 걸었다.

"축하 카드 좀 닦아 주겠니? 사장님이 아주 좋아할 거야. 아예 이쪽으로 들고 오는 편이 낫겠구나. 그러면 여기서 마음 편히 할 수 있을 테니까. 난 늘 여기 책상에 앉아서 했단다."

칼은 조금 전 책장에서 눈여겨본 닉 혼비의 『피버 피치』를 얼른 책상에 올려 두었다. 표지의 축구장이 마음을 끄는 녹색이었다. 우르젤 셰퍼는 분명 그 색 때문에 눈길조차도 주지 않겠지만.

칼은 배달길을 자신의 '한 바퀴'라고 말하는데 실제로는 도심 속을 가로지르는, 직각도 없고 대칭도 없는 다각형에 가까운 경로였다. 백발노인의 치아가 빠지듯, 성문의 잔해가 사라지고 있는 그곳이 자신의 세계의 끝이었다. 칼은 34년 동안 이 세계를 벗어난 적이 없다. 사는 데에 필요한 건 모두 그 속에 있기 때문이다.

칼 콜호프는 많이 걸어 다녔는데, 많이 걷는 만큼 사색도 많이 했다. 가끔은 걸어야지만 제대로 생각을 할 수 있는 것처럼 느껴지기도 했다. 마치 자갈 포장도로 위의 발걸음이 생각을 작동시키기라도 하듯.

도시 속을 걷고 있으면 잘 모를 수도 있지만 모든 산비둘기와 참새는 이 도시가 둥근 형태라는 것을 알고 있었다. 대성당이 한가운데에 우뚝 솟아 있고, 오래된 집과 골목길이 그 주변을 둘러싸고 있다. 도시가 기찻길 모형의 일부였다면 대성당만 다른 배율로 지었을 거라는 생각이 들 정도로 웅장하게 서 있었다. 이 도시가 한때나마 매우 부유했을 때 지은 것이었다. 그러나 미처 다 완공되기도 전에 호황기가 끝나 버려서 지금까지도 탑 하나는 미완성인 채로 남아 있었다.

집들은 마치 경외심을 표하듯 대성당을 둘러싸고 있었다. 특히나 오래된 건물들은 머리를 살짝 숙이고 있는 것처럼 보이기도 했다. 대성당은 집들과 조금 떨어져 있는데, 바로 이곳에 이 도시의 가장 크고 아름다운 광장인 대성당 광장이 있다.

광장에 발을 내딛자 칼은 또다시 누군가에게 관찰을 당하는 듯한 느낌을 받았다. 숲속 빈터에 선 사슴이 사냥꾼의 시선과 총구에 꼼짝없이 노출된 것처럼. 칼은 평소의 자신이 사슴과는 거리가 멀어 이내 실소가 나왔다. 대성당 광장은 이 도시에서 향이 가장 짙은 곳이었다. 전해 오는 이야기에 따르면, 17세기에 도시가 포위당했을 당시 어느 빵집 주인이 초코크림 필링에 슈거 파우더를 뿌린 '눈 맞은 바퀴'라고 하는 도넛을 만들었는데 포위군에게 이 빵을 나누어 주며 떠나 주십사 하는 시민들의 뜻을 전달했다고 한다.

사실 이 고칼로리 빵은 그로부터 200년 후에나 만들어졌다. 문헌상으로도 고증된 사실이었다. 그런데도 전설은 계속해서 입에서 입으로 전해지고 도시의 방문객들도 사실 여부를 떠나 그 이야기를 좋아했다.

칼의 발걸음은 늘 대성당 광장 자갈 포장도로의 같은 돌들을 밟고 지나갔다. 천천히 그리고 한결같이. 누군가가 길을 막고 있으면 기다렸다가 잃어버린 시간을 만회하기 위해 다음 발걸음을 재촉하곤 했다. 광장을 지나는 경로는 장날에도 장애물 없이 지나갈 수 있도록 짜 놓았다. 게다가 눈 맞은 바퀴를 파는 광장 주변의 빵집 네 곳은 최대한 멀리 둘러서 피해 갔다. 이제는 더 이상 그 기름지고 뜨거운 빵 냄새를 견딜 수가 없어서였다.

칼은 베토벤길에 접어들었다. 이름은 베토벤길이었지만 오히려 골목에 가까워 음악의 대가의 이름을 붙이기에는 영 부족해 보였다. 도시계획부처의 한 직원이 자신의 역량으로 그 일대의 모든 길에 유명 음악가들의 이름을 붙여 버렸는데, 가장 좋아하는 슈베르트의 이름은 제일 큰 길에 붙여 주고 나머지는 신경을 덜 쓴 듯했다.

칼 콜호프는 몰랐지만, 그 순간 자신의 세계의 정중앙에서 있었다. 칼의 세계는 18번과 57번 트램 노선(도시에는 트램 노선이 일곱 개밖에 없었지만, 대도시 교통수단의 느낌을 내려고 한 것이다), 북쪽의 고속도로 그리고 강을 경계로 하고 있었다. 이 강으로 말할 것 같으면, 성대가 채 다 자라지 못해 제대로 소리가 나오지도 않는데 가끔 포효하는 것을 흉내 내는 어린 사자처럼, 1년의 대부분은 그림같이 졸졸 흐르다가 봄에 며칠은 물이 불어나는 그런 강이었다.

오늘 칼의 첫 행선지는 살리에리길에 사는 크리스티안 폰 호헨에쉬 씨네였다. 호헨에쉬 씨네 저택은 어두운 돌로 지었는데, 조금 안쪽에 있어서 바쁘게 지나가는 사람들은 그 건물이 얼마나 아름다운지 몰랐다. 저택은 마치 화려한 날개를 펴기만을 기다리며 웅크리고 있는 검은 백조 같았다. 건물 뒤에는 거대한 떡갈나무로 둘러싸인 네모난 정원이 있었다. 그 정원에는 벤치가 세 개 있는데, 그 덕분에 호헨에쉬 씨는 낮 시간에는 언제든지 햇살을 받으며 책을 볼 수가 있었다.

칼은 호헨에쉬 씨가 상당한 부자라는 것은 알고 있었지만, 이 도시에서 가장 부유한 사람이라는 사실은 몰랐다. 그건 아무도 몰랐다. 심지어 호엔에쉬 본인도 자신을 다른 사람과 비교하질 않아서 모르고 있는 사실이었다. 호엔에쉬 가족은 여러 세대 전에 강가에서 무두질 공방을 운영해 큰 부를 쌓았고, 산업화 시기에 그 재산을 잘 지켜 냈다. 크리스티안 폰 호헨에쉬는 그래서 일을 하지 않고, 일을 맡기는 입장이었다. 주식과 금고가 모든 경제 활동을 대신해 주고 있었다. 본인은 자신의 자산관리사만을 관리했다. 하루에 한 번은 가사도우미가 와서 요리하고, 사용하는 몇 안 되는 방들을 청소했다. 햇살이 계속해서 책에 닿을 수 있도록 일주일에 한 번은 정원사가 왔고, 한 달에 한 번은 건물 관리 서비스 회사에서 들렀다. 그리고 월요일에서 금요일까지는 칼이 새로운 책을 가지고, 대체로 전날 받은 책을 이미 다 읽어 버린 호헨에쉬 씨를 찾아왔다. 칼이 아는 한, 호헨에쉬 씨는 아주 오랫동안 자신의 왕국을 벗어나지 않고 있었다.

칼은 구리 막대기를 잡아당겨서 저택 안에 저음의 종소리를 울리고 자신이 왔음을 알렸다. 늘 그렇듯, 무겁고 삐걱거리는 나무 문을 단 한 틈만 열어 주기 위해 집주인이 길고 어두운 복도를 지나오는 데에는 상당한 시간이 걸렸다. 크리스티안 폰 호헨에쉬 씨는 절대 밖으로 나오지 않았다. 짙은 머리색에 키가 컸으며, 기품 있는 광대와 각진 턱이 두드러지는 준수한 외모의 남자였다.

그리고 그에게는 어떤 슬픔이 잿빛 가루처럼 드리워져 있었다. 늘 남색 더블 재킷을 입고 옷깃에는 싱싱한 흰 난초꽃을 꽂고 있었고, 까만 가죽 구두는 오페라극장의 무도회에 갈 것처럼 반짝거렸다. 사실 호헨에쉬 씨는 자신의 옷차림이 보여 주는 것보다 훨씬 젊었다. 이제 막 서른일곱이 되었다. 그런데 청소년기 때부터 입어 왔던 옷이라 다른 이들에게 청바지가 편하듯 호엔에쉬 씨에게는 양복이 그랬다.

"콜호프 씨, 너무 늦으셨네요. 7시 15분으로 시간을 정하지 않았습니까?"

호헨에쉬 씨의 인사였다. 칼은 마땅히 고개를 숙였다. 그러고는 주문받았던 책을 배낭에서 꺼냈다.

"여기, 주문하신 새 소설책입니다."

칼은 오는 길에 약간 흐트러진 리본의 매무새를 다듬었다.

"콜호프 씨께서 추천해 주셨지요. 제게 맞는 책이기를 바랍니다."

호헨에쉬 씨는 책을 받아 들었지만 풀어 보지는 않았다. 소설은 아리스토텔레스가 알렉산더 대왕에게 한 교육에 대한 내용이었다. 호헨에쉬 씨는 철학적인 책만 읽었다.

호헨에쉬 씨는 책의 무게에 맞춰 칼에게 팁을 건넸다. 무게는 미리 검색해 두었다.

"다음번에는 제때에 오십시오. 시간 엄수는 왕의 예의입니다."

"좋은 저녁 시간 보내십시오. 또 뵙겠습니다."

"콜호프 씨께도 좋은 저녁이 되길 바랍니다."

크리스티안 폰 호헨에쉬 씨가 무거운 문을 닫았다. 그리고 문이 닫히는 순간, 저택은 죽은 듯이 보였다.

저택의 주인은 칼을 교양과 매너를 갖춘 영혼의 동족으로 여겼기 때문에 칼과 함께 책과 저자들에 대해 이야기를 나누고 싶었지만, 세월이 가면서 자신이 알고 있던 초대의 인사말은 어디론가 사라져 버렸다. 분명히 큰 저택의 수많은 방 중 하나에서 잃어버렸을 것이다.

칼은 크리스티안 폰 호헨에쉬 씨를 떠났다. 엄밀히 말하면 또 다른 누군가한테서 떠난 것이다. 칼은 현실 세계를 소설에 반영해서 보기 때문이다. 칼에게 이 도시는 책의 등장인물들이 사는 곳이었다. 다른 시대 혹은 어느 먼 나라에 살고 있는 주인공들인데도 말이다. 크리스티안 폰 호헨에쉬 씨는 처음으로 자신의 무거운 저택 문을 열어 준 그 순간부터 제인 오스틴의 『오만과 편견』에서 튀어나왔다. 칼은 조금 전, 18세기 더비셔의 펨벌리 저택과 그 주인, 부유하고 지적인 신사이면서 나무랄 데 없는 매너를 갖췄지만 매번 조금은 오만하고 거칠게 느껴지는 피츠윌리엄 다아시를 떠난 것이다.

칼에게 이런 습성이 생긴 이유는 소설 주인공들 외에는 이름을 잘 기억하지 못했기 때문이다. 그건 학교를 다닐 때부터 그랬다. 보통 선생님들은 변기닭이솔, 모르핀 왕자, 침뿜뿜 같은 그다지 긍정적이지 않은 별명으로 불리곤 했는데 칼은 이들에게 다른 별명을 붙여 줬다. 오디세우스, 트리스탄이나 걸리버 같은. 그리고 동창들과는 달리 칼은 아비투어*를 마친 후에도 계속해서 사람들에게 별명을 붙였다. 그리하여 칼이 직업 연수를 받으러 책방에 다닐 때 늘 마주치던 찢어진 군복을 입은 젊은 펑크족은 용감한 병사 슈베이크**가 되었다. 사과를 사던 과일 가게 아주머니는 『백설공주』의 마녀였다. 다행히도 팔던 과일에 독을 넣을 생각은 안 하셨던 것 같지만. 그러다 언젠가 자신의 도시가 온통 문학 속 인물로 가득하다는 것을 새삼 깨달았다. 이웃한테서 그들과 닮은 문학 속 인물을 찾을 수 있다는 걸. 그 뒤로는 살인전담반을 지휘하는

• 아비투어Abitur: 수능 같은 독일의 대학 입학 자격시험

•• 야로슬라브 하셰크Jaroslav Hašek의 『용감한 병사 슈베이크Der brave Soldat Schwejk』

경찰 셜록 홈즈를 알게 되었고, 종종 얇은 기모노 차림으로 문을 열어 주던, 젊을 때 살짝 반했던 채털리 부인까지 알게 되었다. 하지만 채털리 부인은 결국 멜크의 아드소•와 함께 도시를 떠나 버렸다. 에이해브 선장••은 자신의 정원을 점유하던 두더지를 끝내 잡지 못했다. 병환이 깊은 엔지니어 발터 파버•••에게는 생을 마감할 때까지 남미에 대한 책을 가져다주곤 했다. 몬테크리스토 백작은 창살이 있는 집에 살았는데 과거에 감옥으로 쓰였던 건물이어서 그런지 묘하게 새 주인도 자기 벽에 갇혀 지내게 되었다.

칼은 실제 이름을 기억하기도 전에 거의 항상 어울리는 소설 주인공 이름이 생각나곤 했다. 마치 뇌가 속세의 인간에 대한 부담으로부터 칼을 보호하기라도 하려는 듯. 그리고 이름을 고른 순간부터는 실제 이름을 제대로 읽지도 않았다. 예를 들어 크리스티안 폰 호헨에쉬의 철자는 망막에서 대뇌로 가는 회로에서 칼이 미처 알아차리기도 전에 마법처럼 미스터 다아시로 바뀌었다. 정말 특별한 경우에만 뇌가 칼을 측은히 여겨 속세의 이름을 기억하는 것을 허락해 줬다. 어차피

• 움베르트 에코Umberto Eco의 『장미의 이름Il nome della rosa』에 나오는 인물

•• 허먼 멜빌Herman Melville의 『모비딕Moby Dick』에 나오는 인물

••• 막스 프리슈Max Frisch의 『호모 파버Homo Faber』에 나오는 인물

이제는 칼의 뇌가 기억해야 할 이름도 그리 많지 않았지만.

구불구불한 골목들 사이로 이어지는 칼의 배달길은 결국 해피엔딩으로 결혼한 영국 신사와는 달리 앞으로의 운명도 계속 암울할 소설 주인공에게로 향했다.

이 고객은 문 뒤에서 기다리면서 감시경으로 사람이 거의 지나다니지 않는 골목을 바라봤다. 배회하는 사람도 없고, 건물을 보고 감탄하는 사람도 없었다. 예쁜 건물은 몇 블록 지나야 있었다. 사람들은 구시가지인 이 블록을 지날 때마다 양쪽에서 짓누르는 듯한 협소함을 견디지 못했다. 집들의 지붕이 서로 맞물려 햇빛을 모두 차단해 버리는 듯한 느낌에 서둘러 발걸음을 옮기곤 했다.

감시경 뒤의 젊고 자그마한 여성은 칼 콜호프가 언제쯤 도착할지 알고 있었다. 거실에서 초인종 소리를 기다리는 대신 몇 분 동안이나 감시경을 들여다본다는 것이 참 하찮은 짓이라는 것도 알고 있었지만, 어쩔 수가 없었다. 안드레아 크렘멘은 금발 몇 가닥을 귀 뒤로 넘기고 원피스를 반듯하게 폈다. 안드레아는 유치원 때부터 늘 가장 예쁜 아이였다. 그래서 호의도 많이 받았지만 질투도 많이 받았다. 보험업계에서 성공한 마티아스라는 남자와 일찍이 결혼을 했는데, 마티아스는 두 사람이 잘살 수 있도록 밤에도 주말에도 오랜 시간 일을 했다. 안드레아는 교육받은 간호사였지만 이제는 반나절만 작은 가정병원에서 보조로 일하고 있다. 환자들이 안드레아의 외모를 보면 반가워하고 진정하기도 해서 병원에서는 그녀를 접수대에 앉혔다. 아무도 안드레아에게 미소를 지으라고 말할 필요가 없었다. 안드레아는 그냥 미소를 지었다. 예쁨의 일부였다. 사람들은 예쁜데 웃지 않으면 콧대가 높다고 여겼다. 그래서 하루 종일 미소를 짓고 있었다.

안드레아는 누군가에게 완벽하지 않은 모습을 보이는 것이 두려워 시도조차 못 했다. 그랬을 때 어떤 일이 벌어질지 모르니까. 다른 사람이 자신에게서 무엇을 볼지, 볼 수 있는 것이 있기는 할지, 알 수 없었다. 칼 콜호프는 자신이 미소를 짓지 않은 모습을 보여도 될 만한 남자로 보였다. 칼이라면 알맞은 단어를 선택해 자신의 모습을 제대로 설명해 줄 것이라고 생각했다. 칼은 조향사가 값비싼 향수의 재료를 고르듯이 한 마디 한 마디를 신중하게 선택하는 것 같았다. 안드레아는 미소를 걷고 뒤로 넘겼던 머리카락을 다시 제자리로 돌려놓고 몇 가닥에게 무질서를 허락했다.

하지만 칼 콜호프가 골목에 접어든 게 보이자 그 몇 가닥을 얼른 다시 귀 뒤로 넘겼다.

칼은 초인종을 누르고 기다렸다. 안드레아 크렘멘은 늘 문까지 오는 데에 시간이 좀 걸렸고, 늘 조금은 숨 가쁜 모습이었다. 그런데도 매번 칼에게 반가운 미소를 보였다.

칼은 급하게 돌아가는 자물쇠 소리를 들었다. 현관문이 열렸다.

"콜호프 씨, 오늘 일찍 오셨네요! 벌써 오실 거라고 생각 못 했어요. 제 꼴이 말이 아니죠?"

안드레아는 우아한 붉은 장미 원피스와 완벽하게 어울리는 아름답게 빛나는 머리를 쓸어 넘겼다.

칼은 안드레아가 사랑스러웠지만 그녀의 모습을 보고 있으면 늘 조금 슬퍼졌다. 그 아름다움 이면에는 칼이 파악하지 못하는 무언가가 있었다. 그건 칼이 배낭에서 꺼내는 것과 관련이 있었다. 안드레아 크렘멘이 너무나도 사랑하는 책 가운데 하나였다. 책의 무게는 괜찮았다. (칼은 책의 무게가 적당하면 좋아했다. 판 초콜릿 하나보다는 무겁고, 1리터 우유보다는 무겁지 않은 무게) 다만 내용의 무게가 걱정을 하게 만들었다.

"괜찮은 책인가요?"

안드레아 크렘멘이 포장지의 리본을 당겨 다듬으며 물었다.

"제가 듣기로는 『그림자 장미』*가 어떤 면에서도 그 작가의 다른 작품들에 뒤지지 않는다고 하더군요."

• 소피 헤거Sophie Heeger의 『그림자 장미Die Schattenrose』

"아주 제대로 드라마틱한가 봐요?"

이제는 칼이 미소를 지을 차례였다. 둘 사이에는 암묵적으로 통하는 것이 있었다. 칼이 안드레아에게 가져다주는 책은 늘 드라마틱하고 결말이 비극적이었다. 과거에는 가끔 해피엔딩으로 끝나는 책을 권하기도 했지만, 그 책들은 안드레아가 마음에 들어 한 적이 없었다. 너무 비현실적이라고. 안드레아 크렘멘은 여주인공이 고생하고 마지막에 죽음을 맞이하거나 불행하게 혼자 남게 되는 소설을 사랑했다. 열린 결말은 그중 한 가지가 충족되었을 경우에만 괜찮았다.

"늘 그랬지만 그건 알려 드리지 않겠습니다. 지난번 소설은 마음에 드셨나요?"

안드레아 크렘멘은 깊은 숨을 들이쉬며 고개를 저었다.

"그 소설은 너무 슬펐어요! 여주인공이 마지막에 물에 들어가서… 왜 미리 귀띔해 주지 않으셨어요?"

그녀는 장난스럽게 입을 삐죽거렸다.

"결말을 귀띔해 드릴 순 없죠."

예전에는 늘 알록달록하고 유쾌한 포장지에 책을 포장하곤 했다. 그런데 그건 왠지 가식적인 느낌이었다.

"다음 주에도 책 한 권 가져다주시나요? 겨울의 그린란드가 배경이라 이야기 내내 밤이 이어지는 소설이 있다고 들었어요. 그리고 주인공이 막 아이를 잃었다고. 혹시 아시나요? 전 정말 재미있을 것 같더라고요."

칼은 무슨 책인지 알고 있었다. 내심 안드레아 크렘멘이 그 책을 몰랐으면 하고 바랐다.

"가져다드리죠."

칼은 '기꺼이'라는 말은 뺐다. 기꺼이 그럴 마음이 없었기 때문이다.

"더 추천해 주실 책이 있나요?"

"지금 막 나온 범죄소설 신간이 있는데 우리 도시가 배경이에요. 저도 아직 못 읽었는데 꽤 유쾌하다고 하네요."

안드레아 크렘멘은 손사래를 쳤다.

"그 책이 제 마음에 들 거라고 생각하시나요?"

칼은 거짓말을 하지 않는다는 사명감을 가지고 있었다. 거짓말은 세상에 내놓는 순간 다시 잡아들일 수 없기 때문이다.

"아닙니다."

"저도 그럴 것 같아요."

"하지만 크렘멘 씨에게 웃음은 줄 수 있겠죠. 제 참견이 너무 부담스럽다고 생각하지 않으셨으면 좋겠는데, 크렘멘 씨는 웃는 모습이 정말 예쁘거든요. 아시겠지만 찰리 채플린이 그랬잖아요. 웃음이 없는 날은 허비한 날이라고. 그런데 하루를 허비하기에는 이 세상을 사는 날들이 너무 아깝지 않나요?"

이런 말은 칼이 안드레아에게 해 준 적이 없었다. 어쩌면 오늘 안드레아의 슬픔이 평소보다 커서 감지하게 된 걸까? 칼 자신도 몰랐다. 가끔은 자신의 입이 뇌와 합의를 거치지 않고 말들을 내뱉어 버렸다.

안드레아 크렘멘은 더 이상 웃지 않았다. 대신 아랫입술이 살짝 떨렸다.

"콜호프 씨께서 방금 제 하루를 살려 주셨어요. 고마워요!"

그리고 얼른 문을 닫았다.

칼에게는 방금 문을 닫은 여성이 안드레아 크렘멘이 아니라 너무 어린 나이에 결혼을 한 에피 브리스트*였다. 에피 브리스트는 안드레아 크렘멘이 읽는 책 속에서 비극을 겪는 수많은 여성들처럼 불행한 운명을 살았던 여주인공이었다. 이렇듯 소설은 다른 누군가도 고통받고 있음을 보여 주지만 그 고통을 끝내는 방법은 알려 주지 않았다. 칼은 그런 책을 배달하는 것 말고도 에피를 위해 무언가를 더 해 주고 싶었다.

문 뒤에서 안드레아 크렘멘은 눈물을 참고 있었다. 칼에게 오늘 어떤 일이 있었는지 이야기하고 싶었다. 하지만 그러려면 그 일을 다시 떠올려야 하는데, 그건 하고 싶지 않았다. 떨리는 손으로 포장을 뜯고 복도에서 책을 읽기 시작했다. 첫

• 테오도어 폰타네Theodor Fontane의 『에피 브리스트Effi Briest』

장부터 누군가가 자살을 했다.

　몇 발자국을 옮겼을 때 칼은 작은 고양이의 울음소리를 들었다. 내려다보니 야위고 다리가 세 개인 고양이가 자신을 올려다보고 있었다. 털은 엉망이었고 귀는 여러 차례의 싸움에 뜯겨 있었다. 칼은 그 고양이가 수컷인지 암컷인지도 몰랐고, 집이 어디인지, 집이 있기는 한지도 몰랐다. 그러나 자신의 좋은 친구라는 건 알고 있었다. 다른 사람들에게는 집에서 키우는 반려동물이 있듯, 칼에게는 함께 산책하는 반려동물이 있었다.

　"멍멍아, 안녕."

　인사를 건네며 웃었다. 고양이가 늘 강아지처럼 굴곤 해서 칼이 붙여 준 이름이었다. 멍멍이는 칼의 발걸음에 맞춰 나란히 다니면서 뭐든지 냄새를 맡아 보았고 자신의 영역을 표시했다. 멍멍이의 울음소리는 고양이보다 강아지에 가까웠다. 칼이 고객을 만나고 있으면 절대 앉아 있지 않았다. 그냥 드러누웠다. 가장 좁은 계단 난간이라도 늘, 어디든, 누워 있을 수 있었다.

　멍멍이는 칼의 바짓가랑이에 몸을 잠시 기대더니 앞서 달려 나가 칼을 애타게 뒤돌아봤다. 이 영리한 동물이 오늘 칼이 세 번째로 책을 배달하는 집에서 무언가 얻어먹을 수 있음을 직감한 모양이다. 네 블록 떨어진 엘리제 분수 쪽에 에피 브리스트와는 그야말로 정반대인 나이 든 부인이 살고 있었는데 기분이 유쾌하고 늘 형형색색의 옷을 입는 분이었다. 종종 짝이 안 맞는 양말이나 신발을 신거나, 멜빵바지의 한쪽 끈을 어깨에 반쯤만 걸치기도 했다. 그 집에는 온갖 것이 산처럼 쌓여 있었고, 그 사이로 협곡과 골짜기가 만들어졌다. 부인을 보고 있으면 동화책에 나오는, 세상을 자기 마음대로 바꿔 버리는 엉뚱한 소녀 캐릭터가 떠올랐다. 그런데 이 나이 든 소녀는 집 밖이 두려워 세상으로 나오지 않았다.

7년 남짓 전의 일이었다. 화창했던 어느 여름날, 부인은 남편과 함께 정원의 호두나무 그늘 아래에서 시간을 보내고 있었다. 그런데 갑자기 천둥과 번개가 치더니, 아주 거센 비가 쏟아지고 폭풍이 일었다. 힘겨운 발걸음을 옮기느라 도로에 내놓은 쓰레기통을 깜빡했다는 사실을 집에 들어와서야 깨달았다. 이웃이 뭐라고 할 것이 분명했다. 부인이 말렸지만, 결국 남편은 폭풍 속으로 걸어 나갔다. 금방이다, 바로 돌아온다고 하면서. 무슨 일이 생기겠냐 하면서. 지붕의 기와가 들렸고 바람이 기왓장을 무기로 만들었다. 남편의 머리를 보호해 줄 만한 것이 아무것도 없었다.

그날 이후로는 이웃이 어떻게 생각하든 아무 상관이 없어졌다. 그리고 그날 이후로 부인은 더 이상 집 밖으로 나오지 않았다.

부인은 문을 열어 주면서 절대 "좋은 하루네요, 콜호프 씨", "안녕하세요" 또는 "얼굴 봐서 좋네요"라는 평범한 인사를 건네지 않았다. '김칠맛 난다', '잃어버린 양말 한 짝' 혹은 '물병다리'라고 했다. 칼이 초인종을 누르자 이번에는 활짝 웃으며 "자와성찰"이라는 말을 던졌다.

이제는 칼의 차례였다. 그 자리에서 이 단어에 맞는 해석을 찾는 것이다.

"자와성찰은 자아의 핵심이 무엇을 구성하는지를 알아가는 과정입니다. 이 개념은 그림 동화 중에서도 가장 유명한 '개구리 왕자' 혹은 '철의 하인리히'라는 이야기에서 나왔죠. 자와성찰의 개념에는 모두의 내면에 사랑의 힘으로 왕자로 변신시켜야 하는 개구리가 존재한다는 가정이 깔려 있습니다. 동화 속에서는 키스로 변신시켰죠. 문헌에는 1923년 지그문트 프로이트의 '에고와 이드와 개구리'에 처음 등장했죠."

롱스타킹 부인은 상으로 칼에게 체리 맛 사탕을 건네주었다. 해석이 딱 들어맞지 않는 날에는 레몬 맛 사탕이었다. 칼은 답례로 부인이 주문한 책을 건네주었다. 부인의 책 포장지에는 늘 커다란 붉은 꽃을 그렸다. 롱스타킹 부인은 고전적인 모험소설부터 공상과학소설, 코미디물까지 무엇이든 읽었다. 하지만 가벼운 것만 읽었다. 자신을 현실의 바닥으로 내려오게 할 책들은 아니었다.

"모레 콜호프 씨가 해석해 주실 단어를 또 준비할게요."

부인이 문을 닫기 전에 말했다.

"특별히 어려운 걸로 찾아 주시죠."

그리고 멍멍이 쪽으로 몸을 숙여 주머니에서 무언가를 꺼내 줬는데 아주 순식간에 멍멍이의 배 속으로 사라졌다.

배낭은 비워졌지만, 칼은 아직 한 고객의 집을 더 방문해야 했다. 이 고객을 찾아가는 일은 늘 즐거웠다. 칼이 평생 들은 목소리 중에서 가장 따뜻한 바리톤 소리를 가진 고객이기 때문이었다. 소파를 목소리로 덮어야 한다면, 이 남자의 목소리만 써야 할 것이다. 칼에게 이 고객은 베른하르트 슐링크의 『책 읽어 주는 남자』에서 스무 살이나 많은 여인과 사랑에 빠져 글을 읽어 주던 청년 미하엘 베르크였다. 조금 다른 점이 있다면, 칼의 고객은 담배 공장 직원들에게 책을 낭독해 주고 있다는 점이다. 담배 공장은 세워진 지 몇 년 안 되었고, 이 주州에서는 유일했다. 그래서 쿠바에서 하듯이 근무시간 내내 책을 읽어 주는 낭독자를 누릴 여유가 있었다. 이 모든 건 일종의 마케팅이었기 때문에 그 일로 책 읽어 주는 남자가 돈을 많이 벌지는 못했다. 하지만 그는 성대를 따뜻하게 하기 위해 늘 목에 스카프를 두르고 있을 정도로 자기 일을 사랑했다. 담배 공장 밖에서는 목소리를 아끼기 위해서 대화도 거의 하지 않았다. 칼에게 따로 전화를 걸어 책방 옆 약국에서만 파는 인후통 약을 사 달라는 부탁을 한 건 작지만 엄청난 일처럼 느껴지기도 했다. 마침 도시에 독감이 돌고 있어서 직접 나가는 건 피하고 싶었던 것이다. 아마도 그 이유 때문인지 오늘은 문도 아주 살짝만 열었다. 책 읽어 주는 남자는 약을 받고 칼에게 감사의 미소와 약값과 두둑한 팁(책 읽어 주는 남자가 돈이 얼마나 없는지 알고 있었기 때문에 칼은 사실 이 돈을 받지 않으려고 했다)을 동전으로 건네줬다. 그리고 문을 닫기도 전에 약 한 알을 바로 꺼냈다. 책 읽어 주는 남자는 장식 하나 없는 다세대주택의 셋집에 살고 있었다. 건물을 지을 때 모든 자잿값을 아꼈는지 아름다움이나 애정이란 찾아볼 수 없었다. 그저 닭장 같은 실용적인 건축이었다.

배낭이 비면 칼은 늘 쓸쓸해졌다. 집에 돌아가야 했기 때문이다. 집이 마음에 안 드는 건 아니었지만 멍멍이가 칼을 집까지 따라간 적도 없었고, 집 현관문 뒤에는 옆구리를 툭툭 치며 쓰다듬어 달라고 기대에 찬 눈빛으로 자신을 바라보는 누군가가 기다리고 있지도 않았다. 칼의 마지막 발걸음은 늘 시립 공원묘지를 향했다. 그곳에 가면 마음이 차분해졌다. 언젠가 자신의 길이 어디서 끝나게 될지 안다는 것이 죽음에 대한 두려움을 조금 덜어 주었기 때문이다. 공원묘지가 아름다운 것도 한몫했다. 200년도 더 된 곳이었다. 중앙에 서 있는 해골 머리의 사신 동상이 무언가를 알고 있는 듯 웃고 있었다.

칼의 집 초인종 옆 이름표에는 E.T.A. 콜호프라고 적혀 있었다. 거짓이었지만, 반쪽짜리 거짓일 뿐이었다. 성은 제대로 적혀 있으니까. 칼은 늘 E.T.A. 호프만 작가를 그 이니셜 때문에 동경해 왔다. 이니셜이 세 개나 되는 사람이 몇이나 될까? J.R.R. 톨킨* 그리고 음악계에는 C.P.E. 바흐**. 이니셜이 세 자로 된 이름에는 무언가 특별한 것이 있었고, 그 속에는 많은 것이 숨겨져 있을 수 있었다. 어떤 비밀이 담겨 있는 것 같았다. 그리고 이름의 주인이 이니셜 세 자 중 그 어느 것도 풀어 쓰지 않는 이유에 대한 답도.

가끔은 새로 온 우편배달부가 그 이니셜 뒤에 칼이 숨어 있다는 사실을 몰라서 우편물이 되돌아가기도 했다. 하지만 칼은 이름표를 더 이상 바꾸지 않았다. 이미 일흔두 살이었고, 어차피 이제는 우편물도 거의 오지 않기 때문이다. 그리고 온다 해도 기쁜 소식을 전하는 것은 없었기에 우체국을 한

---

* 존 로널드 로웰 톨킨John Ronald Reuel Tolkien: 『반지의 제왕The Lord of the Rings』『호빗The Hobbit』들을 쓴 판타지 작가

** 칼 필립 에마누엘 바흐Carl Philipp Emanuel Bach: 요한 세바스티안 바흐Johann Sebastian Bach의 아들

바퀴 더 돌고 와도 크게 상관이 없었다.

칼의 집은 방이 너무 많았다. 네 개였는데, 거기에 작은 부엌, 창문 없는 욕실과 창문 없는 화장실이 딸려 있었다. 때로는 방이 아무것도 자라지 않는 밭처럼 느껴지기도 했다. 방두 개는 아이들을 위한 공간으로 생각했었다. 녹지가 있는 안뜰 쪽으로 창문이 난 방은 딸을 위해, 지나가는 자동차를 관찰할 수 있는 도로 쪽으로 창문이 난 방은 아들을 위한 것이었다. 그러나 아쉽게도 칼은 함께 아이를 낳을 수 있는 아내가 될 사람을 만난 적이 없었다. 그래도 계속 이 집에서 살았다. 집주인이 잊고 지내는 집인지, 집세가 수십 년 동안 단 한 번도 오르지 않았다.

이곳에서 칼은, 불투명한 유리로 된 장에 종이로 된 가족을 두고 이들을 빛과 먼지로부터 보호하며 함께 살고 있었다. 책은 계속해서 칼에게 읽히고 싶어 했다. 자주 할수록 더 가치를 발하기 때문에 목과 귀에 걸리고 싶어 하는 진주처럼. 그리고 사랑받고 있다는 것을 느끼기 위해 주인의 손길을 바라는 반려동물처럼. 가끔은 책 속의 모든 단어들이 자신의 세포에서 생겨난 듯한 착각이 들기도 했다. 물론, 책 읽는 세월과 더불어 자신이 흡수한 것들이라는 걸 잘 알고 있었다.

칼은 우표를 모으듯 책을 모으는 사람을 이해했다. 책

속에는 자신과 연결된 것처럼 느껴지는 사람들이 살고 있고, 함께 나누는, 혹은 함께 나누고 싶은 운명이 펼쳐지는 곳이기 때문에 눈으로 책등을 훑는 것을 좋아하는 사람들을 이해했다. 마치 좋은 친구들과 함께 살고 있는 공동체인 양 자신의 책을 불러 모으는 사람들 말이다.

칼은 자신의 녹색 외투와 배낭을 문 뒤의 옷걸이에 나란히 걸어 두고서는 반듯이 폈다. 그리고 작은 부엌으로 가서 레조팔*식탁에서 통호밀빵에 버터와 소금을 발라 먹고, 사우어크라우트**주스를 한 잔 곁들였다. 후식으로는 초록 사과 하나를 네 쪽으로 쪼개어 먹었다.

집주인은 예전에 이 집을 '발코니가 있는' 집으로 광고했지만 두 짝으로 된 유리문 너머에는 주철로 된 난간밖에 없었다. 유리문 옆에는 칼의 오래된 안락의자가 있고, 그 위에는 책갈피로 영수증을 꽂아 놓은 책 한 권이 놓여 있었다. 이 자리에서는 구시가지를 내다볼 수 있었다. 지금도 자신의 고객이 지나가고 있는지, 혹은 절대 그럴 일은 없지만 멍멍이가 지붕 위를 뛰어다니지는 않는지를 보고 있다. 칼은 늘 저녁

• 레조팔Resopal: 가구 상표, 래미네이트 소재 가구의 대명사로 쓰이고 있다.

•• 사우어크라우트Sauerkraut: 독일식 양배추 절임

10시 정각까지 책을 읽다가 씻고 잠자리에 들었다. 이불을 덮을 때면, 다음 날에도 아주 특별한 책 몇 권을 아주 특별한 고객들에게 가져다줄 수 있을 거라고 스스로 상기시켰다.

이방인[•]

잠에서 깬 칼은 자기 자신이 또 몇 페이지를 잃은 책처럼 느껴졌다. 이 느낌은 지난 몇 개월 사이에 점점 커지고 있고, 이제는 자신의 제본된 삶에 종이가 몇 장 남아 있지 않은 듯했다.

부엌에서 커피를 끓였다. 커피 잔 속 누군가가 작은 난로에 불을 지피기라도 한 것처럼 그 온기가 도자기를 타고 칼의 찬 손가락에 닿았다. 온기와 더불어 행복한 느낌이 잔잔한 파도처럼 온몸으로 조금씩 퍼져 나갔다. 그 좋은 느낌 때문에 더 비싸고 잘 깨어지더라도 얇은 도자기 잔만 가지고 있었다.

[•] 알베르 카뮈Albert Camus의 『이방인L'Etranger』

두꺼운 잔에서는 도무지 느낄 수가 없었다.

낮 시간은 무슨 일이 있었는지 뚜렷하게 보이지 않는 거친 질감의 흑백영화처럼 휘리릭 지나가 버렸다. 6시 반, 칼 콜호프의 등장을 알리는 책방 문 종소리가 울리고서야 칼의 하루에 색이 퍼지기 시작했다.

자비네 그루버는 계산대 뒤에서 진을 치고 있었다. 손님들이 벽에 걸린 금테 액자 속의 신문 기사를 보지 못하도록 일부러 그랬다. 신문의 반쪽이나 차지하는 대문짝만한 사진과 함께 칼의 색다른 책 배달 서비스를 다룬 기사였다. 칼은 방송에도 나온 적이 있는데, 그 방송이 나간 후 많은 사람이 특별한 배달을 받고 싶어 책을 주문했다. 하지만 새로운 서비스의 매력도 잠시뿐, 고객들은 금방 자신이 독자가 아니라 시청자라는 사실을 깨달았다.

오늘 칼의 상자에는 책이 두 권 있었다. 페이지 수가 많은 책도 아닌데 배낭끈을 조일 때 왠지 무겁게 느껴졌다.

진열대에는 닦지 않은 엽서들이 꽂혀 있고, 카펫 바닥에는 레온이 쪼그리고 앉아 휴대폰을 뚫어져라 보고 있었다. 닉 혼비의 축구책은 아직 읽히지 않은 채 책상에 놓여 있었다. 소셜 미디어가 여러 목소리로 불러 대니 닉 혼비의 말일지라도 그게 들릴 리가 없었다.

"또 순찰 나가세요?"

레온이 화면에서 눈도 떼지 않고 물었다.

"경찰도 아닌데 무슨. 난 책 배달을 나가는 건데. 범죄와 관련된 거라면 책에서나 있겠지."

"지겹진 않아요?"

레온은 이번에도 올려다보지 않았다. 칼이 보기에도 레온이 대답이 궁금해서 물어본 것 같지는 않았다. 그런데도 칼은 질문을 받으면 대답을 했다. 그것도 예의를 갖춰 진정성 있고 자세하게 대답했다.

"난 시곗바늘 같아. 시곗바늘이 늘 같은 길만 가고 늘 출발했던 곳으로 돌아가기 때문에 슬퍼한다고 생각할 수도 있는데 오히려 그 반대야. 경로와 목적지의 확실함, 잘못된 길을 가지 않고 늘 쓸모 있고 정확하다는 그 안정감을 즐기지."

칼은 레온을 바라봤지만, 레온은 그러지 않았다.

"이해해요." 레온이 답했다.

칼은 외투의 옷깃을 펴면서 밖으로 나왔다. 임무를 앞두고 기분이 쾌적해졌다. 그런데 오늘 또 다른 임무가 시작될 거라는 건 알지 못했다. 가득 채워진 배낭보다도 훨씬 무거운 임무가.

여름을 꿈꾸는 가을날이었다. 대성당 광장은 진하게 일광욕을 즐기고 있었고, 바랜 건물 벽은 가을볕에 물들어 생기를 되찾고 도시는 새로 지은 듯 보였다.

여러 세대 동안 수없이 많은 신발 바닥에 의해 매끄럽게 다듬어진 자갈 포장도로를 밟자, 칼 콜호프는 누군가가 자신을 쳐다보고 있다는 느낌을 또다시 받았다. 이번에는 그 느낌이 아주 강해서 멈춰 서서 등대의 탐조등처럼 돌면서 주변을 살폈다. 사람들이 배처럼 옆을 지나다녔다. 어떤 사람들은 쾌속정처럼 빠르게, 어떤 사람들은 뗏목처럼 느리게. 그런데 칼을 돌아보는 사람은 아무도 없었다.

칼은 계획된 일정을 지키기 위해 얼른 갈 길을 가야 한다는 걸 알고 있었다. 초조해하는 다리에 흘러가 버리는 1초, 1초가 그대로 느껴졌다. 그래서 다시 걸으며 그 느낌을 파리 쫓듯이 떨쳐 내려고 했지만, 그 느낌은 쉽게 가시지 않았다.

갑자기 어두운 곱슬머리를 한 작은 여자아이 하나가 불쑥 나타나 칼 옆에서 보폭을 맞추며 걷고 있었다.

아이는 딱 『공주님을 위한 궁전』 그림책에 나오는 주인공처럼 보였다. 뒤쪽에 벨크로가 붙은 여러 종류의 옷이 있어서 여자아이가 나오면 떼었다 붙였다 하면서 옷을 입혀 줄 수 있는 책이었다. 또 조금은 『릴리와 친절한 악어』에서 악어와 함께 나쁜 카스파와 맞서는 주인공 여자아이처럼 보이기도 했다. 그런데 하필 이런 여자아이에게 두꺼운 나무 단추가 달린 샛노란 겨울 점퍼에 노란 니트 타이즈를 입히고, 윗부분에 양털이 달린 밝은 밤색 부츠를 신겨야 했을까? 설상가상으로 더 눈에 띄었던 건 파일럿이 쓰는 보호안경 같은 게 달린 가죽 모자였다. 프로펠러가 달린 기계를 조종하기에는 역부족인 장식용이었지만 말이다. 게다가 얼굴에는 누군가가 해바라기 꽃가루를 흩뿌린 것처럼 주근깨가 가득했다. 특히나 작고 둥근 코 주변이 명당인 듯, 그 중심으로 몰려 있었다. 눈은 바다가 아닌 하늘과 같은 밝은 푸른색이었다.

"안녕하세요. 전 샤샤예요. 아홉 살이에요."

샤샤는 칼도 자신의 이름과 나이를 알려 줄 것을 기대하지 않는 듯 무심하게 말을 건넸다. 무언가를 유도하는 말이 아니라 단순히 자신의 정보를 전달하는 말이었다. 샤샤는 나이에 비해 키가 조금 작았는데, 그 점이 학교에서는 종종 놀림거리가 됐다. 자신이 살이 너무 쪘다고 생각하는데, 보통 훌쩍 자라기 전에 어린이의 젖살에 불과했다.

책들이 얼른 독자를 찾아 가야 하기 때문에 칼은 발걸음을 늦추지 않았다. 칼의 다리가 채소는 아니었지만, 가끔 상하기 직전의 채소처럼 느껴지기도 했다.

"넌 내가 무섭지 않니?"

"아뇨."

"낯선 사람과 같이 다니면 안 되잖니."

"할아버지는 낯선 사람이 아닌데요. 전 할아버지를 아는 걸요."

"모르면서."

"대성당 광장을 지나가는 할아버지를 늘 보거든요. 창문으로요. 제가 생각을 하기 시작했을 때부터요. 아빠가 그랬는데요, 전 아주 어릴 때부터 생각을 하기 시작했대요. 그리고 생각을 시작한 이후로는 생각하는 걸 멈추질 않았대요. 할아버지는 늘 거기에 있었어요. 대성당 종소리처럼요. 그러니까 전 할아버지를 아는 거죠."

분수대라도 된 것처럼 샤샤의 입에서는 쉴 새 없이 말이 쏟아져 나왔다.

"그래 날 안다면, 내 이름이 뭐니?"

"전 대성당 종의 이름도 모르는걸요. 그렇지만 일십백천만 개의 종소리 중에서도 이 대성당 종소리는 찾아낼 수 있어요. 수많은 사람 중에서 할아버지를 알아볼 수 있는 것처럼요."

샤샤의 열띤 설명에도 칼은 여전히 미심쩍어했다. 그냥 어린아이의 말이려니.

"날 정말 아는 건 아니니 낯선 사람인 거지."

"할아버지는 책 산책가예요. 전 그렇게 부르고 있어요. 그러니까 제겐 이름이 있는 거고 전 할아버지를 아는 거죠."

칼은 한숨을 쉬었다.

"날 오래전부터 봐 왔다면, 내가 늘 혼자 다니는 것도 알고 있겠구나."

"뭐 어때요. 할아버지 혼자 걸어 다니시면 저도 옆에서 혼자 걸으면 되죠."

"아니, 그건 안 되겠어."

칼은 아이들을 좋아했지만, 이해하지는 못했다. 자신의 어린 시절이 너무 멀어져 버려서 빛바랜 폴라로이드 사진처럼 가물가물했다. 그리고 자신은 나이가 드는데, 아이들은 늘 아이들이었다. 그렇게 자신과 아이들의 거리는 멀어져만 갔다. 이제는 그 거리를 어떻게 좁혀야 할지 알 수 없었다.

결국 샤샤를 그 자리에 세워 둔 채 제 갈 길을 갔다.

샤샤는 다음 날 또 나타났다. 처음에는 아무 말도 안 하고 옆에서 걸으며 칼을 관찰했다.

"어젯밤에 할아버지가 혹시 무서운 사람일지 곰곰이 생각해 봤거든요. 어제 제가 할아버지를 안 무서워하는지 물어보셨잖아요."

그러고는 칼의 발을 가리켰다.

"그런데 무섭게 안 걸으시잖아요."

칼은 자신의 발이 어떻게 움직이는지를 살펴보았다. 자신이 어쩌면 발을 무섭게 움직일 수도 있다는 걸 생각해 본 적이 없었다. 하지만 샤샤가 또 올 경우 어떻게 할지는 지난밤에 생각해 두었다. 배달하러 갈 때는 절대 데려가지 않을 거라는 것. 그래서 칼은 말했다.

"저 모퉁이를 돌아 구시가지의 좁은 골목길에 접어들면 무섭게 걸을지도 모르잖니?"

"그럴 리가요."

샤샤가 고개를 저었다. 곱슬머리도 같이 흔들렸다.

"거기선 너 같은 아이들을 잡을 수도 있을 텐데?"

"그러실 수 없잖아요."

샤샤는 조금도 동요하지 않았다.

"증명해 볼까?"

"너무 느리세요."

"확신할 수 있니? 널 잡아 볼까?"

"진심이세요?"

샤샤가 턱을 벌리고 의심스러운 듯 눈썹을 치켜올렸다.

"간다!"

"언제 잡으실 거예요? 아님 겁나시는 거예요?"

칼은 샤샤 주위를 빙빙 돌고 샤샤는 한 치의 동요도 없이 서 있었다. 샤샤가 눈을 깜빡일 때까지 기다렸다가 잡아 보았지만 샤샤는 쉽게 피했다. 더도 말고 옆으로 한 발짝만 피했을 뿐이었다. 칼은 샤샤를 한 번 더 잡으려고 시도했지만 샤샤는 또 손쉽게 빠져나갔다. 게다가 웃기까지 했다.

"저흰 학교에서 맨날 술래잡기해요. 전 두 번째로 잘해요. 저보다 잘하는 애는 스벤야밖에 없어요. 근데 걔는 뭐든 제일 잘해요. 그러니까 이건 무효예요. 거기다 걘 진짜 못됐어요. 친구한테 몇 점인지 점수를 매긴다니까요. 그리고 점수를 맨날 바꿔요."

샤샤를 잡는 건 포기했다. 이미 너무 우스운 꼴을 당했다. 아무도 보지 않았기를 바랄 뿐이었다. 체면이라는 게 있으니.

샤샤가 히죽 웃으며 칼을 쳐다보았다.

"나는 무섭지 않은데, 스벤야는 좀 무서운 모양이네?"

"완전요. 다 그래요. 걔는 무서워하는 게 나아요. 할아버지도 걔가 무서울걸요."

칼은 웃음이 나왔다. 오래되어 녹슨 기계가 다시 돌아가는 느낌이었다.

"할아버진 이상하게 웃으시네요. 제대로 못 웃는 것 같아요."

"못 웃는 사람이 어디 있니."

"있어요. 베어벨 고모는 절대 안 웃어요. 고모가 오신 곳에서는 안 웃는대요."

"어디서 오셨는데?"

"스웨덴일걸요."

"스웨덴 사람들은 왜 안 웃는다니?"

"거기 겨울이 너무 추워서요. 거기선 웃으려고 입을 벌리면 찬 공기가 이에 닿아서 시리게 아프대요. 그래서 미소만 짓는대요. 그리고 베어벨 고모는 뭔가 웃기면 손을 이상하게 흔들어요. 가끔은 발을 동동거리기도 해요.

칼은 살리에리길로 꺾어 들어갔다.

"부모님께서 네가 어디로 갔나 걱정하시겠다."

"아빠는 아직 일하는 중이고, 엄마는 돌아가셨어요."

칼이 멈춰 서서 샤샤의 푸른 눈동자를 내려다보았다.

"미안하구나."

"둘 중에 뭐가요?"

칼은 잠깐 고민했다.

"둘 다. 그런데 두 번째가 더 미안하구나."

"엄마는 복도에 있는 서랍장 위 사진에 있을 뿐이에요. 전 제대로 기억도 못 하는걸요. 그래서 돌아가셨다고 슬퍼하면 안 되는 것 같아요."

샤샤는 자신의 입을 가리키며 미소를 지어 보였다.

"아빠가 그러는데요, 제 미소와 웃음이 엄마를 닮았대요. 그래서 더 웃는 걸 좋아해요. 그러면 늘 엄마가 저랑 같이 웃는 것 같거든요. 할아버지의 엄마도 할아버지랑 같이 웃으세요?"

칼은 딱히 어머니에 대해 이야기하고 싶지 않았다.

"그런데 아버지가 집에 오셔서 네가 없는 걸 아시면…"

"이미 익숙하세요. 전 자주 다른 데에 가 있거든요. 아빠는 절대 걱정 안 해요. 할아버지도 걱정 안 하셔도 돼요."

아내가 세상을 떠난 후 수입이 반쪽이 되었기 때문에 샤샤의 아버지는 철공소에서 자주 초과근무를 했다. 그렇지 않으면 이사를 가야 하는데, 딸에게 그런 부담을 주고 싶지 않았다. 친구들까지 잃게 하고 싶지는 않았다. 적어도 친구들은 남아야 했다.

"오늘은 할아버지랑 갈래요. 그렇게 결정했어요. 늘 어디로 가시는지 궁금했거든요. 대성당 광장에서만 보고 더 못 봤거든요. 어디로 가실지 상상하면서 엄청 자주 그려 봤어요. 진짜로 그렸어요. 그림으로요! 그리고 이젠 알고 싶어요. 제가 호기심이 많아서요. 어느 날 너무 궁금해서 그냥 할아버지한테 온 거예요."

미스터 다이시의 저택이 이젠 멀지 않았다.

"영국 속담이 있는데, 우리말로 하면 이렇단다. '호기심이 고양이를 죽였다.'"

샤샤는 눈썹을 치켜올리며 칼을 쳐다보았다.

"쉽게 말해서, 날 따라오지 말라는 뜻이야. 그럼 이만."

다음 날 저녁, 샤샤가 또 나타났다. 이번에는 기발한 계획을 세웠다. 칼을 따라가도 되는 멋진 이유를 아무리 대 봤자 칼에게는 그러지 않아도 되는 더 좋은 이유가 늘 준비되어 있었다. 그래서 그냥 아무 말도 하지 않고 따라가기로 했다.

칼은 한 발짝 한 발짝 옮길 때마다 샤샤가 입을 뗄까 기다렸지만, 아무 말도 들을 수가 없었다. 샤샤에게 무슨 말을 해야 할지 몰랐기에 칼도 아무 말도 하지 않았다. 그렇게 둘은 한참 동안이나 나란히 걸어갔다. 걷는 동안 샤샤가 너무 조용해서 그냥 따라오도록 내버려 두었다. 오늘만. 물론 실수하는 것일 테지만. 칼은 샤샤를 내려다보았다.

"그런데 너 오늘 아무 말도 안 하는구나. 아주 조용하네."

"그럼요."

"장난도 안 치고, 다른 아이들이 하는 것처럼 말이다."

"전 절대 안 그래요."

"내 고객들을 귀찮게 하지는 말아라."

"전 절대 누구도 귀찮게 안 해요."

"오늘만이야. 오늘만 예외라고. 예외가 뭔지 아니?"

"당연히 알죠. 전 어린애가 아니라고요. 거의 열 살이에요!"

샤샤는 칼이 한 걸음 걸을 때 두 걸음 반을 걸어야 했다. 그래서 샤샤의 발걸음이 칼의 발걸음 옆에서 소란스러웠다. 샤샤의 리드미컬한 헛디딤이 더해져 칼의 가죽 밑창이 내는 규칙적인 박자가 다소 누그러졌다.

미스터 다아시의 저택이 보이자 칼이 멈춰 서서 심호흡

을 했다.

"다아시 씨는 아주 큰 고객이야. 거의 날마다 책 한 권을 읽으셔."

"책 한 권을 다요?"

"응."

"와."

샤샤는 감탄하면서 고개를 끄덕였다.

"다른 일은 별로 안 하시나 봐요."

그리고 저택 쪽을 바라봤다.

"그러면 집이 책으로 가득하겠어요. 지붕 끝까지요."

책으로 가득 찬 저택은 왠지 천국처럼 느껴졌다. 적어도 자신이 상상할 수 있는 여러 천국 중의 하나였다. 그중에 솜사탕 나무와 초콜릿 분수 같은 고전적인 것들도 있긴 했다. 샤샤는 아홉 살이면 이런 상상 속의 천국이 아주 많아도 괜찮다고 생각했다.

"미스터 다아시는 아이들과는 잘 지내지 못할 것 같아."

칼이 주의를 주며 초인종을 눌렀다. 그리고 순간 다아시 씨와 확실한 연대감을 느꼈다.

집주인이 문을 열었다 바로 닫아 버렸다. 샤샤를 발견하고 자선 모금 때문에 온 줄 알았던 것이다. 다아시는 개인적으로 기부하는 것을 매우 싫어했다. 해마다 자신의 수익 중

십분의 일을 자선단체에 기부하고 있지만, 개인적으로 누군가의 손에 돈을 쥐어 주는 건 왠지 무언가를 사죄하는 듯한 느낌이 들었다.

칼이 다시 초인종을 눌렀다.

"폰 호헨에쉬 씨, 접니다. 암 슈탓토어 책방의 칼 콜호프입니다."

문이 다시 열렸다.

"이 아이는 뭐죠?"

"저와 같이 왔어요. 아주 얌전해요."

단순한 설명이 아니라 샤샤를 향한 당부였다.

"책이 몇 권이세요? 다 합해서 말이에요."

다아시는 무슨 말인지 이해를 못 한 듯 고개를 저을 뿐이었다.

"전 숫자를 잘 세어요."

샤샤가 말하면서 다아시를 휙 스치고 지나갔다.

"심지어 엄청 잘 세거든요. 여자애들이 수학을 못한다는 건 말도 안 돼요. 완전 헛소리예요! 여자애들이 체육을 못한다는 얘기처럼요. 전 달리면서도 숫자를 셀 수 있어요! 한번 보여 드릴까요?"

샤샤는 대답을 기다리지 않았다. 가끔은 잘못된 답변을 얻는다는 걸 이미 경험해 봐서 알고 있었다.

샤샤는 우단이 덮인 벽에 그림이 걸려 있는 복도, 계단과 난간, 문과 창문밖에 없는 듯한 저택 안으로 달려 들어갔다. 이 집에 없는 건 사람과 책이었다. 샤샤는 벽돌 벽 대신에 온통 책등만 볼 줄 알았다. 그런데 단 한 권도 보이지 않았다.

"애, 거기 서!"

뒤에서 외치는 소리가 들렸지만 저택 안에서 뛰어다니는 다른 사람을 부르기라도 한 것처럼 못 들은 척했다. 그러다 어느새 불이 켜진 벽난로와 어두운 밤색 가죽 소파, 노트북과 책 세 권이 놓여 있는 대리석 탁자만 보일 뿐인, 왠지 비어 보이는 큰 방에 다다랐다.

"세 권? 세 권뿐이에요? 다른 책은 다 어디에 있는 거에요? 지하실에 있어요?"

샤샤가 막 달려 나가려던 참이었는데, 다아시와 칼이 방에 들어왔다.

"정말 죄송합니다. 이럴 거라고 예상을 못 했네요."

칼은 정말 죄송한 마음뿐이었다. 날달걀처럼 소중히 다루었던 자신의 몇 안 남은 충성스러운 고객이었는데, 샤샤가 하나를 깨뜨려 버리는 걸 그 자리에서 지켜봐야만 했다. 하필이면 자신의 개인 영역을 소중하게 생각하는 가장 소극적인 미스터 다아시를 말이다. 도대체 왜 마음을 계속 굳게 먹지 못했을까? 왜 따라와도 된다고 한 걸까? 이런 멍청한 늙은이 같으니라고! 이 아이는 이제 당장 집으로 데려가 아버지가 일을 마치고 올 때까지 기다렸다가 자신을 더 이상 귀찮게 하지 않게 해 달라고 단단히 이르라고 할 것이다. 미스터 다아시가 샤샤에게 다가갔다. 다아시가 홧김에 무엇을 할지 모를 일이었다.

"책은 더 못 찾을 거야."

다아시가 뜻밖에 따뜻한 목소리로 말했다.

"집에는 그 세 권뿐이야."

샤샤가 놀라며 벽난로를 바라봤다.

"설마 태우시는 거예요?"

다아시가 소파에 앉았다.

"이리로 와 볼래?"

샤샤는 망설이지 않았다. 샤샤의 세계에선 아직까지 부자는 좋은 사람이었다. 좋은 사람이 아니면 부자일 수 없을 테니까. 물론 세월이 흐르면서 바뀔 시각이겠지만.

"나는 책을 너무 좋아해서 태우진 않아. 하지만 겨울에 너무 추워서 얼어 죽을지도 모른다면 그때는 태워서 몸을 녹일 수는 있다고 생각해. 그렇게 하면 책이 생명을 지킬 수 있거든. 책은 여러 방식으로 사람을 살릴 수 있지. 마음도 녹이고 위급한 상황에서는 몸도 녹이고 말이야."

"그럼 아저씨의 그 많은 책은 다 어디에 있어요?"

"있잖아, 사람들은 읽는 걸 점점 잊어버리고 있어. 책 앞

표지와 뒤표지 사이에 있는 사람들 이야기가 자신들의 이야기인데도 말이야. 모든 책에는 심장이 있는데 누군가가 읽기 시작해야 뛰기 시작해. 읽는 사람의 심장과 연결되기 때문이지."

다아시의 목소리에는 슬픔이 어려 있었다. 말을 하면서 샤샤를 보지 않고 불을 바라봤다. 평소에는 말을 거의 하지 않았는데, 이번에는 독백처럼 느껴져서 그만큼 할 수 있었던 것이다. 이 순간 누군가에게 말을 한 것이라면 칼이었을 것이다. 오래전부터 많은 이야기를 나누고 싶었던 사람이기 때문이다.

"난 시대에 조금 뒤떨어진 사람이야. 근데 그게 좋아. 점점 빨라지는 세상에서 살고 있는 느린 사람인 거지. 그리고 난 사람들이 책을 읽었으면 좋겠어."

다아시는 작은 책 더미에서 한 권을 집어 들었다.

"내가 읽은 책은 바로 구시가지 도서관으로 보내. 그러면 책이 누레질 때까지 다른 사람들도 즐겨 볼 수 있으니까."

"누레질 때까지…."

샤샤는 다아시의 말을 곱씹어 봤다.

"징그러운 말이네요. 뭔가 끈적거리는 느낌이에요."

"그래, 맞아. 페이지를 만지면 전염병처럼 옮을 것 같지. 누레진 책은 이제 아무도 만지고 싶어 하지 않아. 나병에 걸린 사람처럼. 내가 누레진 책들을 더 낡지 않고 안전하게 보관할 수 있도록 구시가지 도서관에 건물 증축 비용을 기부했어. 버림받은 책들의 수용소라고나 할까? 아쉽게도 치료는 더 이상 못 받겠지만."

어두운 도서관에서 오래된 책들이 서로에게 의지하며 몸을 부비고 있는 모습을 상상해 보니 샤샤는 왠지 슬퍼졌다. 하지만 공허한 저택과 텅 비어 있는 차가운 벽, 이곳에서 본 것들도 슬픈 건 마찬가지였다.

"그래도 특별히 마음에 들었던 책 몇 권은 있을 거잖아요. 그런 책은 남에게 안 주고 갖고 싶잖아요. 전 『로테와 루이제˙』는 절대로 누구한테 안 줄 거예요!"

"가장 애착이 가는 책이야말로 다른 사람에게 주면 더 좋지. 그 책 덕분에 얼마나 행복해지겠어."

"거의 목사님 같으시네요."

다아시의 입가에 웃음이 번졌다.

"가끔은 내가 생각해도 그래."

그리고 칼 콜호프를 쳐다봤다.

"아주 똑소리 나는 작은 동행자를 두셨습니다."

"저도 놀랐습니다."

"다음에 또 데리고 오시죠. 전 그럼 저 바다 건너의 증시

• 에리히 캐스트너(Erich Kästner)의 『쌍둥이 로테(Das doppelte Lottchen)』. 『로테와 루이제』로 출간되었다.

가 문 닫기 전에 일을 좀 더 하러 가 봐야겠습니다."

다아시는 고풍스러운 표현을 쓰는 걸 좋아했다. 냉철한 머니 게임에 상냥함이라는 붓 터치를 더해 주는 듯했다.

"다음번에 오면 너와 콜호프 씨에게 내 정원을 보여 주고 싶은데, 괜찮지? 콜호프 씨에게는 예전부터 늘 보여 드리고 싶었거든."

칼은 절대 눈물을 흘리는 사람이 아니었다. 마지막으로 울었던 건 열네 살 때, 엄마의 비싼 향수까지 뿌려 가며 정성스레 쓴 러브레터를 그 여자아이가 쉬는 시간에 친구들 앞에서 읽고는 결국 쓰레기통에 버린 걸 본 후였다. 마음이 찢어질 듯 아팠다. 그런데 이제는 그 여자아이의 이름조차 생각나지 않았고, 눈물샘은 슬퍼서 우는 법을 잊어버렸다. 이번에도 칼은 눈가가 살짝 시린 느낌만 받았을 뿐이었다.

미스터 다아시는 두 사람을 문까지 배웅했고, 세 사람은 예의 있게 인사를 나눴다.

저택에서 나온 칼은 한 발로 중심을 잡으려는 샤샤를 봤다. 꽤나 오래 바라봤다.

"저한테 무슨 말씀 하실지 알아요."

샤샤가 드디어 중심을 잡는 데에 성공했다.

"거기서 뛰지 말았어야 했다고, 정말 그러지 말아야 했죠."

칼이 끄덕였다.

"그리고 그 집에서 제 귀를 잡고 아빠한테 끌고 가고 싶었다고 말하고 싶으실 거예요."

위협적으로 작은 손가락을 들어 올렸다.

"그리고 다시는 절대, 절대, 절대 따라오지 말라고!"

칼이 이번에는 끄덕이지 않았다.

"그런데 그분이 너무 친절하고 우리 둘 다 초대해 주셔서 더 이상 그 말을 할 수가 없으신 거죠? 제가 잘못한 건 맞지만, 결국 제가 뛰어 들어간 게 좋았던 거잖아요. 그래서 지금 무슨 말을 해야 할지 모르실 거예요. 머릿속 두 개의 목소리 중 어느 게 맞는지 모르시니까요. 제가 괜찮은 제안을 하나 할게요. 전 계속 할아버지랑 같이 가고 대신 얌전하게 있을게요. 제가 실수를 통해서 배운 거니까, 보상이 있어야 하지 않을까요?"

"여러모로 곰곰이 생각해 봤구나."

"긴 복도를 걷는 동안 머릿속에 다 떠올랐어요."

"난 이제 가 봐야 해."

칼이 기가 찬 듯 고개를 저으면서 출발했다.

"배낭 속에 있는 다른 책들도 주인들에게 가야 하거든."

"저는요? 전 여기서 집에 어떻게 가는지도 몰라요."

칼이 멈춰 섰다.

"이것도 복도에서 생각한 거니?"

샤샤가 자랑스럽게 고개를 끄덕였다.

"다른 말들이 안 떠오를 때를 대비해서요."

그리고 세상에서 가장 착한 여자아이인 것처럼 결백한 미소를 지어 보였다.

칼이 심호흡을 했다.

"그럼 절대 다시는 집 안으로 뛰어 들어가지 않는 거다? 궁금해도 안 돼."

"네에에, 안 그럴 거예요."

"정말이지?"

샤샤는 칼에게 다가가서 악수를 하기 위해 손을 내밀었고 칼은 그 손을 잡았다.

"약속은 약속이니까 어기면 안 된다."

샤샤는 말마디마다 박자를 타듯 악수하고 있는 손을 흔들었다. 그걸로 약속에 도장을 찍은 것이었다.

그다음 방문한 곳은 퇴거 명령을 받고도 떠나지 않고 남아 있는 수녀가 사는 오래된 수녀원이었다. 519년이 지나 바티칸에서 베네딕트 수도회 소속의 이 교구를 해체시켰지만, 수녀는 이곳을 떠나고 싶어 하지 않았다. 자신의 집이기 때문이었다.

마리아 힐데가르트 수녀가 태어났을 때는 아무도 그녀

가 수도원에서 살게 될 것이라고 생각하지 못했다. 아버지는 분자생물학자였고, 어머니는 천체물리학자였다. 두 분은 과학을 굳게 믿고 있었다. 숫자나 문자로 설명이 되지 않는 건 그들에게 가치가 없었다. 신은 절대 들어올 틈이 없었다.

그러나 딸은 유치원에 다닐 때부터 공주나 우주생물학자(부모의 말하지 못한 소원이었다)가 아니라 수녀가 되겠다고 했다. 당시에 부모는 아이가 크면서 꿈이 바뀔 거라고 대수롭지 않게 생각하며 웃어 넘겼다. 종종 딸에게 손주를 갖고 싶다고 이야기하기도 했다. 그러나 딸의 장래 희망은 딸과 함께 쑥쑥 자랐다. 구름처럼 잡히지 않으면서 특정한 모양 없이 바람에 의해 형태가 만들어지는 희미한 꿈이었다. 구름은 늘 다른 모양을 하고 있지만, 결국 늘 같은 구름이었다. 아비투어가 끝나고 딸은 고아들을 돌보기 위해 6개월 동안 짐바브웨로 떠났다. 공교롭게도 베네딕트 수도회 수녀들이 이끈 봉사 활동이었다. 미래에 마리아 힐데가르트 수녀가 될 그녀의 삶에 내적 고요함이 찾아왔다. 저녁에는 신약을 읽었다. 다음 시간까지 끝내야 하는 학교 숙제처럼 억지로가 아니라 자발적으로 소화할 수 있는 만큼만 읽었다. 함께 갈 수 있는 길을 안내하는 예수라는 젊은 청년을 알게 되었고, 그 청년이 자신을 베네딕트 수도회의 한 수도원으로 인도했다. 난생처음으로 자신이 진심으로 받아들여지는 것을 느꼈다. 집이 없다고 생각했을 때 집으로 돌아온 것 같은 느낌이었다. 밖에서는 이렇게 좋았던 적이 없었기 때문에 마리아 힐데가르트 수녀는 자신에게 너무나도 특별한 이곳을 떠나고 싶지 않았던 것이다.

교구에서는 이미 퇴거 명령을 내리고 전기와 물, 난방을 끊었고, 벌금으로 으름장도 놓았지만, 오랜 교회법에 따라 수녀를 강제로 내쫓지는 못했다. 그러나 스스로 그곳을 떠난다면 다시 돌아오는 건 법적으로 막을 수 있었다. 마리아 힐데가르트 수녀는 자신이 얼마나 지속적으로 감시를 당하고 있는지는 몰랐지만 그 어떠한 위험도 무릅쓰고 싶지는 않았다. 칼은 수녀에게 늘 범죄소설을 배달해 주었는데 매번 생계용 물품으로 밀가루 1파운드와 양초 한 팩을 같이 건넸다. 두 사람이 이와 관련하여 이야기를 나눈 적은 없었다. 다른 이웃들도 하늘이 언짢아하지 않길 바라면서 계속해서 수녀에게 물품들을 가져다주었다.

칼은 마리아 힐데가르트 수녀가 관리하는 수도원 중정의 텃밭에 대해서는 모르고 있었다. 식수를 공급해 주는 우물에 대해서도 몰랐다. 수녀가 날씨에 대해 그렇게 자주 물었던 이유가 작물을 키우는 데에 중요했기 때문이라는 사실도 까마득히 몰랐다. 수녀에게는 헤르만 헤세의 『나르치스와 골드문트』에 나오는 수도승의 이름을 주었는데, 남자 주인공인 나르치스보다 더 포괄적인 학명을 골라 아마릴리스* 수녀라고 했다.

샤샤는 수녀를 만난다는 사실이 흥미로웠다. 수녀는 성체만 먹는지, 베일 아래 머리는 있는지 (보통 수녀들의 머리 길이는 어떤지) 그리고 특별한 수녀 잠옷이 있는지도 궁금했다. 무엇이든 성수로 씻어야 하는지도 궁금하긴 했지만, 그 질문은 깊숙이 넣어 두었다. 대신 다른 질문이 하고 싶어 입이 근질거렸다.

"수녀면 결혼을 못 하시는 거예요?"

"난 이미 결혼을 했단다."

"헐, 하나님도 아세요?"

아마릴리스가 웃었다.

"난 하나님과 결혼을 했지."

"남편분이 너무 멀리 계시네요."

"왜 그렇게 생각하니? 하늘은 바로 우리 위에 있잖니."

"그렇긴 한데요, 수녀님이 날지는 못하시잖아요."

그리고 아마릴리스의 수녀복을 자세히 살폈다.

"혹시 날 줄 아세요?"

"그건 아직 한 번도 시도를 안 해 봤네."

• 수선화는 식물의 속명으로 아마릴스과에 속한다. 나르치스는 독일어로 수선화와 어원이 같다.

"한번 해 보세요. 하나님의 아내면, 함께 있고 싶어 하실 거예요."

"수녀라면 모두 하나님과 결혼한 거란다."

샤샤는 고개를 갸우뚱했다.

"아내는 한 사람만 있어야 하는 건 줄 알았어요."

그리고 무언가를 깨달은 듯 고개를 끄덕였다.

"하나님이시니까 자기가 만든 규칙을 안 지켜도 되나 보네요."

아마릴리스 수녀는 말문이 막혔고 칼은 못 들은 척 얼른 인사를 드렸다.

꼼꼼히 싼 다음 책은 파우스트 박사의 품에 안겼다. 박사는 자신이 정년퇴직한 교수라고 주장은 했지만, 고등교육을 받은 적이 없었다. 충분히 똑똑한 사람이었지만 부모님에게는 그의 학비를 충당할 돈이 없었기 때문에 할아버지와 아버지를 따라 기차역의 차장이 되었다. 기차가 제때 안 온다거나 누군가가 무능력하거나 불친절하다는 승객들의 터무니없는 불평들을 매일 들어야만 했다. 긴장된 눈빛은 마치 쫓기고 있는 사람처럼 보였다. 그리고 박사는 큰 개, 특히 푸들을 아주 무서워했다. 그러면서도 자신과 같은 박식한 사람에게 어울릴 만한 충성스러운 동반자, 영리하고 믿음직스럽고 특출난 개를 가지고 싶어 했다. 자신의 총명한 머리로도 해결할 수 없는 모순이었다.

박사의 이름은 너무도 쉽게 떠올랐다. 파우스트 박사는 역사적인 내용을 다루는 논문들을 읽었는데, 최대한 많은 내용을 반박하는 편지를 최대한 많이 써서 저자나 대학에 보내기 위해서였다. 칼에게도 편지 내용에 대한 이야기를 해 주었는데, 대부분 맥락이 거의 없다시피 했다. 설명은 물줄기가 너무 많이 나뉘는 강처럼 마르기 일쑤였다. 설명하다 지친 박사는 결국 머리를 흔들며 문을 닫곤 했다.

롱스타킹 부인은 이번에 칼을 위해 비위생적인 오타를 준비했다. '지하똥'

배달 사이사이에 칼은 늘 자신이 세상과 특별히 하나가 됨을 느꼈다. 생각은 많이 하지 않았다. 갈 길에 대해서도 고민하지 않았다. 그건 자신의 발이 맡았다. 그러나 오늘은 달랐다. 샤샤가 말은 거의 안 했지만 옆에 있었고, 그래서 모든 것이 달라졌다.

샤샤가 도대체 왜 와 있는 건지 불현듯 궁금해졌다. 그래서 샤샤에게도 물었다.

"넌 왜 다른 아이들이랑 안 노니? 요즘엔 안 그러는 추세인가?”

“아뇨, 애들은 같이 놀긴 하죠.”

“너는 안 그러고?”

“저도 같이 놀긴 해요.”

“지금은 아니고?”

“네.”

“친구가 없니?”

“있어요.”

칼은 이런 단답형의 답변이 학생 인턴들과 나눈 대화 때문에 익숙했다. 인턴들은 한마디라도 더 하면 큰일 날 것처럼 말을 아꼈다. 그렇게 다른 일에 쏟을 에너지를 아끼는 모양이었다.

“누구?”

“알렉스, 라일라, 지모네, 안나, 에파리나랑 팀이요. 아, 에파리나랑은 더는 안 친해요. 걔는 이제 한심하고 건방진데다 멍청해요. 다음 책은 제가 고객에게 건네줘도 되나요?”

칼은 자신이 선물처럼 포장한 책을 고객에게 건네는 순간을 정말 좋아했다. 조금은, 절대 스스로 인정하지는 않겠지만, 정말 아주 조금은 자신이 산타 같다는 생각을 하기도 했다. 그래서 대답했다.

“아니, 그건 안 돼.”

"아, 제발요! 딱 한 번만요!"

"미안하구나."

"제발제발제발제발제발요!"

"다음에 언제 한 번은 괜찮을진 몰라도, 에피 브리스트는 안 돼."

오늘의 마지막 배달 손님이었다.

"안 돼요. 지금 할래요! 그러면 더 이상 귀찮게 하지도 않을게요. 약속할게요."

"그건 협박이잖아."

"알아요. 효과 있나요?"

에피 브리스트의 집이 보이기 시작했고 칼은 고개를 저었다.

"아니. 하지만 초인종은 누르게 해 줄게."

"그거랑은 다르잖아요!"

"책을 건네는 거랑은 다르지. 대신 예쁜 소리를 내잖아."

그건 맞다. 초인종은 빅벤의 멜로디*를 연주했으니까.

잠시 후 에피가 조금 숨이 찬 듯한 모습으로 문을 열었다.

• 도미레솔 - 도레미도 - 미도레솔 - 솔레미도: 우리나라에서는 학교 수업 종소리로 익숙한 멜로디다.

"콜호프 씨, 안녕하세요."

에피는 샤샤를 발견하고는 "오늘은 손녀딸을 데리고 오셨나 봐요?"라고 물으며 샤샤와 악수를 하기 위해 손을 내밀었다.

"아니에요. 전 샤샤예요. 할아버지를 돕고 있어요. 노인분들은 늘 도와 드려야 하거든요!"

칼은 자신이 늙었다는 걸 날마다 느끼고 있긴 했지만, 이 순간만큼 폭삭 늙어 버린 느낌을 받은 적은 없었다. 샤샤가 자신에게 '혼자서는 잘 못합니다'라는 안내판을 달아 준 것만 같았다.

"전 아이들을 정말 좋아해요."

에피가 말했다.

"아줌마도 아이가 있으세요?"

네, 아니오, 단 한 마디로만 대답하면 되는 질문이었기 때문에 샤샤는 쉬운 질문이라고 생각했다. 그러나 안드레아 크렘멘에게는 한 단어가 아니라 도서관 하나가 통째로 연결된 질문이었다.

"아직은 없어."

도서관을 요약한 답변이었다. 칼은 오늘의 마지막 책을 꺼내기 위해 배낭을 내려놓고 끈을 풀었다.

"제가 건네 드려도 돼요?"

샤샤가 세상 귀여운 목소리로 선수 쳐 물었다.

"아이에게 책을 건네게 해 주시죠. 거기에 큰 의미를 두는 것 같네요."

칼은 망설였다. 배달이 제대로 마무리가 안 될 분위기였다. 수십 년 이래 처음으로. 모든 건 변하고 있었고, 자신이 느끼기에 너무 빠르게 변하고 있었다. 자신의 손 근육이 움직이는 걸 거부하고 있는 듯한 느낌을 받았다. 책을 든 손이 샤샤의 작은 손을 향해 반쯤 가다 멈춰 버렸다. 결국 샤샤가 선물 꾸러미를 빼앗다시피 가져가 너무 급하고 격식 없이 에피의 손에 쥐어 줬다.

"풀어 보세요! 전 안에 뭐가 들었는지 보고 싶어서 선물을 늘 엄청 빨리 뜯어요. 그리고 지금은 아줌마 선물이 뭔지 보고 싶어요."

성공작의 후속편, 『그림자 장미의 딸』이었다. 책날개의 소개 글을 보면 잔혹한 고아원에서 자라야만 했던 재능 있는 젊은 여자 정원사의 이야기로 전작보다 더 드라마틱한 사건을 담고 있었다.

"이야기가 슬퍼 보이네요."

머리를 숙인 채 폭풍 속에서 습지를 건너는 여인이 그려진 표지를 보며 샤샤가 말했다. 에피는 페이지를 훑어 넘겼다.

"슬프지. 그런데 아주 현실적이기도 하지. 아무튼 이 책을 읽는 게 너무 기대되네."

그리고 샤샤를 보며 물었다.

"다음에 또 책 배달을 와 줄래?"

"그럼요. 할아버지가 그렇게 하게 해 주신다면요."

"허락해 주실 거죠? 그쵸?"

에피의 말에 칼이 미소를 지으며 말했다.

"한번 생각해 보도록 하죠."

에피는 다시 샤샤를 바라보았다.

"콜호프 씨의 이 말은 그렇다는 뜻이야."

실은 아니라는 의미였다. 에피도 그럴 거라고 짐작은 했다. 그런데 그런 의미가 되지 않기를 바랐다. 어떤 말이 정확하게 내뱉어지지 않으면 해석의 여지가 있고 이를 이용할 수 있었다.

서로에게 인사를 하고 칼은 치밀하게 계획된 자신의 하루 일과에 일어난 변화를 받아들여야 했다. 바로 집으로 못 가고 샤샤를 다시 대성당 광장으로 데려다줘야 하기 때문이다. 돌아서 가면 집에서 책을 읽을 시간이 줄어들 것이고, 그래서 더 적은 분량을 읽게 될 것이며, 그래서 읽고 있는 책을 끝내려면 더 많은 시간이 걸리고, 결국 그다음 책도 더 늦게 시작하게 될 것이다. 모든 것이 촘촘하게 맞물린 인생에 가장 작은 먼지 한 톨이 톱니바퀴 전체의 균형을 깬 셈이다.

"아줌마가 참 친절하시네요."

이제는 거꾸로 걸어가면서 샤샤가 말했다.

"그런데 왠지 이상해요."

"알아."

"책을 너무 이상하게 넘겨서 보셨어요. 할아버지도 보셨어요?"

"뭘 말이니?"

"잘 모르겠어요. 다음번에 가면 더 자세히 봐야겠어요. 왠지 보통 사람처럼 하지 않았어요."

"에피가 좀 까다롭긴 하지."

샤샤가 이번에는 총총 뛰기 시작했다.

"그런데 왜 에피 브리스트라고 하세요? 그리고 미스터 다아시라고? 초인종 옆 이름표에는 다르게 적혀 있잖아요."

"내가 그분들에게 붙여 준 이름들이야. 더 어울리는 이름들이지. 책을 좋아하는 사람들은 소설 속 주인공의 이름을 받을 자격이 있지."

"저도 받을 자격이 있나요?"

"책을 많이 보니?"

"충분히요!"

"넌 자신에게 어떤 이름을 붙여 주고 싶니?"

"제가 먼저 물었잖아요."

"안 물어봤어."

샤샤가 웃었다.

"그렇네요. 하지만 내일은 이름을 알려 주실 거죠, 네? 그럼 책 산책가님, 안녕히 가세요!"

그리고 샤샤는 뛰어갔다.

칼은 날카로워진 신경을 술로 조금 진정시키기 위해 와인 한 병을 사 가기로 마음먹었다. 오래된 차에 윤활유가 필요하듯 칼에게는 와인이 필요했다. 늘 프랑켄산 화이트와인인 실바너를 샀는데, 배와 마르멜루*특유의 향도 향이지만, 아름답게 빚은 납작한 호리병 모양의 병을 손가락 끝으로 만지는 걸 좋아하기 때문이다. 그 병은 거의 그 산지에서만 볼 수 있었다. 와인을 사러 간 김에 두 병을 샀다. 내일도 샤샤가 나타날 것이 거의 확실하기 때문이다.

다음 날 칼은 뮌스터블릭** 시니어 홈에 살고 있는 이전 사장, 구스타프 그루버를 찾아갔다. 사실 대성당은 시니어 홈의 지붕 위에서 3미터는 족히 뛰어야 보일 정도였다. 칼은 늘

• 마르멜루marmelo: 열매는 서양배 모양으로 노란데 겉에 회백색 솜털이 빽빽하게 나 있으며, 달고 향기가 있어 날로 먹거나 잼·마멀레이드를 만드는 데 쓴다.

•• 뮌스터블릭Münsterblick: 대성당을 바라볼 수 있다는 뜻.

아침과 점심 식사 사이에 구스타프를 찾아갔다. 식사 시간에는 방해하지 않는 것이 중요했다. 시니어 홈에서는 시계가 아니라 식사 시간에 따라 일정이 흘러갔다. 오후에는 티타임과 저녁 식사 그리고 더 늦게는 취침 전 술 한 잔과 간식을 먹는 시간이 있었다.

구스타프는 예전에는 밀처럼 노란 곱슬머리였는데, 이제는 같은 색의 가발을 쓰고 있었다. 마지막 남은 몇 가닥의 눈썹과 하얗게 센 수염 자국을 조롱하는 듯, 가발은 강렬한 색을 내뿜고 있었다. 구스타프는 오래전에 분장을 지워 버린 피에로와 같았다. 그렇지만 눈가와 입 주변의 웃음 주름과 이마와 미간의 생각 주름에는 유머와 지혜가 여전히 남아 있었다. 두 눈의 장난기는 예전만 못하고 눈동자는 더 이상 빛나진 않았지만, 아직 농담할 여력은 있었다.

구스타프는 표지를 벗겨 버린 책 한 권을 들고 침대에 누워 있었다. 무게 때문에 하드커버 책들은 이제 거의 들 수 없을 정도가 되었지만, 페이퍼백은 차마 용납하지 못했다. 커버가 단단해야 그 속의 소중한 말들이 잘 보호되는 것처럼 느껴졌기 때문이다. 시간과 죽음이 자신의 구석구석을 갉아먹고, 자신이 보호받지 못하고 있다고 느끼는 지금, 적어도 자신과 짧은 시간이라도 함께 사는 말들은 안전하게 지냈으면 했다.

칼이 들어오자 구스타프가 책을 이불 속으로 밀어 넣었다.

"오늘 좋아 보이시네요."

"자네, 전에는 거짓말을 좀 더 그럴듯하게 했는데. 난 더이상 좋아 보이지 않는다고! 내가 집이었다면 이미 굴삭기들이 철거하러 왔을 거야."

칼이 이불을 가리키며 말했다.

"구스타프 사장님, 매번 그러시네요."

"뭘 말인가? 안 좋아 보이는 거 말인가? 이미 수십 년 동안이나 숙달이 되었으니 그럴 만하겠지."

"책 숨기시는 거 말이에요."

"그건 나름의 이유가 있겠지, 안 그런가?"

"사장님 연세에 야한 책을 보신다고 제가 이상하게 생각할 것 같으세요?"

구스타프가 크게 웃다가 웃음이 심한 기침으로 번졌다. 이런 일이 일어나고 나서부터는 웃지 않으려고 노력했다. 더이상 웃긴 건 읽지도 듣지도 보지도 않았다. 신문의 유머 면은 바로 버렸다. 그렇게 해서 기침 발작이 실제로 줄기는 했다.

그러나 자신의 폐는 웃음을 그리워한 모양이었다. 웃음이 혈액순환을 더 원활하게 해 주기 때문이다. 그리고 자신의 마음도 웃음을 그리워하기는 했다.

"난 너무 늙었어."

구스타프가 한숨을 돌린 후 입을 뗐다.

"그런 책에 뭐가 쓰였는지 이제는 이해도 못 할 거야. 너무 늙어 버려서 에로티즘이 고대 그리스어 같아. 글자는 읽어도 의미는 더 이상 이해하지도 못할 거야."

"그럼 책을 왜 맨날 숨기시는 거예요?"

칼이 침대 옆에 있는 의자에 앉아 구스타프의 손을 잡았다.

"내가 뭘 읽고 있는지 정말 알고 싶은 건가?"

"그럼요."

"아마 웃을 거야."

"안 웃을게요. 약속해요."

구스타프가 책을 끄집어내어 칼에게 건네주었다. 스티븐슨의 『보물섬』이었다. 칼은 질감이 좋은 표지를 어루만졌다.

"어릴 때 읽었던 책들을 보고 있어. 모험소설들 말이야. 카를 마이 책들을 많이 보지. 기억에 남아 있는 만큼 책들이 대단히 훌륭하지 않다는 건 이제 눈에 보이지만, 읽고 있으면 왠지 고향 집에 돌아간 느낌이 들더라고."

"구스타프 영감님, 그래서 부끄러우신 거예요?"

"여기 간호사들은 나를 교수라고 해. 내가 책방 주인이어서… 음… 그러니까 이었기 때문에…."

잠시 말을 멈추었다.

"날 지식인이라고 생각한다고, 나를! 상상이 가?"

"맞으시잖아요."

"많이 읽는다고 지식인이 되지는 않아. 많이 먹는다고 미식가가 되는 게 아니듯이. 난 아주 이기적으로 내 즐거움을 위해서, 좋은 이야기들을 사랑하니까 읽지. 세상을 배우기 위해서가 아니라."

"뭘 부정하시려고 하는 거예요. 사장님 머리처럼 늙은 머리에도 무언가는 늘 남아 있죠."

구스타프는 집게손가락으로 『보물섬』을 톡톡 쳤다.

"이 책들은 예전에 부모님이 선물해 준 거야. 자네도 알다시피 우리 부모님도 책방을 운영하셨지."

"그루버 가문이잖아요."

"그렇지! 어떤 가족들은 음식으로 사랑을 표현하지. 샌드위치에 버터를 특별히 듬뿍 발라 준다든지, 햄을 하나 더 올려 준다든지 해서. 세상의 추위로부터 조금이라도 따뜻하게 해 주기 위해 더 오래 서로를 안아 주는 가족도 있고. 우리 가족은 옛날부터 책으로 사랑을 전하곤 했지. 꼭 어울리는 책이 아니어도 말이지. 내가 초등학교에 입학했을 때는 한 문장을 힘겹게 읽어 내는 수준이었고, 한 자 한 자를 더듬으면서 발음하고 뚝뚝 끊어지면서도 단어들을 겨우 이어서 읽었지."

구스타프가 웃다가 기침을 했다.

"그때 우리 아버지가 나한테 토마스 만의 『부덴브로크

가의 사람들』을 선물했다니까! 긴 문장으로 가득한 수백 페이지의 책을! 너무나도 아름답고 우아한 금목걸이처럼 세공된 문장들이지만, 그만큼 아주 길지. 그래서 나에게 엄청난 영향을 줬지. 나에게 두려움을 안겨 줬어. 그다음 해에는 톨스토이의 『전쟁과 평화』를 받았고, 아직 잃어버린 시간이 있을 리가 없는 열 살이 되던 해에는 어머니가 프루스트의 『잃어버린 시간을 찾아서』를 선물해 주셨어. 우리 부모님에게는 어린이용이나 어른용 책이 따로 없었고, 좋은 책과 별로인 책만 있었어. 그리고 나에게는 가장 좋은 책들을 주신 거지. 다른 사람들이 평생을 간직하는 다이아몬드 액세서리를 선물하듯이 말이야."

구스타프가 씩 웃었다.

"내가 또 강의를 해 버렸나?"

"전 그런 모습을 평생 봐 온 걸요. 다르게는 상상하고 싶지도 않네요."

"거짓말쟁이!"

구스타프가 팔꿈치로 칼의 팔을 툭 쳤지만, 그 힘은 갓난아기의 발길질보다도 못했다.

"근데 그런 거짓말은 제발 그만두지는 말게."

"최근에 읽다가 사장님이 생각난 책이 있어요."

"늙어서도 모든 치마 뒤꽁무니를 쫓아다니는 도시의 소

문난 바람둥이 책이었나?"

피곤해 보였던 눈이 장난기로 반짝이기 시작했다.

"읽은 책 속의 모든 장소를 여행하는 나이 든 책방 주인의 이야기였어요."

구스타프는 침대에서 몸을 조금 더 일으켰다. 힘겨웠다. 그러고는 자신의 여윈 몸을 가리켰다.

"자네 눈에는 내가 장거리 여행자 같나? 나한테는 화장실까지 가는 길도 장거리 여행처럼 느껴지고는 있다만."

구스타프가 칼에게 이해심 가득한 따뜻한 미소를 보냈다.

"근데 자네야말로 매 순간 책방 직원이지 않나? 나에게 어떻게 지내는지는 물은 적도 없고 늘 책만 추천해 주잖아."

"사장님에게 배웠죠."

칼이 구스타프에게 『보물섬』을 돌려주었다.

"스티븐슨 소설은 우리 새 인턴이 독서를 하게 만들어 줄 수 있을까요?"

"자비네가 그 아이 얘기를 해 줬어. 레온이지, 아마?"

"사장님이라면 이미 한참 전에 맞는 책을 찾아 주셨을 거예요. 이럴 때 사장님의 빈자리가 참 크게 느껴지네요."

구스타프가 손사래를 쳤다.

"그건 언젠가 자비네가 내가 한 것보다 훨씬 더 잘하게 될 거야."

칼은 의자가 갑자기 불편해져서 편안한 자세를 찾으려고 움직였지만 찾지 못했다.

"이 말이 불편한 게지? 그렇지? 이젠 자네가 칼 영감님이 됐구먼."

구스타프가 회심의 미소를 지었다.

"내 말을 못 믿겠지만 자비네가 자네를 아주 좋아하네. 잘 표현하지는 못하지만 말이야."

"저도 좋아해요. 사장님 딸이잖아요."

"그리고 자네 사장이기도 하지!"

"그렇죠. 그러니 계약상으로라도 좋아해야죠."

"그냥 뭐든지 새롭게 하고 더 좋게 하려고 한다는 걸 자네가 이해해 줘야 해. 그게 젊은이들의 특권 아니겠어."

구스타프가 이불을 반듯이 폈다.

"자비네는 자신의 자리를 굳건히 하고 남들 앞에서도 자기 목소리를 낼 줄 알아야 해. 사장으로서 약한 모습을 보이면 안 되거든."

구스타프가 몸을 앞으로 살짝 숙이고 목소리를 낮추고 말을 해서 그런지 목소리가 마치 어루만져 주는 것처럼 느껴졌다.

"자네가 책 배달을 하고 싶을 때까지 계속 해도 된다고 나랑 약속했다네."

"감사합니다."

칼은 구스타프를 바라보지 않았다. 책 배달이 자신에게 얼마나 큰 의미가 있는지를 들키고 싶지 않기 때문이었다. 물론, 구스타프는 이미 알고 있었지만.

"자비네가 늘 자네를 조금 질투했어. 자신이 아니라 자네가 타고난 책방 직원이기 때문이지."

그런데 그건 구스타프의 착각이었다. 그의 딸은 자신의 현대적인 마케팅이 월등히 낮다고 생각했다. 그리고 아버지가 칼을 많이 아낀다는 것도 늘 느끼고 있었다. 자비네는 칼의 능력도 부러워했지만, 칼을 향한 아버지의 그 애정을 더 부러워했다.

"사람들은 자네를 참 신뢰하네. 책방 직원에게는 중요한 덕목이지. 자네가 책을 추천해 주면 고객이, 자신의 마음에 들었으면 좋겠다고 바라는 걸 넘어서, 이미 마음에 들 거라고 확신하는 거지. 그리고 마음에 안 들 경우에는 절대 자네 때문이 아니라 자기 자신 때문이라고 생각하게 되지."

그리고 칼에게 인정하는 눈빛을 보냈다.

"전 사장님 기분 전환을 해 드리려고 왔는데, 제가 받고 있네요."

"그건 내가 더 잘하는 거니까, 그냥 내가 하기로 하지!"

칼은 퀴즈 놀이를 할 시간이 되었다고 생각했다. 늘 하는 같은 놀이지만, 매번 주제가 바뀌었다.

"이럴 땐 이런 책 베스트 파이브… 누군가에게 활기를 불어넣어 주고 싶을 때."

구스타프가 다섯 권을 말하고 나면 칼이 생각나는 다섯 권을 말했다. 둘은 각 책의 장단점과 작가들에 대해 이야기를 나누고, 그 뒤에는 시니어 홈에 사는 인물이 나오는 책 베스트 파이브에 대해 이야기했다. 이 주제는 조금 어렵긴 했지만 결국 목록을 완성했다. 칼은 구스타프에게 일주일에 단 몇 시간이라도 책방에 다시 와야 한다고 말했다. 그리고 구스타프는 너무 많이 웃었다. 그러다 기력이 떨어졌다.

"내가 다시 돌아가지 못한다는 건 자네도 잘 알잖아."

"그런 말 하지 마세요."

"우리는 낡은 진공관 라디오야. 우리 시대는 갔지. 우리가 제대로 작동하는 동안에는 잘 못 느끼지만, 고장 나면 이젠 더 이상 갈아 끼울 수 있는 부품도 없어."

"지혜로운 명언들이 적혀 있는 그 엽서들처럼 들려요."

"그 엽서들은 한물가진 않았어. 꽤 잘 팔리지!"

구스타프는 씩씩대며 숨을 쉬었다.

"난 이제 좀 자야겠네. 잠을 자야 내 혈색도 젊게 유지할 수 있다고!"

그리고 그는 잠시 망설이는 듯했다. 얼굴에는 고통이 번져 나갔다. 대화의 막바지에는 늘 같은 질문을 했다. 이번에는 말을 꺼내기 위해 숨을 깊이 들이쉬었고, 말을 내뱉을 때는 목소리가 떨렸다.

"다음 주에 또 오는 건가?"

"그럼요."

"그렇게 대답해 줘서 좋군."

"앞으로도 계속 올 거라는 거 아시잖아요."

구스타프는 고개를 끄덕이고 머리를 돌렸다.

"그럼 잘 지내고 계세요, 사장님."

칼이 말하고 작별 인사로 구스타프의 야윈 팔을 쓰다듬었다.

"잘 지내게, 수습생."

적과 흑*

　　암 슈탓토어 책방에 있던 칼의 기사가 끼워진 액자가 사라졌다. 엠보싱 벽지 위 희미한 네모만이 액자가 걸려 있던 자리라는 걸 말해 주고 있었다. 자비네 그루버가 인사를 건너뛰고 말했다.

　　"칼, 책 배달 주문이 점점 줄어들고 있네요."

　　그리고 티 나게 한숨을 쉬었다.

　　"그래도 배달 나가면서 제가 쓰는 돈은 별로 없잖아요."

　　"시간이나 보험 비용 말이에요, 콜호프 씨!"

　　자비네는 이마 끝에 닿을 정도로 눈썹을 치켜올렸다.

● 스탕달Stendhal의 『적과 흑Le Rouge et le Noir』

"책은 몇 권 안 되는데 시간이 너무 많이 들어요. 요즘 책방 운영 방식들이 많이 달라졌어요."

"사람들이 다 좋아하는데요."

대답하면서 칼은 고마운 마음으로 웃고 있는 고객들의 얼굴을 떠올렸다.

"그분들은 얼마 되지도 않은 거리를 걸어서 직접 가게에 오면 더 좋아할 거예요. 움직이는 게 건강에도 좋잖아요. 맑은 공기도 마찬가지고요! 그렇게 생각하지 않아요? 앞으로는 이 특별한 서비스를 더는 알리지 않았으면 해요. 손님들께도 더는 안내해 드리지 않으려고요. 제 결정에 동의하시죠, 콜호프 씨?"

칼은 자비네를 출생부터 지켜봐 왔다. 자신의 무릎에 앉혀 책을 읽어 주거나 말 타기 놀이를 하면서 웃게 해 줬다. 자비네는 그를 칼 삼촌이라고 불렀다. 칼이 좋아하는 몇 안 되는 아이 가운데 한 명이었다. 그런데 책방 운영을 넘겨받고 나서는 자비네가 칼을 자기 사무실로 불러 앞으로는 서로 존댓말을 하자고 했다. 그렇게 하는 것이 마땅하다고. 칼은 전혀 마땅하다고 생각하지 않았다.

칼은 "사장님 결정이니까요"라고 대답하고 책을 포장하기 위해 자기 방으로 갔다. 다른 직원들은 칼을 격려와 동정의 눈빛으로 바라봤다. 이 책방에서 일하는 모든 직원이 칼에게 교육을 받았다. 그런데 그 순간에는 아무도 칼에게 말을 건네지 않았다. 모두가 말없이 굳어 있었다.

닉 혼비의 『피버 피치』는 아직도 읽히지 않은 채 책상에 놓여 있었다. 그리고 레온은 아직도 책에는 눈길도 주지 않고 바닥에 쪼그리고 앉아 있었다. 칼은 아무 말 없이 책을 포장했다. 오늘은 헤라클레스에게 가져다줄 책도 한 권 있어서 산책이 좀 더 길어질 것이다.

대성당 광장이 가까워지자 칼은 발걸음을 조금씩 늦추고 깡총거리며 뛰는 짙은 머리의 그 소녀를 피해 가기 위해 주위를 살폈다. 오늘은 엉뚱한 질문을 하는 동행자가 없었으면 했다. 더 최악은 허를 찌르는 질문을 하는 동행자였다.

어쩔 수 없이 다른 길로 대성당 광장을 지나가기로 했다. 식당과 카페 상가 쪽 그늘진 아치형 통로에 야외 테이블과 의자들이 있는데, 그 옆으로 걸어가면 샤샤가 자신을 발견할 확률이 그나마 가장 적었다. 심지어 모자를 벗을까도 생각했지만, 쓸데없는 생각은 금방 떨쳐 버렸다. 이제 몇 걸음만 더 가면 베토벤길로 접어든다.

"원래 이쪽으로 안 다니시잖아요."

갑자기 옆에서 밝은 목소리가 말했다.

"할아버지 못 볼 뻔했잖아요."

샤샤를 본 칼은 놀라 멈칫했다. 너무 놀라 멈춰 설 수밖에 없었다.

"어때요, 멋지죠?"

샤샤가 한 바퀴를 빙그르르 돌았다.

"오늘은 빨강 노랑 파랑이 아니에요. 그게 제가 제일 좋아하는 색이지만요."

샤샤는 올리브색 청바지와 개구리 같은 초록색 티셔츠와 연두색 비옷을 입고 배낭을 메고 있었다. 오늘은 칼과 조금은 비슷한 모습이었다. 이렇게 차려입기 위해 친구 두 명에게나 옷을 빌렸다. 샤샤에게 오늘은 따라오면 안 된다고 이야기하려고 했는데, 샤샤의 옷차림이 칼을 그만 무장 해제시켜 버렸다.

"네 나이의 여자애들은 분홍색을 더 좋아하지 않니?"

"전 거의 열 살인데요!"

"미안."

"전 물방울무늬를 좋아해요. 근데 네모나 모서리가 있는 건 다 싫어해요."

"지금은 물방울무늬가 없는데."

샤샤가 바짓가랑이를 살짝 들어 올리자 물방울무늬 양말이 모습을 드러냈다.

"얘네는 제 트레이드마크예요. 할아버지는 무슨 양말 신었어요? 한 번 보여 줘 봐요."

"내 것은 물방울무늬가 없어."

칼은 자신의 양말을 보여 주고 싶지 않았다.

"그럴 줄 알았어요. 물방울무늬처럼 안 보여요."

"물방울무늬처럼 보이는 건 어떻게 보이는 거니?"

"아무튼, 할아버지처럼은 아니에요. 물방울무늬에 대해서라면 제가 다 알아요. 그럼 우리 이제 갈까요? 오늘은 저한테 계획이 있거든요!"

칼은 꼼짝도 하지 않았다.

"무슨 계획? 네 계획이라면 내가 알아야겠는데. 또 어디로 뛰어 들어갈 거니?"

"아뇨. 이상한 거 아니에요. 약속해요! 맹세해요! 그런데 일단 다 끝나고 알려 드릴게요."

"아니 근데⋯."

"할아버지만을 위해서 하는 거라고요! 음, 아니 할아버지만을 위해서 하는 건 아니지만, 아무튼요."

샤샤가 칼을 올려다봤다.

"사실은 멋진 계획이 두 가지나 있어요. 그리고 두 번째는 얘기해 드릴 수 있어요. 이건 사실 얘기해 드려야 해요."

"정말 기대되는군."

'걱정되는군'이 더 어울렸겠지만 칼은 가벼운 두려움을 느끼는 이 순간에도 예의를 지키고 싶었다.

"어젯밤에 침대에 누워서 생각해 봤거든요. 잠들기 전에 천장에 야광 별들만 반짝이고 전부 어두워지면 항상 생각을 엄청 많이 하거든요."

샤샤가 집게손가락을 치켜들었다.

"결론은, 할아버지가 절 전혀 모르기 때문에 저한테 어울리는 책 주인공 이름을 줄 수가 없는 거예요. 그래서 오늘 할아버지한테 저에 대해 엄청 엄청 많이 얘기해 드릴 거예요. 될 수 있으면 다요."

그러고 나서 샤샤는 자신의 계획을 실행에 옮기며 이야기를 하기 시작했다. 자신의 출생(진통이 두 시간뿐이었고, 태어나자마자 머리카락이 있었다)부터 유치원(물개반, 비행기 모양 옷걸이)을 거쳐, 학교(A반, 최고, 아쉽게도 쉴트 선생님은 최고의 선생님은 아니었다)까지. 샤샤는 A반에서 가장 인기 있는 아이가 아니었다. 정반대였다. 체육 시간에 팀을 정하면 늘 가장 마지막에 선택받고, 실습 활동할 때 아무도 짝을 하고 싶어 하지 않는 아이일 뿐만 아니라, 쉬는 시간에 같은 반 아이들이 술래잡기를 하며 놀거나 정글짐 위에서 떠들고 있을 때 늘 혼자 관리실 앞 바닥에 앉아 있는 아이였다. 샤샤는 여러 번, 가능한 모든 말 뒤에 자신이 책을 얼마나 사랑하는지를 강조하고, 그래서 다른 아이들이 자신을 책벌레라고 놀린다고 했다. 애들이 벌써 사인펜으로 자기 의자에 벌레를 그려 놨다고. 그것도 화장실에 가는 벌레를. 지몬도 자기를 놀린다고 했다. 론 위즐리*처럼 생겼는데, 컴퓨터게임에만 관심 있고, 모든 여자애들이 지몬이 멍청하다고 생각한다고 했다. 샤샤는 지몬이 전혀 멍청하다고 생각하지 않는데, 왜 그런지는 몰랐다. 더더구나 지몬을 보면 왠지 느낌이 이상한데, 어떻게 해야 할지 전혀 알 수 없었다.

두 사람은 오늘의 첫 번째 고객, 헤라클레스가 사는 예쁜 다세대주택 앞에 멈춰 섰다. "잠깐만요." 칼이 마이크 트뢰퍼라는 이름표 옆 초인종을 누르려는 순간 샤샤가 막았다. 그리고 유니콘과 무지개가 그려져 있고 옆쪽에는 자물쇠로 잠겨 있는 커다란 10문 10답 다이어리를 자기 배낭에서 번거롭게 꺼냈다. 칼은 책이 세상을 구할 수 있다는 걸 알고 있다. 그리고 10문 10답 다이어리도 그런 역할을 할 수 있다는 걸 아는 극히 드문 사람들 가운데 하나이기도 했다. 10문 10답 다이어리가 구할 수 있는 세상이 아무리 작다 할지라도, 그 세상 속에 살고 있는 사람에게는 그 세상이 전부일지도 모르는 일이었다.

"이 고객 집에는 뛰어 들어가면 안 돼."

• 조앤 롤링Joanne Rowling의 『해리 포터Harry Potter』에 나오는 해리의 친구

칼이 샤샤에게 한 번 더 신신당부했다.

"어차피 차 한 잔 하자고 부엌으로 가자고 할 거야."

"아무 데서나 뛰어다니지 않겠다고 이미 약속했잖아요. 그때 다아시 아저씨 집은 빼고요. 결과적으로는 잘됐잖아요."

"넌 꼭 그렇게 마지막까지 네 할 말을 해야겠니?"

"제 말이 맞아요, 안 맞아요?"

그 순간 문이 열렸다. 검은 티셔츠 소매 사이로 엄청난 근육이 드러나는 우람한 체격의 남자가 3층에서 기다리고 있었다.

"콜호프 씨, 들어오세요! 얼른 얼그레이 차 한 잔 우려 드릴게요."

샤샤가 칼을 올려다보며 속삭였다.

"그 이상한 차 좋아하세요?"

"아니, 그런데 그걸 그분에게 얘기하는 건 실례야."

"그러면 매번 싫어하는 차를 드셔야 하잖아요."

"그 마음이 고맙잖아."

헤라클레스는 칼과 악수를 하고 샤샤에게도 손을 내밀었다. 우악스러운 손으로 자기의 작은 손을 감싸려 할 때, 샤샤는 조금 무서웠다. 그런데 예상과는 달리 손을 아주 살짝만 쥐었다.

"난 마이크라고 하는데, 넌?"

"샤샤예요."

"너도 얼그레이 차 좋아하니?"

"아니요, 저도 안 좋아해요."

헤라클레스가 부엌을 향해 앞장섰다.

"그럼 물? 우유?"

"아무거나요"라고 대답하고 샤샤는 감탄하면서 주변을 둘러보았다. 이런 집은 처음 봤다. 새하얗게 칠한 벽에는 은색 액자가 잔뜩 걸려 있었다. 문장을 멋지게 꾸민 그림들이었다. 활자로 그린 그림도 있고 힘 있는 손 글씨로 써서 알아보기 힘든 것들도 있었다. 하트 모양으로 배열된 문장도 있고, 교회 모양으로 쓰여진 것도 있었다.

부엌에도 흰색과 은색이 가장 두드러지는 색이었다. 너무 깔끔하고 깨끗해서 이제 막 포장을 뜯은 것처럼 보였다. 샤샤가 잠깐 화장실을 써도 되냐고 묻자 헤라클레스는 길을 알려 주었다.

샤샤가 돌아왔을 때는 자신을 위한 시원한 물 한 잔이 식탁에 놓여 있었고, 칼은 김이 모락모락 나는 차를 대접받고 있었다. 정작 헤라클레스는 아무것도 마시지 않았다.

"한 모금 마시기 전에 책을 먼저 드리죠."

칼이 군용 배낭에서 책을 꺼내며 말했다. 헤라클레스는 아주 조심스럽게 포장을 뜯었는데, 샤샤가 다른 고객들한테서는 전혀 보지 못했던 모습이었다. 경건하게, 아니 신성하게 느껴질 정도로 조심스럽게 책을 다루고 있었다. 얼른 다이어리에 무언가를 적었다.

"딱 원하시던 희귀본입니다."

칼은 이 책을 어렵게 중고로 구하기는 했지만, 헤라클레스가 왜 비싼 희귀본을 주문했는지는 아직도 이해하지 못했다. 샤샤가 목을 길게 빼고 제목을 읽었다.

"『젊은 베르테르의 슬픔』? 혹시 그거랑 관…?"

"아니."

칼이 말을 잘랐다.

"제가 뭐라고 물으려고 했는지 모르시잖아요."

"알아. 정말이야. 그리고 그 질문을 지겹도록 들어서 이제는 감흥도 없구나."

"제가 말하려던 게 아무 감흥도 주지 못하면 정말 최악이겠네요."

샤샤가 히죽 웃었다.

"그런 거지."

헤라클레스가 칼에게 책을 다시 건네주면서 말했다.

"책에 대해 좀 얘기해 주시죠, 콜호프 씨."

"너무 많은 건 알려 드리지 않을 겁니다."

"아니에요. 결말까지 알려 주셔야 해요. 정말 다 알고 싶어요."

　매번 그랬다. 칼이 평소에 밟는 스텝과는 아주 다른, 헤라클레스와 추는 작은 말치레 춤이었다. 내심 헤라클레스가 마음을 바꾸기를 바라면서 늘 조금의 밀당을 하곤 했다. 그런데 헤라클레스는 항상 모든 내용을 알고 싶어 했다.

　"편지 소설인데, 젊은 법무관 시보 베르테르가 불행하게도 다른 남자와 약혼한 로테를 사랑하는 이야기입니다."

　"베르테르는 로테와 어떻게 사랑에 빠지게 되는 거죠?"

　표정이 심각해진 헤라클라스가 물었다.

　"첫눈에 반해 버렸죠. 로테가 동생들을 위해 빵을 자르는 모습을 본 순간부터. 로테의 모성애에 마음이 움직인 겁니다. 거기다 로테의 미모가 출중하기도 하니까요."

　"모성애라."

　헤라클라스가 되뇌었다.

　"그러면 베르테르는 어떤 사람이었어요? 인간적으로 말이에요."

　"격정적인 사내였죠. 이 소설도 문학사조로는 질풍노도 소설로 분류하고 있습니다."

　"로테의 약혼자는요?"

　"알베르트는 보수적이고 전통적이죠."

　"그러니까 재미없는 캐릭터군요."

헤라클레스가 이해했다는 듯이 고개를 끄덕였다.

"결말은 어떻게 돼요? 베르테르가 로테와 잘되나요?"

칼이 고개를 저었다. 처음 이 소설을 읽었을 때의 충격이 떠올랐다. 그 아픔은 마음속에 여전히 남아 있었다.

"안타깝게도 그렇지는 않아요. 베르테르가 로테에게 키스를 하는데 로테가 옆방으로 도망을 가 버려요. 그리고 베르테르는 로테의 명예를 더럽히지 않기 위해 스스로 목숨을 끊기로 결심하죠. 크리스마스이브 전날 자정, 머리에 방아쇠를 당기고 다음 날 그 총상으로 세상을 떠나요."

헤라클레스가 박수를 쳤다.

"와! 대박 결말이네요! 무슨 총이었어요?

"스스로 목숨을 끊…?"

"네."

"아, 그 질문은 답변 못 드리겠네요. 알베르트에게 빌린 권총인 것만 알고 있습니다."

"대박."

"더 대박인 것이 있죠. 베르테르가 자살을 했기 때문에 기독교식의 무덤에 묻히지도 못해요. 말하자면 최고형을 받은 거죠."

"끔찍하네요!"

"이 책, 분명 마음에 드실 겁니다."

헤라클레스가 목뼈를 우두둑 소리 나게 꺾었다.

"그럼요. 제가 독서를 좀 좋아하잖아요! 그리고 이 책은 알고 있어야 하는 중요한 책이라고 하셨잖아요. 다음번에는 노벨상을 받은 작가 작품을 좀 부탁할게요, 콜호프 씨."

칼은 손목시계를 봤다. 멈춘 지 20년이 넘은 시계였지만 손목에 차고 있는 느낌이 너무 좋았다.

"아쉽지만 이제 일어나야 할 것 같네요. 책을 애타게 기다리는 분들이 또 있어서요."

헤라클레스에게 베르테르를 건네줬다.

"네, 그럼요. 절 위해 늘 긴 시간을 할애해 주셔서 고맙습니다."

"제가 좋아서 그래요. 진심입니다. 고전문학에 이렇게 관심을 많이 가져 주셔서 정말 좋습니다."

샤샤 눈에는 헤라클레스가 감동해서 조금은 민망한 듯 미소를 짓고 있는 것처럼 보였다. 사실은 이렇게 우람한 얼굴이 지어 보이는 웃음을 본 경험이 별로 없었다. 어쩌면 우람한 사람이 웃으면 다 그렇게 보일지도 모르겠다.

샤샤는 문 앞에서 다이어리에 몇 가지 메모를 더 하고는 칼에게 무언가를 알려 주려고 입을 열었다. 그런데 말을 꺼내지도 못했다. 칼이 처음으로 한 발 빨랐다.

"여기가 이상하다고 말해 주지 않아도 돼."

칼은 보통 여기서 마주치는 멍멍이를 찾으려고 주변을 둘러봤지만 멍멍이는 보이지 않았다.

"그건 나도 알아. 정확히 이상한 게 뭔지 모를 뿐이야."

"헤라클레스 아저씨네는 빨간 책밖에 없었어요."

샤샤가 자신의 발견을 공유했다.

"무슨 말이니?"

칼이 다시 출발했다. 한 발, 한 발, 자기 속도로.

"제가 화장실에 간다고 했을 때 사실은 몰래 거실에 가 봤거든요. 화장실은 그냥 핑계였어요."

샤샤가 자랑스러운 듯 턱을 치켜올렸다.

"이 녀석 좀 보게."

"거기 책장에 꽂힌 책들을 봤는데, 전부 빨간… 아, 책 옆쪽을 뭐라고 해요? 책을 여는 쪽 말고요."

"책등."

"책등이 전부 빨간색이었어요!"

"독특하구나. 특정 색깔의 책을 거부하는 고객을 한 분 알긴 하지만."

"거실에 세 가지 색밖에 없었어요. 검정색, 흰색 그리고 빨간색! 영화 DVD만, 그러니까 영화 DVD 등만 알록달록했어요. CD도요. 다음번에 좀 더 자세히 봐야겠어요."

"이제 네 다이어리에 뭐라고 적고 있는지 얘기해 줄 거니?"

"할아버지의 모든 고객 정보를 정리하고 있어요."

샤샤가 서툴게 다이어리를 폈다.

"2학년 때 쓰던 건데 아직 빈 장이 많이 남았거든요."

반 친구들 여럿이 내용을 쓰지도 않고 돌려주거나, 한술 더 떠 내용을 썼다가 찢어 버리고 돌려주기도 했다.

"여기 위쪽은 사진을 붙이는 곳인데 할아버지 고객분들에게 달라고 할 수가 없잖아요. 그래서 제가 그려 넣으려고 색연필을 가지고 다니는 거예요. 잘하지는 못하지만요."

칼은 10문 10답 다이어리를 슬쩍 들여다봤다.

"가장 좋아하는 색? 가장 좋아하는 가수? 가장 좋아하는 선생님?"

"그건 제가 바꿔서 쓰고 있어요. 거기엔 중요한 책들을 기록하고 있어요. 고객분이 사는 곳은 어떻게 생겼고, 그곳의 냄새는 어떤지. 뭐 그런 것도요."

"그런 건 다 어떻게 알아내려고? 심문이라도 할 거니?"

"심문이 뭐예요?"

칼은 곰곰이 생각했다.

"누군가에게 질문 폭격을 하는 거란다."

"그런데 질문을 한다는 건 그 사람에게 관심이 있다는 거잖아요. 친절한 거잖아요. 제가 질문을 하면 친절한 마음으로 하는 거예요."

샤샤가 앨범을 다시 작은 배낭에 집어넣었다.

"상대방도 질문을 할 수 있게 해 줘야 돼. 그래야만 대화라고 할 수 있는 거야."

샤샤는 칼이 무슨 말을 하는지 이해하지 못했다. 물어보는 사람이 대답을 얻는 거고, 그러면 그게 대화이지 않나.

갑자기 멍멍이가 꼬리를 치켜들고 둘의 다리 사이를 스치며 지나갔다. 마치 옛날 어느 호화로운 무도회장에서 볼 수 있었을 법한 춤 같아 보였다. 샤샤는 칼이 고양이에게 먹이를 주는 모습을 처음으로 지켜봤다. 껍데기를 벗기고 빵 종이에 말아서 챙겨 온 소시지 한 조각.

"할아버지 원래 똑똑하신데, 멍멍이에게 소시지를 주는건 좀 바보 같으시네요."

칼이 놀라 샤샤를 쳐다봤다.

"왜? 이렇게 좋아하는데?"

"소시지를 주면 얘가 할아버지 때문에 오는 건지 소시지 때문에 오는 건지 알 수가 없잖아요."

"조금은 둘 다 때문일 수도 있잖니."

"그런데 모르시잖아요. 전 그럼 답답할 것 같아요. 반려동물이 먹이 때문에만 저한테 오는 건 싫거든요."

"멍멍이는 반려동물이 아니잖니. 엄밀히 따지면 길고양이니까 자유로운 영혼인 거지. 여기 오는 것도 자기 자유고.

왜 오는 건지는 관심도 없어. 어떤 건 그냥 모르는 채로 지내는 게 더 좋아."

샤샤는 머리를 힘껏 저었다.

"하지만 저라면 알고 싶을 거예요!"

"멍멍이는 이게 더 좋을걸. 자신만의 작은 비밀을 간직할 수 있게 내버려 두자고."

샤샤는 멍멍이를 쓰다듬기 위해 몸을 숙였다. 그러자 멍멍이가 머리를 쭉 뻗었고, 샤샤는 이 애정 표시가 소시지하고는 상관없이 자신의 쓰다듬기 기술로만 얻은 결과임을 확인하고 만족했다.

기분이 좋은 롱스타킹 부인은 "대변 분노한 길거리 갱단!"으로 인사를 건네고는 웃음을 참기 위해 입을 틀어막았다.

"요건 안 떠오르실 거예요, 콜호프 씨. 아님 그냥 뻔한 해석만 하실걸요!"

오늘은 신발의 짝이 맞고 양말은 짝짝이였다.

칼은 관자놀이를 긁적이면서 롱스타킹 부인과 샤샤, 심지어 멍멍이의 기대에 찬 시선을 느꼈다. 어린 시절 『마이어 백과사전』을 열심히 보고 아헨Aachen의 A부터 약학세포 안정제Zytostatika의 Z까지 통달했었다. 그 훈련으로 성장하는 동안 머릿속의 신경 회로들이 잘 다듬어진 덕분에 칼이 오늘까지도 걸어 다니는 백과사전으로 작동할 수 있었다.

"대변 분노한 길거리 갱단은 멕시코에서만 볼 수 있는, 매우 극적인 범행을 일삼는 무리를 말하죠. 흔히 먹는 매운 현지 음식들 때문에 소화불량 문제가 점점 커지고 있는데 배변이 원활히 이루어지지 않는 경우 분노가 치밀어 오르는 겁니다. 멕시코에서는 대변 분노한 사람들이 전통적으로 길거리로 뛰어나가 다른 대변 분노한 사람들과 함께 채소 가게에 분노를 표출합니다. 특히 콩을 파는 가게에다 말입니다. 이 공동의 물리적인 행사가 흔히 소화기관 안에 바라던 효과를 가져오죠. 이래서 대변 분노한 길거리 갱단이 멕시코 문화의 일부로 견고히 자리를 잡고, 수많은 노래로 불리고 수많은 책에도 인상적으로 기록되어서 오늘날에는 이미 민속 문화로 보기도 합니다."

롱스타킹 부인이 존경의 표시로 칼에게 90도 인사를 했다.

"뻔한 해석에 이국적인 변주를 주셨군요."

"롱스타…."

아차 싶은 샤샤가 다행히 제때 입을 다물었다.

"내 이름은 도로테아 힐레스하임이란다. 그냥 테아 이모라고 부르렴. 다들 그렇게 해."

샤샤는 다이어리를 펼치고 (지우개가 달린) HB연필로 말을 받아쓸 준비를 했다.

"오타 그거는 왜 찾으시는 거예요?"

"응?"

"대부분의 사람들 눈에는 띄지도 않잖아요. 적어도 제 눈에는요. 근데 아줌마는 어떻게 발견하시는 거예요?"

"너 참 똑똑하구나. 너도 아니?"

자랑스러운 미소가 샤샤의 얼굴을 스쳤다.

"그럼요, 알죠. 근데 가끔은 정말 별로일 때가 있어요."

"다른 사람들이 알아차릴 때?"

"지금 제 질문에 답은 안 해 주시고 말 돌리시는 거죠, 그쵸?"

"내가 생각한 것보다도 더 똑똑한걸."

롱스타킹 부인은 샤샤에게 귓속말을 하기 위해 몸을 숙였다. 칼에게 단어 하나하나가 다 들릴 정도로 크게 했지만.

"난 평생 초등학교 선생님이었어. 지금은 더 이상 학교에서 일하지는 않지만, 아직도 그렇단다. 떼어 놓을 수 있는 게 아니더라고."

그리고 다시 몸을 일으켰다.

"그 직업이 몸에 들러붙어 자라난 것처럼요?"

"그 말은 좀 무섭게 들리는데."

롱스타킹 부인이 얼굴을 찡그렸다.

"오히려 손가락 마디에 걸려 빠지지 않는 값진 반지 같

아. 가끔 느껴지지만, 평소에는 있는지 없는지도 잘 모르는 반지 말이야. 그런데 다른 사람들에게는 늘 보이지.”

샤샤는 자기도 모르게 반지가 한가득 끼워져 있는 롱스타킹 부인의 주름진 손가락을 쳐다봤다. 분명 많은 과목을 가르치신 것 같다.

칼이 롱스타킹 부인이 주문한 책을 건네주는 사이, 샤샤는 메모를 했다. 그리고 다시 출발한 뒤에야 입을 열었다. 롱스타킹 부인이 잠긴 문 너머로 들을세라 칼에게 아주 작은 목소리로 고백했다.

“저 방금 거짓말했어요. 사실 전혀 똑똑하지 않아요.”

“아니야. 넌 분명 똑똑한걸. 누구나 실수를 하는데 그렇다고 덜 똑똑한 건 아니야. 실수를 통해 오히려 더 똑똑해지는 거지.”

“근데 전 실수를 엄청 많이 해요. 그래서 유급을 할지도 몰라요.”

“그러면 공부를 해야지.”

“저도 알아요. 그런데 제 느낌에 제 머리에는 그렇게 많은 내용이 들어가지 않아요.”

샤샤가 주먹으로 자신의 머리를 콩콩 쥐어박았다. 칼이 조심스럽게 잡아서 말릴 때까지.

“아주 쉬운 비결이 있는걸.”

"저한테 알려 주실 거예요?"

"책을 더 많이 읽으면 돼. 독서는 뇌를 더 부드럽게 해 줘서 모든 게 다 들어갈 수 있게 해 주거든."

샤샤는 칼이 한 말을 곰곰이 생각해 봤지만, 이리저리 아무리 생각해 봐도 이해가 되지 않았다. 칼과 칼의 고객들도 이해가 가지 않은 점들이 많았다. 샤샤는 그게 좋았다. 자기 같은 아이들이 볼 수 있는 텔레비전 방송들은 모두 이해가 됐다. 그래서 지루하기 짝이 없었다. 그걸 보고 있으면 해답을 찾기 위해 어른이 될 가치가 있는 세상의 비밀은 더 이상 없는 것처럼 느껴졌다.

다음 길모퉁이를 돌자 대성당이 한눈에 들어왔다. 이곳에서 보면 성당은 둥글고 커다란 장미창에 열두 제자를 묘사한 다양한 색채의 스테인드글라스와 하늘을 향해 솟은 첨탑 때문에 특히나 웅장해 보였다. 칼이 성호를 그었다. 샤샤가 볼 수 없게 몸을 돌린 채로 그었다.

"그거 왜 한 거예요?"

그걸 놓칠 리가 없는 샤샤가 물었다. 칼이 한숨을 쉬었다.

"난 대성당의 정문이 보이면 성호를 긋는단다."

"하나님 때문에요?"

"아니, 내가 믿음이 있어서 그런 건 아니야. 믿음은 나보다 그걸 잘 다스리는 사람들이 맡게 내버려 두지. 세계에서 가장 힘 있는 책에 대한 존경의 표시인 거지. 사람들을 전쟁과 용서, 엄청난 부조리와 깊은 사랑으로 이끈 책이지. 말의 위력을 믿는다면, 내가 그렇거든, 이 작품 앞에서는 모자를 벗어서 내릴 수밖에 없단다. 아주아주 아래로. 바로 그걸 하고 있는 거란다. 비유적인 표현이지만."

칼이 자신의 모자를 톡톡 쳤다.

"얘는 항상 여기에 있지. 안전상의 문제로."

"할아버지 이상해요."

"누가 더 이상할까? 이상한 할아버지일까, 그 이상한 할아버지를 따라다니는 여자아이일까?"

"당연히 이상한 할아버지죠!"

칼의 얼굴에 미소가 배어났다. 자신이 이상한 건 알고 있었지만, 특별히 이상하게 느껴지지는 않았다. 충분히 오랜 기간 동안 이상해 왔다면, 그것이 평범함이 되어 버리기 때문이다. 자신만 그렇게 느낄 뿐이지만, 칼은 그걸로 충분했다.

칼은 문득 무언가를 알아차렸다. 자신의 발걸음이 달라지고 있었다. 오랜 기간 동안 굳어졌던 구시가지를 걷는 자신의 보폭이 샤샤의 짧은 다리가 더 편하게 걸을 수 있도록 점점 작아지고 있었다.

"이제 누구 집에 가요?"

샤샤가 물으며 배낭의 끈을 조였다.

"에피 씨, 그러니까 크렘멘 씨네 집에."

샤샤는 햇빛이 거의 들지 않는 어두컴컴한 길목을 가리켰다. 중세 시대 때부터 지금까지 남아 있는 길목인데, 한 번도 돌이나 콘크리트로 포장된 적이 없어 수백 년 동안 밟아 다져진 흙바닥으로 되어 있었다.

"이쪽이 최고의 지름길이에요!"

"가끔은 짧은 길보다 먼 길이 좋을 때도 있어."

"왜요?"

"너도 언젠가 알게 될 거야."

좋은 대답이 떠오르지 않을 때 흔히 어른이 아이에게 하는 답변이었다. 말을 하면서 드는 그 느낌이 싫어서 결국 진실을 얘기해 주기로 했다.

"이 길목은 어리석고 늙은 나를 불안하게 만들거든. 나도 왜 그런지는 모르지만, 늘 피해 가고 있어. 도랑 앞에서 말이 겁을 내는 것처럼 그래."

샤샤는 멈춰 서서 번거롭게 커다란 다이어리를 꺼내 무언가를 기록했다. 끝에 색색깔의 끈이 달려 있는 반짝이는 펜인데, 칼에 대한 내용을 쓸 때만 쓰는 펜이었다.

"너 지금 내가 말이라고 기록한 거니?"

"아니요."

"그럼 됐다."

"그냥, 할아버지가 겁쟁이라고요."

칼이 흐뭇하게 웃었다. 학창 시절 이후로는 불린 적이 없는 별명이었다. 얼핏, 무서워 올라가지 못하는 체육관의 철봉 앞에 서 있는 것처럼 느껴졌다. 아이들은 자신이 얼마나 나이가 들었는지를 보여 줄 거라고 생각했는데, 마음에 젊음이 여전히 꽤 남아 있음을 일깨워 주기도 하는 모양이었다.

샤샤는 칼과 혼란스러워 그르렁대는 멍멍이 주변을 콩콩 뛰어다녔다.

"근데 있잖아요, 저 이제 에피 브리스트가 누구였는지 알아요."

"누구인지."

칼이 정정했다.

"아니죠, '누구였는지'죠. 에피는 오래전에 살았잖아요. 그리고 책 속에서 죽었고요."

"소설 속 인물들은 영원히 살아 있는 거란다. 계속 읽히면 계속 살아 있는 거야."

"그럼 저도 책에 나올래요."

"그럼 네가 직접 한 권 써야겠는데."

"알았어요."

샤샤가 앞서 달려 나가며 외쳤다.

"오예! 작가가 돼야지!"

칼은 에피의 집 앞에서야 샤샤를 다시 만났다. 샤샤는 조금은 숨이 찬 듯 입구 계단에 앉아 있었다.

"엄청 오래 걸리셨네요."

"그 대신 오는 길을 즐기면서 걸었지. 초인종은 눌렀니?"

"아뇨. 지금까지 할아버지를 기다리고 있었어요."

샤샤가 일어나서 초인종 단추를 눌렀다.

"제가 서프라이즈를 준비했어요."

샤샤가 칼의 귀에 속삭였다. 그제야 샤샤가 달리고 콩콩 뛰어다녔던 게 서프라이즈 때문에 들떠 있어서 그랬다는 걸 깨달았다. 아주 불안해졌다. 서프라이즈가 뭔지 물어볼 새도 없이 에피가 현관문을 열었다.

"안녕하세요, 콜호프 씨. 샤샤도 안녕. 제가 지하실에서 빨래를 널고 있었는데 어쩌다 초인종 소리를 들어서 다행이에요."

"오늘 크렘멘 씨 책이 상당히 묵직합니다."

불만이 아니라, 에피의 기대감을 불러일으키고 싶었던 것이다. 이번에는 샤샤가 책을 건네줄 준비를 하지 않아서 칼이 의아해하며 직접 건넸다. 샤샤는 앞으로 다가올 그 무언가에 이미 초집중하고 있었다. 서프라이즈를 구상하는 데에 썼던 빛나는 색들로 이 순간도 그려 왔다. 지금은 뛰는 것이 상황에 맞지 않아서 들뜬 마음을 애써 감추며 까치발을 깐닥거릴 뿐이었다.

"상당히 두껍네요."

에피가 말했다. 책을 받아 드니 볼에 바람이 들어갔다. 칼이 따뜻한 미소를 지었다.

"새 책을 받으실 때마다 그 책을 여유 있게 읽을 시간도 같이 받으셔야 합니다."

"다음번에는 봉투에 담아 주시면 정말 좋을 것 같아요!"

에피는 바로 포장을 뜯어 책을 꺼내 봤다. 『그림자 장미의 편력 시대』였다. 샤샤는 이 책이 같은 시리즈의 그전 책보다 더 슬퍼 보였다. 출판사가 페이지 속에 슬픔을 가능한 많이 꾹꾹 눌러 담고 눈물을 종이로 만든 것처럼 느껴졌다. 콩콩 뛰는 심장으로 샤샤가 한 발 앞으로 나왔다.

"제가 뭘 드리려고 가지고 왔어요. 봉투에 담아 올 시간은 없었지만, 여기요."

번거롭게 배낭을 내리고 돌돌 말아서 붉은색과 금색의 포장 리본을 묶은 종이 한 장을 꺼냈다.

"크렘멘 씨 거예요."

"이건 뭐야?"

"열어 보셔야 해요. 얘기 안 할 거예요!"

칼이 안도의 숨을 쉬었다. 정말 어디로 튈지 모르는 여자아이였다. 겉으로는 천진난만해 보이는데 머릿속으로는 그리

천진난만하지 않은 일들을 꾸미고 있었다.

"그림이구나."

에피가 말하며 말린 종이를 폈다.

"그림자 장미…."

목소리가 떨렸다.

"크렘멘 씨네 집에 자라고 있는 거예요. 잘 알아보실 수 있는지는 모르겠어요. 미술은 4급*밖에 못 받았는데, 다미안 선생님이 너무 엄격해서 그래요. 그리고 사실 정말 불공평해요!"

에피는 둘 중 누구라도 자신의 눈물을 보지 않았으면 해서 몸을 돌렸다. 지난 몇 해 동안 자신의 감정을 숨기는 데에 너무 익숙해졌고, 이제는 습관이 되어 버렸다. 얼른 눈물을 닦았다.

"아이고, 들어오세요. 그림을 걸 좋은 자리를 같이 찾아봐요."

가장 행복해 보이는 집을 상상해 본다면 이런 집일 것이다. 곳곳에 꽃을 피우기 시작하는 화분이 놓여 있거나 꽃봉오리를 그린 그림이 걸려 있었다. 온 집이 피고 있는 듯했다. 그

---

* 독일은 수, 우, 미, 양, 가를 숫자로 하는데 1급이 수, 4급이 양 정도에 해당한다.

런데 누가 봐도 두 사람을 위해 지은 집이지만, 누가 봐도 한 사람의 자취만 있을 뿐이었다. 거실의 상에도 책이 한 권, 싱크대에도 커피 잔 하나, 옷걸이에 걸린 외투도 하나뿐이었다. 집 안에 샤샤의 그림을 걸 좋은 자리들이 많았는데도 에피는 문이 닫혀 있을 때만 보이도록 그림을 부엌문 안쪽에다 걸었다.

에피는 거듭 고맙다는 말을 하며 샤샤에게 화이트 초콜릿을 선물했다. 칼도 하나를 받았지만, 사실 초콜릿 같은 건 전혀 좋아하지 않았다. 다시 밖으로 나왔을 때 샤샤는 다이어리에 메모를 잔뜩 했다. 칼이 샤샤 쪽으로 몸을 숙였다.

"내 고객들 집에 모두 들어가 보는 게 네 계획이니?"

"제 프로젝트를 위해서는 그래야 하는걸요!"

그리고 실제로 며칠 사이에 그 프로젝트를 완성할 수 있었다.

"책갈치" 단어를 준비한 롱스타킹 부인에게는 (일부러 오탈자를 많이 낸) 작문 숙제를 봐 달라고 하고, 책 읽어 주는 남자에게는 자기 안경이 망가져서 아저씨가 꼭 『짐 크노프와 기관사 루카스*』의 마지막 장을 읽어 줘야 한다고 우겼다(책

---

* 미하엘 엔데Michael Ende의 『짐 크노프와 기관사 루카스Jim Knopf und Lukas der Lokomotivführer』

에 증기기관차가 등장하니 연기와 관련이 많고 책 읽어 주는 남자가 담배 공장에서 직원들에게 낭독을 하기 때문에 고른 책이었다). 수녀 아마릴리스에게는 고해성사를 해도 되겠냐고 물었다(그리고 캐러멜 사탕 한 봉지를 훔친 터무니없는 이야기를 늘어놓으며, 애써 웃음을 참느라 무척 곤혹스러워했다). 파우스트 박사 집에는 무려 세 번을 시도한 끝에 들어갈 수 있었다. 유물이라고 가져간 것마다 별 볼 일 없는 현대적인 잡동사니라고 퇴짜 맞아 버렸다. 고장 난 아버지의 손목시계도 엄청 오래되었고, 꽃무늬가 그려진 잉그리트 할머니의 냄비와 빛이 바랜 주황색 츠비박* 봉투야말로 그랬다. 파우스트 박사에게 츠비박 봉투를 내밀어 보이자 드디어 들어오라는 말을 듣게 되었는데, 박사가 샤샤에게 정말 오래된 걸 보여 주기 위해서였다. 정말 지루하기 짝이 없는 로마 시대의 동전 몇 닢이었다.

이렇게 해서 샤샤는 자신의 대형 프로젝트의 첫 단계를 마무리할 수 있었다.

---

* 츠비박Zwieback: 두 번 구워 바싹한 빵, 러스크와 비슷하고 약간 단맛이 난다. 소화가 잘된다고 해서 독일에서는 이가 막 나기 시작하는 유아에게 먹이거나 위장이 아프거나 설사할 때 먹기도 한다. 100년이 넘어 가장 오래되고 유명한 브랜드 제품의 포장지가 주황색이다.

나무 살과 주철로 만들어진 낡은 벤치는 의미 있는 대화를 위해 만들어진 듯했다. 실제로도 많은 사람들이 이곳에서 대화를 나누었다. 진실한 대화를 나누고, 서로 경청하고 상대방의 입장이 되어 보려고 노력했다. 벤치는 화려하고 커다란 묘석들이 있는 시립 공원묘지의 오래된 구역에 있었다. 작은 교회처럼 보이는 묘석이 몇 있었고, 그리스 신전 같은 묘석도 이따금 보였다. 또 어떤 것들은 완전한 어두움을 창살 뒤로 가두어 두는 듯했다. 이곳에 묻힌 자는 이미 오래전에 세상을 떠났고 커다란 떡갈나무와 무성하게 자란 나무딸기 덤불 그리고 바람이 심은 들꽃들은 이들이 모두 편안히 잠들어 있다고 말해 주는 듯했다.

바로 이 벤치를 샤샤가 대화를 하기 위해 점찍어 두고 칼을 그쪽으로 이끌었다.

"저희 대화를 좀 해야겠어요."

벤치에 앉으면서 입을 뗀 샤샤의 목소리는 상당히 진지했다. 종잇장들이 아주 무겁고 두꺼운 것처럼 천천히 다이어리를 펼쳤다.

"여기에 모든 것이 적혀 있어요!"

칼은 나무로 된 우산 손잡이에 두 손을 포갰다.

"네가 기록한 것들 말이냐? 내 고객들 집에 가서?"

샤샤는 천천히 그리고 의미심장하게 고개를 끄덕였다.

"제가 똑똑한 생각을 좀 해 봤어요."

"이제야 좀 생각다운 생각을 하는구나."

샤샤는 깊이 숨을 들이마셨다. 앞으로 할 말은 풍부한 성량으로 발표해야 하기 때문이다.

"할아버지는 고객들에게 다른 책을 가져다줘야 해요!"

칼이 이맛살을 찌푸렸다. 세월이 가면서 이마가 제법 넓어졌기 때문에 주름을 꽤나 멋들어지게 움직일 수 있었다.

"난 내 고객들이 주문하는 책을 배달하고 있거든."

"모두가 잘못된 책을 주문하고 있잖아요."

"자신이 원하는 책이 뭔지 본인들이 제일 잘 알지 않겠니?"

"하!" 샤샤가 어이없다는 듯 웃음을 터뜨렸다. 그리고 이어서 또 한 번 "하!", 이번에는 적진을 치려는 인디언의 포효처럼 들리기도 했다.

"전 하루 종일 아이스크림을 먹었으면 좋겠거든요. 근데 그게 저한테 좋을까요? 아니죠!"

"책은 아이스크림이 아니야. 위를 상하게 하진 않지."

"제 말을 이해를 못 하시잖아요!"

마음 같아선 발을 구르고 싶었지만 발이 바닥에 닿지 않았다.

"내가 사람들에게 복통을 일으키는 책을 배달한다는 거

니?"

"책은 아이스크림보다도 훨씬, 훨씬 위험해요! 머리를 상하게 하거든요. 더 나쁜 경우에는 마음까지도요."

샤샤는 칼에게 이보다 더 설명을 잘할 방법이 없었다. 이걸 도대체 왜 못 알아듣는 걸까? 그 연세치고는 아직 상당히 똑똑하신 편인데…. 샤샤는 다이어리를 세게 툭툭 쳤다.

"여기에 적혀 있어요! 할아버지 고객들은 책을 주문하지만, 사실은 그게 전혀 중요하지 않다구요."

"중요하지 않다고?"

"책 산책가님, 자세히 관찰해 보셔야 한다고요! 사람들은 할아버지가 오면 웃는데, 책을 꺼낼 때는 안 웃어요. 그분들에게는 책보다 할아버지가 훨씬 더 중요하니까요. 아마 마음 깊은 곳에서는 잘못된 책을 주문하고 있다는 걸 알고 있을지도 몰라요. 에피 이모가 슬픈 책이 필요하다고 생각하세요? 이미 인생이 슬프잖아요."

"그건 에피 씨 마음이지. 에피 씨가 원하는 책들이고."

"모든 사람을 행복하게 해 주는 책은 없는 거예요? 성경책 같지만, 대신 재미있는 책이요."

칼은 분필 가루를 묻혀야 하는 큐대인 양 우산 끝을 살짝 돌렸다.

"성경은 재미있어. 아주 재미있지."

"어휴! 제가 무슨 말 하는지 아시잖아요. 모든 사람이 좋아할 만한 책 말이에요."

칼은 모자를 살짝 올렸다. 머리가 상당히 뜨거워지는 듯했다.

"그런 책은 없어. 예전에는 그런 책이 있을 거라고 생각해서 크리스마스 때 나한테 중요한 사람들에게 모두 같은 책을 선물한 적이 있었어. 구절구절마다 나를 행복하게 하는 책이어서 그 기분을 나눠 주고 싶었거든. 그런데 많은 사람이 아예 읽지 않거나 끝까지 읽지 않거나 별로 좋아하지 않았어."

칼은 샤샤의 예쁜 꿈, 물방울무늬가 있는 빨강, 노랑, 파랑 비눗방울을 터뜨리는 것 같아서 미안해하며 샤샤를 슬픈 눈으로 바라봤다.

"모든 사람의 마음에 드는 책은 없단다. 그런 책이 있다면 좋은 책은 아닐 거야. 모든 사람의 친구가 될 수는 없어. 모두가 다르니까. 모두의 친구가 되려면 각도 모서리도 없고 개성도 없어야 할 텐데, 정작 그렇다고 해도 꽤 많은 사람이 싫어할걸. 사람들은 각이나 모서리가 좀 필요하거든. 이해가 가니? 사람마다 다른 책이 필요한 거야. 한 사람이 진심으로 너무나도 사랑하는 책이 다른 사람에게는 정말 하찮은 책이 되기도 해."

샤샤가 만족스러운 미소를 지었다.

"그 점에서는 저와 생각이 같으시네요! 각자에게 필요한 책을 배달해 준다는 점 말이에요."

샤샤는 에피라고 그려 놓은 울고 있는 여자가 있는 다이어리 페이지를 폈쳤다.

"예를 들어 에피 이모에게는 기분 좋은 이야기가 있는 책들을 배달해 주는 거예요. 끝까지 읽으실 테니까요."

"슬픈 내용의 책들을 끝까지 안 읽는다는 건 어떻게 안 거니?"

"책을 꺼내서 늘 책장을 넘겨서 훑어보는데 절대로 끝까지 안 넘기세요. 보통 사람들은 자동으로 끝까지 넘길 거예요. 제 눈으로 똑똑히 확인했어요! 그리고 책장에 가서 책들을 펼쳐 봤어요. 아실지 모르겠지만, 마지막에 읽은 부분에서 책이 자동으로 펼쳐지거든요. 진짜 편해요."

"그래 그렇구나. 좋은 정보네."

"항상 끝에서 한참 전이었어요. 한 50장 정도나 더 전이요. 어떤 페이지들은 아직도 붙어 있어서 제가 책을 폈을 때 쩍 갈라지는 소리가 났다니까요."

다음 페이지로 넘기고는 집게손가락으로 한 곳을 힘껏 가리켰다.

"롱스타킹 부인은 겁이 아주 많아서 용감한 책들을 받으셔야 해요. 그리고…"

"이건 아니야."

칼이 말을 끊었다.

"아니라고요?"

"응. 아니야."

칼이 일어섰다.

"왜요?"

"난 누구에게도 '이 책을 보세요, 저 책을 보세요', 정해 주고 싶지는 않거든. 책을 사는 사람은 자유로워야 해. 그게 책을 사는 묘미지. 다른 것들은 이미 다 결정이 되어 있는 인생인데 적어도 뭘 읽을지는 아직 스스로 정할 수 있는 거지."

급기야 샤샤가 일어섰다. 이 작은 생명체가 이제는 분노의 화신이 되어 있었다.

"그치만 제가 다 자세히 생각해 뒀다고요. 이제부터 고객들에게 맞는 책을 좀 배달하시라고요!"

칼은 고개를 저었다.

"아니. 그럴 일은 없을 거야."

위대한 유산[*]

저 멀리 어느 바다에서 만들어지는 뇌우라도 며칠이 지나면 피해 갈 수 없듯이 칼 역시 피해 갈 수 없는 일이 생겼다. 하지만 자신이 무엇을 맞닥뜨릴지 전혀 예상하지 못했다. 칼은 영어, 불어 그리고 라틴어, 심지어 약간의 고대 그리스어까지 할 줄 알았지만, 현저히 복잡한 젊은이들의 언어는 제대로 이해하지 못했다. "알았어요"에 그렇게 다양한 의미가 있는 줄 몰랐다. 샤샤가 그 말을 했을 때 칼이 이해한 건 "알았어요. 그러면 고객들이 읽어야 할 책을 배달하자고 제안한 건 없던 일로 해요."였는데, 사실은 "할아버지는 할아버지 마음

• 찰스 디킨스Charles Dickens의 『위대한 유산Great Expectations』

대로 생각하세요. 제 생각은 전혀 다르고 전 어차피 제 마음 대로 할 거예요."라는 의미였다. "알았어요"라는 말은 겉보기 와는 다르게 속이 훨씬 컸다.

칼이 놓치지 않은 건 다음 날 샤샤가 멘 배낭의 부피가 훨씬 더 커진 사실이었다. 배낭끈이 노란 겨울 점퍼에 깊게 팼 고 샤샤는 무게 때문에 평소보다 더 꼿꼿하게 서 있었다.

"학용품들은 집에 놓고 오지 않을래? 갔다 올 때까지 기 다리고 있을게."

"아뇨. 괜찮아요."

"그럼 뭣 좀 들어 줄까?"

"절대로 안 돼요!"

칼이 더 되묻지 않을 만한 핑곗거리를 찾았다.

"할아버지잖아요. 제가 뭘 들어 드려야 할 것 같은데요?"

그러고 나서 샤샤는 오늘 누가 책을 받고 어떤 순서로 배달을 가는지 궁금해했다. 그걸 물어본 적은 없었는데 칼도 특별히 이상하게 생각하지는 않았다.

첫 고객은 미스터 다이시였다. 이번에는 두 사람을 정원 으로 안내했다. 비가 왔기 때문이다. 다이시는 온갖 꽃가루 알레르기가 있어 비가 온 후 몇 시간 정도만 밖으로 나갈 수 있었다. 이 도시에서 다이시만큼 소나기를 기다리는 사람도 없었다. 빗방울 하나하나가 그에게는 자유였다.

깨끗해진 공기를 깊게 들이쉬며 다아시는 꽃잎이 열리는 시간에 따라 읽는 린네의 꽃시계*를 본떠 만든 자신의 꽃시계를 보여 줬다. 송엽국은 정오에서 오후 5시까지, 말냉이장구채는 저녁 7시에서 8시까지 그리고 노랑보리패랭이꽃은 새벽형 꽃으로 새벽 3시에서 정오까지 펴 있었다. 아침 9시에 봉오리를 여는 용담이나 새벽 6시에 열리는 세인트버나드 릴리처럼 더 정확한 시간대에 피는 식물도 있었다. 어떤 꽃들은 몇 주만 피고 말기 때문에 다아시는 한 해 동안 꽃을 자주 바꿔 심어야 했다.

꽃시계 옆에는 버들가지를 엮어 만든 예쁜 의자가 있었는데, 사람이 엮은 것처럼 보이지 않았다. 세상에서 가장 편안한 형태로 정원의 비옥한 땅에서 자란 듯했다.

"아름다운 독서 의자를 가지고 계시네요."

"제가 앉으려고 놔둔 의자는 아닙니다. 아직 아무도 앉은 적이 없답니다."

칼은 의자에 다가가 매끄럽고 반짝거리는 표면을 쓰다듬었다.

"그럼 예술 작품인가 보네요?"

• 린네Carl von Linné의 꽃시계

"아닙니다. 제 바람입니다. 어쩌면 꿈일지도 모르겠습니다. 비웃지는 말아 주세요. 제게는 책을 읽는 여인만큼 아름다운 것이 없습니다. 주변의 모든 것을 잊고 정말 책에 푹 빠진 모습 말입니다. 다른 세상으로 떠나 있는 거죠. 눈동자의 움직임이라든가, 특별히 극적인 장면에서 깊이 탄식하거나 재밌는 내용이 나올 때 미소 짓는다든가. 책 읽는 모습을 하루 종일 바라볼 수 있는 여인이 곁에 있었으면 좋겠습니다."

다아시는 설핏 웃고 말았다. 스스로도 자신이 우스웠던 것이다.

"마치 제가 모르는 언어로 된 책을 같이 읽어 나가는 듯한 느낌일 겁니다. 대학 시절 때 늘 제 주변에서 책을 읽는 여자 동기가 있었는데, 안타깝게도 저에게는 눈곱만큼도 관심이 없더군요."

칼은 그 특별한 여자 동기와 꽃시계에 대해 더 많은 이야기를 듣고 싶었지만 다른 책들도 배달을 해야 했다. 샤샤는 아주 조용하게 있으면서도 불안하게 까치발로 섰다 말았다를 반복하고 있었다. 샤샤는 사실 초인종을 누른 순간부터 다음 집으로 가고 싶었다.

다아시는 샤샤가 관심을 보이지 않자 살짝 마음 상해서 다음 꽃이 피는 모습을 함께 감상하려던 계획을 접고 두 사람을 다시 현관으로 안내했다.

샤샤는 할 말을 이미 다 생각해 두었지만 아무 말 없이 몇 걸음을 걸었다. 저택에서 충분히 멀어질 때까지 입을 열지 않고 참았다.

"제가 깜빡한 게 있어요. 먼저 가세요. 금방 따라갈게요."

그리고 뛰어갔다. 칼은 다음 집을 향해 계속 걸었다.

샤샤는 미스터 다아시네 초인종을 눌렀고 다아시는 놀라 문을 열었다.

"무슨 일이니?"

"칼 할아버지가 이 책을 드리는 걸 깜빡하셨어요. 오늘 생일이시거든요."

"그러면 내가 선물을 해 드려야 하는 게 아닐까?"

"10년 주기로 맞는 특별한 생일인데요, 할아버지 고향에서는 그날에 다른 사람들에게 선물을 한대요."

"그래? 고향이 어디신데?"

"파나마요."

전에 읽었던 책 중에 계속 산책하는 이야기가 나오는 책•이 있었는데, 거기서 알게 된 나라였다.

"저 그럼 갈게요!"

• 야노쉬Janosch의 『바나나맛 파나마Oh, wie schön ist Panama』

헐떡이면서 칼을 따라잡은 샤샤는 자신의 계획이 훌륭하게 실행되고 있다는 생각에 뿌듯했다. 그리고 배낭의 무게도 조금 줄어 흐뭇했다.

두 사람이 에피네 집에 다다랐을 때, 에피는 어깨 사이로 고개를 푹 숙인 채 창가에 앉아 있었다. 에피가 거기에 앉아 있는 모습은 칼도 처음 봤다. 칼은 다아시의 소원이 떠올랐지만, 에피는 어떤 조건도 맞는 게 없어 보였다. 에피의 독서에는 아름다움이 없었다. 그저 무거운 책을 방패처럼 들고 얼굴을 가리고 있었다. 물론 책을 낚아챌 수도 있겠지만 책을 읽는 사람은 성스러운 의식을 거행하는 듯해서 은근히 함부로 대할 수 없었다.

에피 뒤쪽으로 보이는 공간은 어두웠고, 그 속에서 어떤 형상이 나오더니 에피에게 다가갔다. 그 남자는 에피보다 나이가 많았다. 짧게 자른 흰 머리카락에 세월의 풍파를 맞은 이목구비는 각이 졌으며, 체격은 운동선수처럼 건장했다. 군인처럼 보였다. 안드레아 크렘멘에게 붙여 준 이름의 인물이 너무 겹쳐 보여서 칼은 소름이 돋았다.

"얼른 초인종을 눌러."

칼이 말하자마자 샤샤가 달려가 금색으로 된 이름표 옆의 단추를 눌렀다.

칼은 긴장한 눈빛으로 창문을 바라보며 샤샤를 따라갔

다. 에피가 일어서기를 바랐다. 배낭에 가지고 온 책이 보호막이 되어 문으로 향하는 길을 터 주기를. 그러나 에피의 고개는 어깨 사이로 더 깊숙이 떨어졌다.

문이 거칠게 열렸다. 새파란 눈이 칼을 위아래로 훑었다. 방해에 대한 질책이었다.

"안녕하세요. 암 슈탓토어 책방에서 왔습니다. 크렘멘 씨에게 배달할 책이 있습니다."

"어디다 서명하면 되죠?"

"크렘멘 씨께 같이 전해 드릴 말이 있는데요."

"집에 없어요."

정적. 그때 샤샤가 입을 열었다.

"그치만 저기 창가에 앉아 계시잖아요! 똑똑히 보이는 걸요. 저기요."

자신의 진술을 증명이라도 하듯 손가락으로 그곳을 가리켰다.

"집에 없다고. 내일 다시 오세요."

남자는 문을 쾅 닫아 버렸다. 에피가 고개를 들었다. 그제야 칼은 붉게 부은 에피의 왼쪽 뺨이 눈에 들어왔다.

"초인종 다시 눌러요."

샤샤가 졸랐다.

"안 돼. 상황이 더 나빠질 수도 있어."

"그럼 제가 하죠 뭐!"

샤샤가 초인종을 눌렀다. 안에서 소리치는 게 들렸다. 그러자 에피가 일어섰다. 그리고 문을 아주 살짝 열었다. 딱 책이 통과할 만큼만. 그 사이로 얼굴의 성한 쪽만 내보였다.

"죄송한데 제가 지금 아파서…."

"저 남자가 아줌마를 때렸어요? 경찰 부를까요?"

"아니!"

에피가 서둘러 막았다.

"다시 그 사람에게 가 봐야 해."

"여기, 주문하신 책입니다. 그럼 나중에 또 오겠습니다. 잘 해결되길 바랄게요. 혹시 얘기를 나눌 사람이 필요하시면, 여기 제 번호입니다."

칼은 얼른 책갈피에 번호를 적어 주고 문틈 사이로 전해 주었다.

그리고 에피의 세상이 다시 잠겼다. 에피는 자신이 예전에 그토록 사랑에 빠졌던 남편 마티아스와 단둘이 남게 되었다. 응급실에서 근무했을 때 마티아스가 타박상과 가벼운 골절로 병원으로 실려 왔었다. 몸을 보니 맷집이 좋았고 눈을 보니 그 어떤 방어전에서도 빈틈을 만들지 않을 것 같았다. 몸에 딱 맞는 남색 정장을 입은 이 남자에게 심상치 않은 일이 일어났다는 건 누구라도 알아차릴 수 있었다. 에피 역시 그랬다. 그런데 무엇 때문인지도 궁금했다. 마티아스는 공원 벤치에서 책을 읽는다는 이유로 세 명의 남자에게 놀림과 폭행을 당했다고 3번 진료실에서 에피에게 얘기했다. 세 명에게는 맞설 재간이 없었다고. 그때 에피의 마음에 사랑의 싹이 텄다. 에피는 책을 읽는 남자는 마음이 섬세하다고 생각해서 마티아스를 선택했다. 뭔가 이상한 낌새가 보여도 어차피 그 섬세함이 마티아스를 변화시키는 데에 충분할 거라고 생각했다. 그를 살릴 거라고. 에피는 단 한 번도 마티아스에게 그때 어떤 책을 읽고 있었는지 물어보지 않았다. 표지에 크게 인쇄된 자극적인 제목은 『모든 싸움에서 이기는 법!』이었다. 세 남자는 그 제목을 보고 자극받아서 마티아스에게 멸시의 말들을 내뱉었고 이에 마티아스가 펄쩍 뛰어 그들에게 주먹을 마구 휘둘렀던 것이다. 마티아스는 일찌감치 싸움에서 졌지만, 왠지 기분은 좋았다. 나중에는 주말마다 지역 축구팀의 홈경기를 보러 가곤 했다. 경기 때문이 아니라 경기가 끝난 후의 난투극 때문이었다. 나가는 주먹마다, 또 맞는 주먹마다 자신이 살아 있음을 느꼈다. 주먹질에 그만 중독이 되어 버렸다. 언젠가부터는 자기 집에서도 폭력을 쓰기 시작했다. 에피를 여전히 사랑했지만, 에피를 때리는 것을 더 사랑했다. 에피는 공원 벤치에서 책을 보던 이 섬세한 남자가 스스로 잘못되었다는 걸 깨달을 거라는 희망을 놓지 않았다. 그리고 자신이 남편을 더 사랑하고 아낄수록, 집을 더 아름답게 꾸밀수록 그 점을 더 빨리 깨달을 거라고 생각했다. 하지만 아무리 잘해도 마티아스는 늘 잘못된 점을 귀신같이 찾아냈다. 손찌검을 할 좋은 핑곗거리를 끊임없이 찾아냈다. 원래는 폭력을 싫어하는데, 에피가 매를 번 짓을 한 거라고. 벌을 주는 것 말고는 방법이 없다고. 더 비극적인 건, 마티아스에게는 실제로도 다른 방법이 보이지 않았다는 점이다.

칼은 에피에게 마음의 짐을 덜어 줄 새 책을 배달한 것만으로는 마음이 놓이지 않았다.

"이걸로는 충분하지가 않다구요! 에피 아줌마를 위해 뭔가를 더 해야 돼요."

"네 말이 맞아. 에피에게 어떤 책이 도움이 될지 우리가 생각을 좀 해 봐야겠구나."

샤샤는 어떤 대답을 해야 할지 몰라서 가만히 있었다. 다음 모서리를 돌고서야 자신이 무언가를 깜빡했다는 것이 떠올랐다. 칼은 아이들도 노인들처럼 건망증이 있는지 의아했다. 어린 시절 자신이 어땠는지는 잊어버렸다.

샤샤가 롱스타킹 부인(오늘의 오타 발견은 "그는 그녀를 '사탕스러운' 눈빛으로 바라봤다"였다)네 집에서도 뭔가를 깜빡했다고 하자 칼은 몰래 샤샤를 뒤따라가 봤다. 어느새 멍멍이도 합류해 칼이 틴 케이스에 담아 온 간식을 얻어먹고는 함께 샤샤가 쨍하고 알록달록한 색의 포장지에 싼 책을 나이 든 부인에게 건네는 모습을 목격했다. 포장을 뜯어 본 롱스타킹 부인은 샤샤를 따뜻하게 안아 주고 잠깐 사라졌다가 다시 나타나 샤샤에게 초콜릿을 건네줬다.

칼은 책 제목이 너무 궁금했지만, 갑자기 나타나 샤샤에게 부끄러운 순간을 안겨 주고 싶지는 않았다. 부끄럽지 않게 할 기회가 분명 곧 올 것이다. 마지막 고객의 집에서도 무언가를 깜빡하는 일이 생길 테니까.

샤샤는 칼에게 깡총깡총 뛰어가 칼 주위를 빙글빙글 돌았다. 배낭을 벗더니 마치 춤 상대라도 되는 것처럼 배낭을 잡고 빙글빙글 돌았다. 처음 보는 이상한 광경에 멍멍이가 혼란스러운 듯 꼬리를 치켜든 채 샤샤를 쳐다봤다. 칼은 멍멍이가 진정하도록 틴 케이스에서 무언가를 또 꺼내 주었다.

책 읽어 주는 남자는 세르반테스의 『돈키호테』의 새로운 번역본을 받고 매우 기뻐했다.

"책을 아주 많이 읽으시네요."

샤샤가 말했다.

"공장에서 매일 여덟 시간을 읽지. 그리고 담배 공장 직원들에게 읽어 줄 새 책을 골라야 하니 집에 가서도 읽지."

"책에 대해 엄청 많이 아시겠네요?"

"웬걸, 책을 아무리 많이 읽어도 아직 읽지 않은 책들이 늘 더 많단다. 그게 슬픈 점이지. 독서를 좋아하는 사람은 좋은 책들을 다 읽고 싶거든."

"책을 직접 써 보시지 그러세요? 어떤 책이 좋은 책인지를 아시잖아요."

책 읽어 주는 남자는 벼락을 맞은 듯 얼떨떨했다. 칼은 샤샤가 자기에게 그 질문을 하지 않은 점이 의아했다. 책을 배달하는 사람은 책을 쓰지 않는다고 생각하는 걸까. 우체부가 소포를 만들지 않고 배달만 하는 것처럼. 책 읽어 주는 남자가 칼을 쳐다봤다.

"대단한 동행자를 두셨어요."

"저도 그런 생각이 든 게 처음은 아닙니다."

칼이 대답했다. 사실 늘 그렇게 생각해 왔다.

"제가 실제로 책을 썼거든요. 다 쓰는 데에 10년이 걸렸어요."

멍멍이가 책 읽는 남자의 다리 사이를 왔다 갔다 하는데 칼은 멍멍이가 그를 더 안심시키려고 그런다고 생각했다. 매우 긴장돼 보였기 때문이다.

"무슨 내용이에요? 아저씨 이야기예요?"

책 읽는 남자가 수줍은 듯 웃었다.

"아니, 탱고를 배우고 싶어 하는 듣지도 못하고 말도 못

하는 남자 이야기야. 어디에도 받아 주는 춤 학원이 없어서 결국 신문 광고를 내지. 춤을 가르쳐 주겠다는 한 여인한테서 연락이 왔어. 여인이 스피커를 바닥에 놓고 같이 맨발로 춤을 추었지. 남자가 발바닥으로 진동을 느낄 수 있도록 말이야. 두 사람은 사랑에 빠졌어. 그런데 어느 날 남자가 자신의 선생님도 농아인이라는 사실을 알게 됐어. 기만당하고 배신당한 기분이었어. 여인도 음악을 듣지 못했으니까. 그래서 결국 여인을 떠나.”

“이야기가 별로예요. 그러니까 결말이 별로라고요. 둘이 키스를 해야죠.”

“키스는 하지. 마지막에 더 이상 안 하는 것뿐이야.”

“그치만 마지막이 제일 중요하잖아요! 마지막에 키스를 해야 한다구요. 그전에 하는 건 제대로라고 칠 수 없어요.”

“있지, 인생에는 키스를 하는 시기가 있고 언젠가부터 더 이상 키스를 하지 않을 때가 있어. 해피엔딩인 소설과 아닌 소설의 차이는 어느 시점에서 이야기를 끝내느냐에 있단다.”

“제 말을 이해 못 하시는 것 같아요. 아무도 슬픈 이야기를 좋아하지 않는다구요.”

샤샤는 말을 하면서 바로 무언가가 이상하다는 걸 깨닫고 에피를 떠올렸다.

“보통의 행복한 사람들 말이에요. 사람들이 아저씨 책을 많이 샀어요?"

"아니, 아직 아무도 읽은 사람이 없어. 아직 그 누구에게
도 준 적이 없거든."

"읽어 준 적도 없으세요? 일하시는 곳에서? 담배 공장
직원들에게도요?

"한 마디도 안 나올 것 같아."

"왜요?"

"아주 별로인 책일 수도 있으니까."

"책 산책가님에게 줘 보세요. 책을 잘 아시니까요."

샤샤가 칼을 가리켰다.

"좋은지 나쁜지를 얘기해 주실 거예요. 그런데 결말이
별로인 건 이제 이미 아실 테고."

샤샤는 문득 책 읽어 주는 남자의 그 어떤 신체 부위도
움직이지 않는 듯한 느낌을 받았다. 아저씨가 굳어 버렸다. 그
렇지만 머릿속은 매우 복잡하게 돌아가고 있을 거라는 건 짐
작할 수 있었다.

"그건 부탁드릴 수가 없을 것 같아."

칼에게도 당연히 들릴 거라는 걸 알면서도 샤샤에게 속
삭였다.

"그냥 부탁하시면 돼요. 기꺼이 해 주실 거예요. 친절한
분이고, 또 어차피 책도 읽으시잖아요. 그럼 아저씨 책도 읽을

수 있잖아요."

"콜호프 씨, 난처하게 해 드려서 당황스럽네요. 제가 감히 그런 부탁을 하다니요. 이런 부탁을 너무 자주 받으시죠?"

칼은 그런 부탁을 거의 받은 적이 없다시피 했고 그 점이 한편으로는 안심이었다. 문장이 형편없을 경우, 고객의 마음을 상하지 않게 하면서 그 말을 전해 줄 방법이 있기나 할까?

"읽어 주실 거죠? 그쵸?"

샤샤가 물었다. 샤샤의 질문에는 손톱만큼의 의심도 없었다. 칼은 주저하면서 샤샤의 기대에 차 반짝거리는 밝은 푸른색 눈을 들여다봤다. 그런 샤샤를 실망시킬 순 없었다.

"그럼요. 기꺼이 읽어 보죠."

"당장 가져올게요!"

책 읽는 남자는 사라졌다가 신발 상자에 담긴 원고를 가지고 돌아왔다.

"그리고 진심으로 솔직한 평 부탁드립니다. 잔인할 정도로 솔직하게요. 그렇게 해 주셔야 제가 발전할 수 있어요."

남자는 삼켰다. 무엇을 삼켰는지는 몰라도 엄청나게 큰 것일 거라고 샤샤는 생각했다.

"부담 없이 여유 있게 시간을 가지고 읽어 주세요."

"제 기쁨이고 영광입니다."

"정말 그럴지는 읽어 보신 후에 알게 되겠죠."

134

책 읽어 주는 남자가 억지로 웃어 보였다. 이 순간을 꿈꿔 왔고 두려워했다. 자기 소설이 세상에 첫발을 내디뎠다. 한 사람뿐이었고 아주 작은 발걸음이었지만, 자신의 글이 드디어 쓰인 목적 그러니까 누군가에게 읽힌다는 목적을 달성한 것이다. 어쩌면 문장들이 읽히면서 망가질지도 모른다는 조바심이 들었지만 책 읽어 주는 남자는 더 이상 덧붙일 말을 찾지 못했다.

"그럼…."

"안녕히 계세요!"

샤샤가 얼른 인사를 했다.

"저희는 이만 가 봐야 해서요."

"그럼, 그럼요. 두 분을 계속 붙잡아 둘 순 없죠. 곧 또 뵐게요. 다음 책 주문은 이미 전화로 해 뒀습니다."

서로 인사를 하고 헤어지긴 했지만, 이번에도 샤샤는 무언가를 깜빡한 모양이었다.

"같이 가 주마. 네가 없으면 너무 심심하거든."

"금방 다녀올 거라서 심심할 틈이 없으실 거예요."

"그래도 같이 가마. 몇 걸음 더 걸으면 건강에도 좋겠지."

칼은 샤샤가 아랫입술을 깨물고 있는 모습을 즐겼다. 동시에 그러는 자신이 부끄럽기도 했다. 샤샤는 과장된 연기로 이마를 '탁' 쳤다.

"이번에는 깜빡한 게 없네요. 이런 바보."

"확실하니?"

"그럼요!"

"그래도 네가 가지고 온 책 중에 한 권 드리고 오지 그러니?"

화가 난 샤샤가 발을 동동 굴렀다.

"와! 쭉 알고 계셨던 거네요."

"에피 씨네 집에서부터 알게 됐어."

"절 미행하셨군요!"

"내 자리를 위협하잖아."

"절대 아니에요. 전 책을 파는 게 아니라 선물하는 거잖아요."

"그분들이 읽었으면 하는 책들이었니?"

"네. 그분들을 행복하게 만들어 줄 거예요. 할아버지는 그걸 하고 싶어 하지 않으셨으니까. 제가 저금한 돈으로 다 샀다구요."

"무슨 책들이었는데?"

"다아시 아저씨는 생각을 해야 하는 책들만 읽으시니까 손으로 할 수 있는 걸 한번 해 보는 게 좋겠다고 생각했어요. 그래서 목공과 관련된 책을 선물해 드렸어요. 정원에 나무도 있고."

"그럴듯한 선택이구나. 롱스타킹 부인은?"

"그분은 오타 찾는 걸 좋아하시잖아요. 오류가 많을수록 더 행복하시니까."

"무슨 책인지 궁금하네."

"페이지마다 같은 그림이 나란히 있는데 다른 점이 열 가지씩 있는 책을 받으셨죠. 제목이…."

"『오류를 찾아라!』"

전직 교사이긴 하지만 연세 있는 부인이 노안으로 바로 발견하지는 못할 오류들이었다.

"의심할 여지 없이 오래 몰두할 수 있는 책이구나. 에피는?"

"웃음을 드릴 만한 책이요. 『핍스 아스무센* 유머 모음 집』."

칼은 에피가 그 책을 한 페이지 이상은 읽지 않을 거라고 생각했다. 선물한 책이 읽히지는 않아도 선물을 한 행위는 그 자체로 마음이 담긴 정성이었다. 선물을 받는 사람의 지성과 취향에 대한 찬사이기도 했다. 받는 사람이 전혀 읽지 않더라도 책 선물을 하는 누군가가 있었기 때문에 수많은 작가의 출세가 이루어지곤 했다. 고상한 인테리어 소품으로 책장에 놓기도 좋았고 과시하기 좋아하는 사람들이 가지고 있는 살바

• 핍스 아스무센Fips Asmussen: 독일의 코미디언1938-2020

도르 달리의 그림이 담긴 금빛 액자와도 참 잘 어울렸다.

"유머 모음집은 에피 아줌마네 우체통에 넣어 드렸어요. 초인종을 다시 누르고 싶진 않았거든요."

칼의 시선은 책 읽어 주는 남자의 집을 향했다.

"이분에게는 무슨 책을 드릴 거니?"

"이건 정말 고르기 어려웠어요. 무엇이 아저씨를 행복하게 해 줄 수 있을지 잘 모르겠더라구요. 무엇이 아저씨를 불행하게 만드는지를 몰라서요."

"책을 가져오기는 했고?"

샤샤는 고개를 끄덕이면서 포장해 온 책을 배낭에서 꺼냈다.

"알프레드 뭐라는 분이 쓴 건데 새 단어에 관한 책이에요."

"알프레드 헤베르트의 『신조어 - 1945년 이후 독일어의 신어』 놀라운 선택인데."

"처음 들어 보는 단어들을 읽는 걸 재미있어하실 것 같았어요. 꿀벌투우사처럼요."

"그런 단어가 어디 있어."

"그래서 그 단어를 얘기하는 게 이렇게 재미있는 거예요. 꾸울버얼투우사아."

"피리부부젤라수공예는 어떠냐?"

샤샤는 의아한 듯 고개를 갸웃거리면서 칼을 쳐다봤다.

"할아버지도 재미있을 때가 있네요!"

"실수야."

"그냥 인정하시죠. 뭐 나쁜 것도 아니잖아요."

"그 책을 너 혼자 고른 건 아닐 테고. 누가 추천해 줬니?"

"모세스 헌책방에 계시는 할아버지요. 할아버지보다도 연세가 많으실걸요. 주름이 자글자글하시거든요. 제 매트리스 커버가 말릴 때처럼요."

한스는 마음이 따뜻하고 인품이 훌륭한 사람이었다. 칼은 한스가 켜켜이 쌓아 놓은 책들 사이로 고개를 천천히 내밀면 그 모습이 거북이 같다고 생각했다. 그런데 한스는 책을 읽지 않았다. 가게는 예전에 어머니한테서 물려받은 것이다. 반항심에서 괴테, 쉴러, 폰타네, 뒤렌마트나 톨스토이는 제쳐 두고 『래시터 - 당대 최고의 사나이』*를 읽었다. 중요한 작가들의 이름, 작품과 장르까지는 알고 있지만 그중에 읽은 책은 없었다. 독서는 올해 초에 세상을 떠난 아내의 몫이었다. 이제 헌책방은 책을 읽지 않는 주인이 운영하는 가게가 되어 버렸다.

"제가 값이 싼 책을 살 수밖에 없다고 말씀드렸거든요.

• 바스타이|Bastei 출판사의 『래시터 - 당대 최고의 사나이|Lassiter – Der härteste Mann seiner Zeit』, 서부 소설 시리즈로 잭 슬레이드|Jack Slade라는 작가 그룹의 필명으로 출간되고 있다. 50쪽 정도 되는 A5 크기의 통속소설책으로 보통 기차역 가판대 같은 곳에서 판매한다.

권당 몇 센트 정도요. 근데 그게 전혀 문제가 되지 않았어요."

"그래서 모두에게 줄 책을 다 찾은 거니?"

"그럼요. 그러니까 그 할아버지가 찾아 주신 거죠. 얼마 안 걸렸어요. 마침 딱 맞는 책들이 계산대 옆에 있는 상자에 들어 있는 거예요."

그 상자에는 한스가 더 이상 팔지 못해서 정리해 버릴 겸, 단골손님들에게 선물하려고 둔 책들이 담겨 있었다. 그 상자에서 한스가 맞는 책을 고른 건 아니었을 것이다. 기껏해야 제목이 맞는 정도였을 것이다.

"책 읽는 남자에게 책을 가져다주지 그러니. 좋아할 것 같은데."

"할아버지는 뭐 하실 거예요?"

"난 여기서 생각을 해 볼게."

"무슨 생각이요?"

어른들이 생각해 본다고 하면서 그게 무슨 생각인지 자세히 알려 주지 않으면 절대 좋은 의미는 아니라는 걸 샤샤는 경험을 통해 알고 있었다.

"고집 센 어린 여자아이의 계획을 막지 못하면, 어떻게 굴러가든지 간에 제대로 굴러가게끔 도와줘야겠지."

"아, 그 생각이요. 그런 생각이라면 특별히 오래 하셔도 돼요!"

칼의 전화가 울린 건 저녁 9시였다. 조용함의 대명사인 그에겐 달갑지 않은 소리였다. 칼은 놀라 벌떡 일어섰다. 조금 전까지만 해도 아프리카로 떠나 있었다. 25년 전에 마지막으로 읽었던 카렌 블릭센의 자전적인 소설˙을 읽고 있었기 때문이다. 혹시나 새로운 이야기를 또 들려줄까 싶어서 칼은 백 년의 사분의 일이 지나면 읽었던 책을 다시 보곤 했다.

칼은 오래된 빵집 영수증을 책갈피처럼 책장 사이에 끼우고 낡은 책을 조심스럽게 옆으로 치웠다. 수화기를 들기 전에 옷매무새를 살피고 셔츠의 칼라를 반듯하게 폈다.

"여보세요, 콜호프입니다."

"칼 콜호프 씨인가요?"

"네, 그렇습니다."

"뮌스터블릭 시니어 홈인데요, 구스타프 그루버 씨가 만나 뵙고 싶어 합니다."

"토요일인데, 토요일에는 면회를 절대 안 하고 싶어 하시던데요."

"지금 상태가 별로 좋지 않으셔서요. 서두르시는 편이 좋을 것 같습니다."

˙ 카렌 블릭센Karen Blixen의 『아웃 오브 아프리카Out of Africa』

칼은 밤거리를 숨이 찰 정도로 빨리 걸었다. 가는 길에 구스타프 사장님에게 무언가를 가져다드리는 게 좋을지 고민했다. 영영 떠나면 모든 걸, 그게 아무리 방금 막 받은 물건일지라도 어차피 남기고 가지 않나. 그렇지만 칼은 주유소에서 다양한 색이 섞인 튤립 꽃다발을 샀다. 구스타프 사장님은 암스테르담을 무척이나 사랑해서 튤립을 좋아했다. 그 꽃을 보면 행복해하셨다. 행복도 가져갈 수는 없겠지만, 삶에 행복 과다란 없는 법. 그리고 어쩌면 마지막 순간의 행복이 그전의 어떤 때보다도 더 중요할지도 모른다.

 · 시니어 홈에서 칼은 엘리베이터를 기다리지 않고 계단으로 올라갔다. 얼른 문을 두드리고 "들어오세요"라는 말도 기다리지 않고 문을 열었다.

문 뒤에는 자비네 그루버가 서 있었다. 구스타프 사장님은 침대에 누워 힘없이 얕은 숨을 쉬었다.

"이쪽으로 오시면 안 돼요."

자비네 그루버가 칼을 저지하며 밖으로 밀어냈다. 적어도 마지막 시간은 아버지와 단둘이 있고 싶었다.

"지금은 아무도 오시면 안 돼요. 안정이 필요하세요."

그리고 자비네는 자기 뒤로 문을 닫았다.

"구스타프 사장님은 좀 어떠세요?"

"지금 콜호프 씨랑 그런 얘기 할 시간이 정말 없어요."

"제가 뭐라도 해 줄 일이 없을까요?"

"아니요. 아빠를 도와주실 수 있는 방법이 없어요."

"사장님을 위해서라도 말이에요. 먹을 거나 마실 거라도 좀 가져올까요? 뭐라도 좀 드셔야 할 것 같은데."

"콜호프 씨, 여긴 콜호프 씨가 없어도 괜찮아요."

그리고 인사도 없이 칼을 그 자리에 세워 두고 들어가 버렸다.

칼은 자신의 전 사장을 혼자 두고 싶지 않았다. 지금 집으로 돌아간다면 물에 빠져 허우적대는 이에게 등을 돌리는 거나 다름없는 느낌일 것이다. 칼은 앉았다가 바로 다시 일어났다. 앉는 건 포기해 버리는 거나 마찬가지였다. 대신 시큼한 세정제 냄새가 나는 시니어 홈의 복도를 걸었다. 그 복도들은 서로 너무 비슷해서 절대 빠져나올 수 없는 미로 같았다.

그러다 갑자기 앞에 책들이 있는 서가가 나타났다. 시니어 홈의 도서관에는 벼룩시장에서도 팔리지 않을 것 같은 해어진 책들이 꽂혀 있었다. 진정한 의미의 책 호스피스 병동이었다. 칼의 시선은 저자와 책 제목이 적힌 책등들을 훑었다. 처음에는 무엇을 찾는지도 몰랐다. 그러나 오래 훑을수록 무엇을 찾아야 할지가 또렷해졌다.

칼은 에리히 캐스트너의 『에밀과 탐정들』을 발견했다. 이 책은 구스타프 사장님이 분명 유년 시절에 읽었을 것이다. 칼은 책을 들고 구스타프 사장님의 방 앞에 있는 의자에 앉았다. 그리고 책을 읽기 시작했다.

소리가 벽 너머 구스타프 사장님에게 닿지 않을지라도 크게 읽었다. 칼은 말이 구스타프 사장님을 낫게 해 줄 마법 같은 힘을 가지고 있지 않다는 것쯤은 알고 있었다. 자신이 멀린•도, 데디••도, 키르케•••도 아니라는 것도. 단지 가장 친한 친구가 그리워 목소리가 쉬어 버린 칼 콜호프일 뿐이라는 것도.

칼은 그룬트아이스 씨에게 기차에서 140마르크를 도둑맞은 에밀 티쉬바인의 이야기를 읽었다. 경적을 가진 구스타프, 포니 그리고 "암호 에밀"을 외친 탐정단의 이야기도 읽었다.•••• 칼은 손목시계의 바늘을 보지도 않고 마치 단어의 타래를 끊으면 구스타프의 생명선을 놓게 되기라도 하듯 쉬지 않고 읽었다.

갑자기 간호사 한 명이 칼을 지나 구스타프의 방으로 들어갔다. 이어서 다른 간호사 몇 명이 흰 가운을 휘날리며 들

• 아서왕(King Arthur) 전설에 나오는 마법사 멀린(Merlin)

•• 기원전 2700년경 고대 이집트의 마술사 데디(Dedi), 최초의 마술사라고 알려져 있다.

••• 호메로스(Homeros)의 『오디세이아(Odysseia)』에 나오는 마녀 키르케(Kirke)

•••• 에리히 캐스트너(Erich Kästner)의 『에밀과 탐정들(Emil und die Detektive)』에 나오는 이야기와 등장인물들

어갔다. 맹금류에게 쫓기는 새 떼를 보는 듯했다.

칼은 더 크게 더 빨리 읽었다. 책에서 단어들을 짜내었다. 하드커버 표지가 휠 정도로 손으로 책을 세게 움켜쥐었다. 그러다 얼마 후 흰 새 떼가 고개를 숙인 채 방에서 다시 천천히 나왔다.

더 이상 방에서 나오는 사람이 없자 칼은 책을 천천히 덮었다. 그리고 구스타프 사장님의 방문 앞에 내려놓고 건물을 빠져나왔다.

칼에게 이 건물은 이제 사람이 살지 않은 곳이 되어 버렸다.

암 슈탓토어 책방에 손님이 왔음을 알리는 낡은 구리종은 경쾌한 장조로 울리곤 했다. 하지만 다음 날 칼이 들어서는 순간 단조처럼 느껴졌다.

입구에는 이젤이 세워져 있었고 그 위에 검은 리본이 달린 사진 액자가 있었다. 책방을 맡게 된 자비네와 은퇴하는 구스타프의 모습이었다. 구스타프는 커다란 꽃다발 뒤로 거의 보이지도 않았고, 딸의 환한 미소 옆에서 그의 미소는 활기 없는 메아리 같았다. 구스타프는 이미 그때부터 자기 자신이 아니었다. 이미 그때부터 그림자가 되기 시작했던 것이다.

이젤 앞에는 하얀 자카르 천이 덮인 탁자가 있었고 그 위에 조문 방명록이 놓여 있었다. 칼은 떨리는 손으로 무거운 페이지들을 넘겨 보았다. 하트들이 그려져 있었고 슬픔과 그리움의 글들이 적혀 있었다. 많은 이들이 구스타프에 대한 기억을 나누고, 구스타프가 자신들에게 추천해 준 의미 있는 책들을 이야기했다. 새까만 펜이 재촉하듯 옆에 놓여 있었다.

칼은 글을 읽을 때는 알맞은 표현인지를 알아보곤 했지만 직접 무언가를 쓰려고 하면 절대 적절한 말들이 떠오르지 않았다. 하지만 구스타프 사장님을 위해서는 꼭 적절한 말이 필요했다. 글 전문가에게 잘못된 말을 남긴다는 건 전문 요리사에게 엉망진창으로 요리한 자신의 레시피를 선보이는 것이나 다름없었다.

몸에 붙는 검은 드레스를 입은 자비네 그루버는 계산대 뒤에 서서 모니터를 보며 타이핑하고 있었다. 머리가 내려와 얼굴을 가리고 있었다. 칼이 자비네에게 다가갔다.

"…당신의 상실에 깊은 애도를 표합니다."

안 그래도 힘겨운 그 '당신'이라는 말이 그 어떤 때보다도 입 밖으로 내기가 힘겨웠다.

"감사합니다."

쳐다보지도 않고 자비네 그루버가 대답했다.

"저희 얘기 좀 하죠."

"네가 이야기 상대가 필요하면 언제든지 들어 줄게. 어깨도 내줄 수 있단다. 알지?"

그제야 자비네가 고개를 들었다. 그러나 눈을 맞추지는 않았다. 칼의 이마 가운데쯤에 시선을 고정한 듯했다.

"콜호프 씨, 제 아버지에 대한 게 아니라 책방에 대한 이야기를 하자는 말입니다."

칼의 세상은 슬픔이 넘쳐서 자비네의 날카로운 어조를 알아차릴 여유도 없었다.

"책방 일이라도 언제든 얘기해 주세요."

"아버지가 살아 있을 때 아버지가 마음에 들어 하지 않아서 실행에 못 옮긴 것들이 많았거든요. 하지만 우리 책방의 생존을 위해서 이제는 시스템을 바꿀 때가 됐다는 거 이해하시죠."

이 문장은 마치 자비네가 미리 써 놓고 여러 번 연습한 것처럼 들렸다.

"네, 그럼요."

아직도 어떤 결론에 이르는 말인지를 알아채지 못한 채 칼이 대답했다.

"콜호프 씨의 배달 서비스는 이제 종료할 겁니다. 앞으로 주문한 책들은 저희 책방에서 픽업 가능하고 아니면 저희 도매상이 보내 드릴 거예요. 오늘 마지막 배달 나가시면서 고객분들에게 안내를 좀 해 주세요. 혹시 못 만나는 분은 저희가 우편으로 안내해 드릴 거예요.”

“제 보수 때문인가요? 그럼 더 이상 돈을 받지 않겠습니다.”

“콜호프 씨, 그 돈만이 문제가 아니에요. 그 외 비용을 이미 자세히 알려 드린 걸로 아는데요.”

“하지만 대부분은 고객들이 저한테 개인적으로 주문해서 제가 시스템에 입력을 하고 있습니다.”

“여기서 당신과 세부적인 업무 흐름을 논하고 싶진 않네요. 여긴 제 책방이고 제가 그렇게 결정한 사항이에요.”

자비네는 계속해서 자판을 두드렸다.

“아주 합리적이고 전적으로 경영적인 측면에서 내린 결정이라고요. 일을 더 키우지 마시죠. 이제 저녁의 여유 시간을 다른 좋은 일에 쓰시면 되겠네요.”

칼은 그저 서 있는 것 말고는 할 수 있는 일이 없었다. 처음에는 아무 생각도 나지 않았다. 숨 쉬는 걸 잊고 있었다는 사실을 깨닫고서야 다시 생각 회로를 돌리고 폐에 산소를 채우기 시작했다. 여유 있는 저녁을 좋은 일에 쓰라고? 칼에게는 다른 사람들에게 책을 배달하는 것보다 더 좋은 일이 없는데!

“그럼 제가 일반 고객처럼 책을 계산하고 배달을 하겠습니다. 그러면 사장님도 비용이 따로 안 드실 겁니다.”

148

"그 경우 배달할 때 보험은 적용이 안 될 텐데요."

"그건 전적으로 제가 위험부담을 하죠."

"콜호프 씨, 이런 논쟁을 제가 피하려고 했던 거예요."

"하지만…."

"저희 책방의 공식적인 서비스처럼 보일 거예요. 고객을 상대로 실수를 하시면 저희에게 화살이 날아올 거예요. 자, 그럼 전 이제 이 대화보다 정말 더 중요한 일이 있어서요. 그리고 여러분도 이제 다시 일 시작하시죠!"

칼은 자신의 양옆으로 세 명의 직원과 레온이 모여들었다는 사실을 알아차리지 못했다.

"콜호프 씨는 그 어떤 고객에게도 잘못한 적이 없으세요."

칼에게 수년 동안 배워서 일을 하고 있는 바네사 아이헨도르프가 입을 열었다. 일을 시작할 때 힘들었던 시기를 버티고 포기하지 않도록 칼이 용기를 북돋워 줬었다.

"지금까지 단 한 건의 불만 접수도 없었어요."

율리아 베르너가 거들었다. 언젠가 자신의 실수로 퇴근 전 정산 금액이 맞지 않았을 때 칼이 30마르크를 줘 부족한 금액을 채운 적이 있었다.

"저희가 아무리 고객들을 열심히 챙긴다고 해도 콜호프 씨를 따라가진 못해요."

이번에는 요헨 기징이 나섰다. 칼이 요헨의 딸 릴리에게 자신이 아침에 크로아상을 사러 가는 단골 빵집에 학생 인턴 자리를 구해 준 적이 있었다. 칼은 빵집 주인을 친구라고 불렀다. 27년 동안이나 다닌 빵집이었고, 신선한 빵과 반짝이는 동전과의 꾸준한 맞교환은 이 둘의 관계를 특별한 방식으로 돈독하게 만들었던 것이다.

레온은 자신도 한마디를 보태야 한다고 생각했다.

"저희 가족이 예전부터 여기서 책을 사는 건 다 콜호프 씨 때문이에요. 저는 펴 보지도 않는 책도 전부 여기서만 산다니까요."

자비네 그루버는 동공이 긴장한 듯 움찔했고, 경동맥도 긴장한 듯 빨리 뛰었다. 손도 긴장한 듯 펜 하나를 왼쪽에서 오른쪽으로 옮겨 정리하고 있었다. 펜은 사실 왼쪽에 그대로 두는 게 편했을 것이다. 자비네 그루버는 오늘 종지부를 찍고 싶어서 아버지를 떠올리게 하는 모든 것들을 사무실에서 치워 버렸다. 느지막하게 노벨상을 받은 벨렌도르프* 출신의 작가가 젊었을 때 구스타프와 함께 찍은 사진, 많은 낭독회를 개최한 데 대한 감사의 의미로 시에서 준 문화상장 그리고 자비

• 벨렌도르프Behlendorf: 노벨상을 받은 작가 귄터 그라스Günter Grass의 무덤이 있는 독일 라우엔부르크Lauenburg시의 행정구역

네 자신이 유치원 시절에 서툴게 그린 그림까지도. 마음이 아파서 아버지를 더 이상 떠올리고 싶지 않았다. 그런데 아버지를 가장 많이 떠올리게 하는 게 칼 콜호프였다. 아버지에게 자녀가 없었더라면 아마 칼에게 이 책방을 물려줬을 것이다.

그제야 직원들의 눈을 바라본 자비네 그루버는 직원들이 아직은 아버지를 놓고 싶어 하지 않는다는 사실을 깨달았다. 그리고 직원들에게도 칼 콜호프가 아버지하고의 마지막 연결 고리라는 사실을.

아직은 책방의 전통을 끊어 낼 때가 아니었던 것이다.

그러나 가위가 준비되어 있다는 사실은 모두에게 보여 줘야 하는 날이었다.

"그럼 당분간은 둡시다."

마지못해 자비네가 말했다. 하지만 이 말이 일종의 경고라는 건 모두가 느낄 수 있었다.

칼은 묵묵히 책을 포장했다. 종이 모서리의 접힘, 부드럽게 찢어지는 테이프, 배낭에 소포를 넣을 때 다른 소포에 스치면서 나는 사각거리는 소리, 이 모든 익숙한 루틴에 호흡은 안정됐지만, 심장은 그러지 못했다. 집행유예 기간이었다. 단 한 번의 실수라도 자신의 해고로 이어질 것이다. 칼은 샤샤가 계획한 대로 고객들을 행복하게 해 줄 책들도 선물로 챙겼다.

해고되면 자기 자신을 위해서는 어떤 책을 고르게 될까? 자비네 그루버의 컴퓨터는 아마도 칼 연배의 남자를 위한 의미 있는 소일거리에 대한 책을 추천해 줄 테지. 상자형 텃밭 가꾸기, 두 가지 재료로 요리하기, 겨울 모자 뜨개질하기, 비단에 그림 그리기, 어쩌면 시니어 연구에 대한 책일지도 모른다. 누군가는 행복하게 해 줄 책이겠지만 수십 년 동안 자신을 행복하게 해 준 일을 막 잃은 사람에게는 소용이 없어 보였다. 진짜 원두에 익숙한 사람이 대용품인 치커리 커피를 마시게 될 때처럼 너무 쓰게만 느껴지는 활동들일 것이다.

흐린 하늘에 샤샤를 두 다리 달린 태양처럼 보이게 하는 노란색 겨울 점퍼도 칼의 기분을 띄워 주지는 못했다.

"오늘은 달라 보이세요."

"난 같은 사람인걸."

"눈이 달라요."

샤샤는 칼 앞에서 뒷걸음질하며 칼의 눈을 자세히 쳐다봤다.

"나한테는 눈이 이 한 쌍뿐이라서 다른 걸로 바꿀 수가 없단다."

"우셨어요?"

"아니."

"혹시 속으로 우셨어요? 눈에서 눈물 나게 말고 마음에서 눈물 나게 우는 거 말이에요.”

“마음에서 눈물 나게?”

“그게 가능하다면요.”

“그랬다면 내 눈은 왜 달라 보이는 거니?”

“부끄러워하는 거죠. 사실 우는 건 자기들이 해야 할 일이니까요.”

칼은 손가락 끝으로 눈꺼풀을 쓸어 내렸다. 실제로 눈이 부끄러워 애정이 필요하기라도 하듯.

“또 뭐 물어봐도 돼요?”

“보통은 물어보지도 않고 그냥 묻잖아.”

“질문이 할아버지에게 너무 멍청할까 봐 조금 겁나요.”

“전에는 그런 것 따위는 신경도 안 썼으면서. 그냥 하던 대로 해. 뭔지 털어놔 보지 그래.”

“오늘은 저한테 붙여 줄 이름이 있어요?”

“아니. 너 같은 책 주인공이 떠오르지가 않네.”

“그래도 갖고 싶어요! 책을 더 많이 읽으셔야 해요!”

“곧 그렇게 할 것 같아.”

칼이 대답했다. 하지만 왜인지는 말하지 않았다.

멍멍이는 이번에 일찍 나타나 간식이 든 틴 케이스가 있는 칼의 오른쪽 다리에 자신의 옆구리를 문질렀다. 그러나 칼은 멍멍이에게 아무것도 주지 않았다. 그래도 다시 오게 될까? 머리를 쓰다듬어 주려고 칼이 몸을 숙이자 멍멍이가 피했다. 허공을 짚은 칼은 중심을 잃고 오래된 자갈 포장도로에 넘어지고 말았다. 자갈들은 그 험한 마차와 탱크 바퀴를 견디고도 자신의 단단함을 수백 년 동안 고집스럽게 유지하고 있었다. 무릎이 먼저 부딪혔고, 결국 몸 전체가 옆으로 쓰러졌다. 몸 구석구석의 고통보다도 실망감이 더 컸다. 지금까지 배달하는 길에 한 번도 넘어진 적이 없었고 미끄러진 적도 없었다. 튼튼한 신발과 두꺼운 양말은 그동안 믿을 수 있었다. 하지만 세상도 변하는 듯했다. 그런데 한 군데뿐만이 아니었다. 허기진 늑대 무리가 상처 입은 양을 쫓듯 변화는 사방에서 자신을 공격하고 있었다.

"잡으세요. 제가 일으켜 드릴게요."

샤샤가 말하고 손을 뻗었다. 샤샤의 손을 잡긴 했지만 샤샤까지 넘어질까 봐 다른 손으로 자갈 도로를 짚었다.

"제가 배낭을 들어 드릴까요? 저 두 개 들 수 있어요."

"아니야."

다시 두 발로 선 칼이 말했다. 무릎은 아팠고 손바닥은 까져 있었다.

"등 뒤에 아무런 무게 없이 다니면 배달을 하는 것 같지 않을 거야."

샤샤는 칼이 넘어질 때 떨어진 배낭을 건네주었다.

"상당히 무겁네요. 할아버지가 좋아하는 책만 들었어요? 아니면 별로인 책을 배달할 때도 있어요?"

"네가 하는 질문들은 참 좋아."

칼은 옷에 묻은 흙을 털어 냈다.

"그런데 오늘은 질문이 많은 게 좀 힘들구나. 오늘은 대답할 기운이 없어."

"그건 대답이 아니잖아요!"

칼이 한숨을 내쉬었다.

"난 내가 좋아하지 않는 책도 배달하고 내가 관심 없는 책도 배달하고 있어. 어떤 책이 모든 사람의 마음에 들 수는 없는 거거든. 바보 같은 책이 영리한 생각을 이끌어 내기도 해. 약간의 어리석음은 아무도 해친 적이 없어. 그 어리석음이 커져서 퍼지지 않게만 조심하면 돼."

칼은 책이 절판되었다고 거짓말을 한 적이 거의 없었다. 딱 한 번뿐이었는데 거짓말을 했다는 사실에 평생을 부끄러워했다. 에피가 주문한 책을 어떤 여자가 읽고 우울증에 걸렸다는 이야기를 듣고서 에피에게 책을 배달하지 않은 적이 있었다.

"질문이 하나 더 있어요."

"다음에. 오늘은 말을 별로 하고 싶지 않구나."

"하나만요! 제발제발제발요!"

"어떻게 한 번을 양보 안 해 주니?"

샤샤는 그 말을 '알았어'로 받아들였다. 하지만 '안 돼'였어도 물어봤을 것이다. 대화를 이어 가지 않으면 칼이 오늘 점점 더 깊은 슬픔으로 가라앉을 것만 같은 느낌이 들었기 때문이다. 자기가 던지는 질문들은 칼의 생각이 표면에 떠 있도록 해 주는 구명 튜브였다.

"고객을 거절한 적도 있어요? 아니면 명단에서 지워 버리거나?"

칼은 짜증이 올라와 순간 슬픔을 잊었다.

"응, 정당방위로. 지금 곧 정당방위로 침묵하게 될 것처럼!"

"그 고객이 에피 아줌마 남편이었어요? 할아버지를 때릴 것 같아서요?"

"뭐? 아니야. 멍멍이는 어디로 갔니?"

고양이가 사라졌다. 아무런 기척도 없이.

"그럼 왜요? 얘기해 주세요!"

칼이 심호흡을 했다. 정말 대답할 기분이 아니었지만, 두 번째 동행자까지 잃고 싶은 마음은 더더욱 없었다. 지금은 샤샤의 질문 공세보다 혼자 남는 것이 더 끔찍했다.

"여성 고객이었는데, 새 책을 받으면 책등부터 망가뜨렸어. 그러니까 책이 찍 갈라지는 소리가 날 때까지 쫙 펼쳐 버렸지."

"헐!"

샤샤는 경멸스럽게 바닥에 침을 뱉어 줘야 할 순간이라고 생각했지만, 다시 생각해 보니 그건 너무 역겨운 짓이었다.

"그렇게 하면 손에 쥐기가 더 편하고 책이 쉽게 닫히지 않는다고 하더구나. 기다렸단 듯이 포장을 뜯자마자 그렇게 했어. 나중에는 그 소리를 못 견디겠더라고. 이제 대답이 됐니?"

샤샤는 자신의 배낭에 든 책들을 생각했다.

"정말 잘하신 것 같아요. 아이스크림 하나 사 드릴까요?"

"네 질문에 대답을 해 줘서 말이니?"

"아니요, 아이스크림이 기분을 좋게 해 줘서요."

"모든 문제에 기분을 풀어 주는 건 아닐 텐데. 내 문제라면 더더욱 그렇고."

"아니에요. 모든 문제에 그래요. 그게 아이스크림이 좋은 이유예요."

샤샤는 칼이 피노네 가게에서 너트 누가 크림이 소용돌이 모양으로 섞여 있는 펭귄이라는 아이스크림을 꼭 먹어야 한다고 고집 부렸다. 상상할 수 없을 정도로 달았다. 샤샤가 고른 알록달록한 스프링클 토핑 때문이었을지도.

어쩐지 아이스크림이 도움이 되는 듯했다. 녹은 아이스크림 두 방울이 칼의 오른쪽 장화에 떨어져 눈이 달려 이상한 표정을 짓고 있는 듯한 모습이 되자 두 사람은 웃음이 터져 나왔다.

그날 저녁 칼은 모든 고객에게 앞으로는 자신에게 개인적으로 책을 주문해 달라고 말을 전했다. 가능하면 자신이 집에 들를 때, 아니면 전화를 달라고. 전화는 웬만하면 받을 수 있으니. 그렇게 하지 않으면 자비네 그루버가 고객에게 칼의 서비스를 더 이상 이용하지 말아 달라고 설득할 위험이 너무 컸다. 그렇게 되면 당연히 자기의 해고 통지에 그 누구도 반박하지 못할 테고. 고객이 없으면 칼도 없으니.

샤샤는 아직까지 자기에게 책을 받지 못한 고객들에게 줄 책만 가지고 왔다. 그리하여 파우스트 박사는 『세상에서 가장 귀여운 강아지들』이라는 달력을 받게 되었고 기뻐 보이기 위해 최선을 다했다. 칼은 미스터 다아시에게 수년간 책방을 이용해 준 것에 대한 작은 보답이라면서 『오만과 편견』 특별판을 준비해 건네줬다. 그러자 미스터 다아시는 어제도 칼의 파나마식 생일 때문에 이미 책 한 권을 받았다고, 목공의 세계가 생각보다도 훨씬 흥미로웠다고 고마움을 전했다. 그러면서 갑자기 3센티미터나 훌쩍 자란 듯한 샤샤를 힐끗 보았다.

주문한 책은 없었지만, 에피의 상태가 궁금해 두 사람은 에피의 집에도 들렀다. 불은 다 꺼져 있었고, 초인종을 눌러도 문을 열어 주는 사람이 없었다. 칼은 에피가 인생의 여러 분야에서 도움이 필요할 거라고 생각해서 『캐스트너 박사의 서정적인 가정상비약』*을 우체통에 꽂아 두었다. 캐스트너의 아름다운 시구절들이 충분할지는 확신할 수 없었지만.

혜라클레스의 부엌 식탁에 앉았을 때는 샤샤가 혜라클레스에게 베르테르(이 이름은 쉽게 기억할 수 있었다)가 어땠는지 물었다.

"있지, 편지 소설인데, 젊은 법무관 시보 베르테르가 불행하게도 다른 남자와 약혼한 로테를 사랑하는 이야기야."

샤샤는 어리둥절했다. 칼이 이 소설을 설명할 때 썼던 말과 토씨 하나 틀리지 않았기 때문이다. 혜라클레스가 설명을 달달 외운 모양이었다.

혜라클레스에게 줄 선물로는 세계문학 작품이 요약되어 있는 (빨간색 표지의) 책을 골라 왔다.

포장을 뜯은 혜라클레스는 전혀 기뻐하지 않고 그저 혼란스러운 듯 책을 바라보기만 했다. 칼이 어떤 생각으로 책을 줬

---

* 한국에서는 『마주보기』라는 제목으로 출간되었다.

는지 샤샤가 설명해 주니 그제야 얼굴에 희미한 미소가 번졌다.

"이제는 더 이상 저에게 소설 줄거리 요약을 부탁하지 않으셔도 될 겁니다. 이 책에 진짜 전문가들이 다 요약해 놓았거든요."

그러자 조명의 불이 꺼지듯, 희미한 미소가 다시 사라졌다. 그 의미를 눈치챈 건 샤샤였다. 샤샤가 칼에게 기대어 속삭였다.

"아저씨의 눈을 잘 보세요!"

그리고 책을 펴서 헤라클레스 쪽으로 몸을 돌렸다. 집게손가락 끝으로 차례를 쓱 훑었다.

"여기에 가장 중요한 소설 제목들이 있어요. 예를 들면 여기 『뤼겐섬』이요. 이 소설 엄청 유명하잖아요. 이거 읽어 보셨어요?"

"아니, 아직."

"그럼 이건 분명 읽어 보셨죠?"

한 줄을 톡톡 치면서 질문이 잠시 동안 공중을 떠다니도록 했다.

"『슈타인 •가족의 양들』이요."

• 슈타인[Stein]: 돌

"그것도 아직 못 읽어 봤네. 콜호프 씨, 저에게 계속 소설에 대해 이야기해 주셔야 해요! 이 책도 분명 훌륭한 책이겠지만, 콜호프 씨께서 이야기를 해 주셔야 책이 항상 제대로 살아나거든요."

"물론 그게 좋으시면 기쁜 마음으로 계속해 드려야죠."

조명의 불이 다시 켜졌다. 헤라클레스는 『뤼겐섬』과 『슈타인 가족의 양들』의 줄거리를 자세히 알고 싶어 했고 칼은 최선을 다해 이야기를 풀어냈다. 둘 중 그 어느 책을 읽은 적이 없었는데도 말이다. 두 권 모두 존재하지 않는 책들이었으니까.

다시 거리로 나왔을 때 칼은 안도의 한숨을 쉬었다.

"읽지를 못했던 거구나."

"아저씨가 안됐어요."

"왜 뤼겐이고, 양이고 돌이었니?"

"작년에 아빠랑 뤼겐섬에 있는 슈타인 가족 펜션에 휴가를 갔는데, 양이 진짜 많았거든요. 엄청 귀여웠어요. 그 짧은 시간에 더 좋은 게 안 떠올랐어요. 우리가 헤라클레스 아저씨를 도와주면 안 될까요?"

"그렇게 해야지!"

"근데 책으로는 안 될 것 같아요."

"그렇겠지. 그리고 우리가 어떻게 돕든, 헤라클레스가 부끄러워하지 않게 도와야 해. 지금 상당히 부끄러워하고 있거든."

"맞아요. 부끄러운 감정은 정말 싫어요. 저도 자주 느껴 봐서 알아요."

둘은 이제 말없이 걸어갔다.

펭귄 아이스크림의 효과도 어느 순간 떨어져 버렸다. 많이 힘든 날이라고 그만큼 많이 먹을 수도 없는 노릇이었다.

마지막으로 책 읽어 주는 남자의 집 앞을 지나가게 되었는데, 오늘은 그에게 배달하거나 선물해 줄 책이 배낭에 없었다.

"아저씨 책 어때요? 할아버지가 해피엔딩을 써 주실 수는 없어요?"

사실 칼은 아직 단 한 줄도 읽지 않았다. 그런데 이제 더이상은 미루면 안 될 거라는 기분이 들었다.

칼은 바닥까지 내려오는 창 쪽에 있던 커다란 안락의자를 다른 구석으로 옮겼다. 오늘은 자신이 살고 있는 도시를 보고 싶지 않았다. 고객들이 나오길 기다렸던 거리도, 골목도, 멍멍이가 보일까 내다보곤 했던 지붕과 테라스들도. 그곳에는 너무 큰 아픔과 두려움이 있었다.

책을 읽기 위해 커다란 찻주전자에 허브티를 끓이고 온도를 따뜻하게 유지시켜 주는 보온기에 올려 두었다.

칼은 독자들을 토끼, 거북이와 물고기로 구분했다. 본인은 물고기였는데 때론 여유 있게, 때론 빠르게 책 속을 유영

했다. 토끼는 속독가였다. 책 속을 전속력으로 달리고 조금 전에 무엇을 읽었는지도 매우 빨리 잊어버리는 부류였다. 그래서 내용이 무엇이었는지 확인하기 위해 늘 다시 앞 페이지를 넘겨봐야 했다. 거북이도 마찬가지였는데, 너무 느리게 읽고 책 한 권을 다 읽기까지 몇 달이 걸리곤 했기 때문이다. 저녁마다 한 페이지만 읽고 잠들어 버렸다. 그리고 가끔은 어디까지 읽었는지 기억이 나지 않아서 다음 날 저녁 같은 페이지를 또 읽곤 했다. 모든 동물은 단기적으로 호기심 많은 댕기물떼새가 될 수도 있었다. 댕기물떼새들은 훌쩍 끝으로 뛰어 결말을 먼저 확인한 후 나머지를 읽었다. 칼은 그게 식당에서 디저트부터 먹는 것처럼 느껴졌다. 당장 달콤하고 맛은 있겠지만, 정성 어린 음식들을 먹으면서 점점 커질 디저트에 대한 기대감은 없을 테니까.

어떤 동물이든 상관없이 새 책을 펼치는 순간은 늘 특별했다. 칼의 마음은 늘 요동치곤 했다. 제목과 표지와 소개 글에서 내비친 것들이 자신의 기대에 과연 부응할까? 혹시 기대를 더 뛰어넘을 수도 있을까? 언어와 문체가 자기를 감동시킬 수 있을까?

첫 문장을 읽자마자 책 읽어 주는 남자의 따뜻한 바리톤 음성이 들렸다. 소설이 말로 발음하기 좋은 단어들로만 이루어져 있는 것만 같았다. 모든 문장이, 물론 해부학적으로는 말도 안 되는 이야기지만, 귀로 쓴 것 같았다. 때로는 잔인한 단어도 있었지만 이마저도 책 읽어 주는 남자가 고른 단어들은 소리로 읽는 기쁨이 있었다. 평소라면 절대 하지 않았을 테지만 이 책은 자기도 모르게 소리를 내며 읽기 시작했다.

칼은 단 한 번도 찻잔에 손을 대지 않았다.

엄밀히 말하자면 칼은 책 두 권을 동시에 읽고 있었다. 탱고를 배우고 싶어 했던 농아인 남자가 몰래 소설을 쓰고 있었기 때문이다. 열기구 기장에 대한 이야기였는데, 그 기장이 다시는 땅에 내려오지 않아도 될 만큼 생활에 필요한 물건들을 모두 담을 수 있는 커다란 곤돌라가 달린 비행선을 만들었다.

농아인 남자는 자신에게 줄곧 거짓말을 해 왔다는 이유로 춤 선생님하고의 관계는 끊어 버렸지만, 자신이 쓴 소설 속 기장은 인생에 단 하나뿐인 사랑을 위해 착륙을 시켜 주고 그야말로 진실의 바닥에서 사랑하는 사람을 만나는 행복을 안겨 주었다.

이 반쪽짜리 해피엔딩은 샤샤가 받아들일지도 모르겠다.

샤샤를 생각하니 미소가 저절로 떠올랐다. 샤샤가 그리웠다. 심지어 배달하는 일보다도 더.

원고를 다 읽었을 때 칼은 정말 행복했고 조금은 울적해졌다. 아름다운 책이 딱 맞는 단어들로 딱 맞는 시점에 마무리가 되고 그 뒤에 무언가가 덧붙여질 경우 그 완벽함이 깨진다고 하더라도, 글이 더 이어졌으면 하는 마음이 들기 마련이었다. 책 읽는 걸 좋아하는 사람이 흔히 갖게 되는 정신분열 증세였다.

칼은 이 책이 얼마나 큰 감동을 안겨 줬는지 책 읽어 주는 남자에게 이야기할 것이다. 하지만 그에게 자신감을 북돋아 주는 데 자신의 의견이 충분할지에 대해서는 크게 회의가 들기는 했다.

책 읽어 주는 남자는 자신의 책이 얼마나 훌륭한 책인지를 직접 느껴야만 했다. 그리고 칼은 어떻게 하면 그렇게 될지 좋은 생각이 떠올랐다.

말•

칼은 소설 속 날씨가 주인공의 기분에 따라 변하는 것이
종종 의아했다. 이 도시의 날씨는 자신의 기분 따위는 신경
쓰시도 않았다. 마음은 의욕 충만했으나 하늘은 더러운 회색
옷을 입었고, 한껏 부풀어 오른 구름에서 조금씩 떨어지는 빗
방울들은 빈틈이 없었다. 칼은 외투 깃을 세웠다. 아직 우산
을 펼치기에는 비가 많이 오는 편은 아니었다. 빗방울이 조금
만 더 떨어져도 펼 만할 것이다. 정말 쪼잔한 양의 비였다.

샤샤의 기분에는 딱 들어맞는 비였다. 가짜 파일럿 안경
이 달린 모자가 이마 깊이 내려와 있었다. 샤샤는 오늘 슬픈

• 장 폴 사르트르Jean-Paul Sartre의 『말Les Mots』

태양이었다.

"무슨 일 있니?"

"지몬 그 나쁜 놈 때문에요!"

엄청난 저주처럼 들렸다.

"펭귄 아이스크림 먹으러 갈까?"

칼이 물었다. 항상 기분 좋게 해 주는 거라고 샤샤가 얘기했으니.

"됐어요!"

샤샤가 투덜대며 대답했다.

"두 스쿱에 스프링클 토핑은 어때?"

"좋아요. 이왕이면 지금 당장이요."

샤샤가 망설임도 없이 대답했다. 칼은 처음으로 책 배달 일정을 늦췄다.

오늘 피노의 작은 아이스크림 가게에서는 초코시럽이나 스프링클을 토핑으로 선택할 수 있었다. 샤샤는 둘 다 원했다. 칼도 한 스쿱 주문했다. 물론 샤샤 혼자 먹지 않도록 하기 위해서일 뿐이었다.

부루퉁한 표정으로는 아이스크림을 핥을 수 없으니, 샤샤의 인상이 금방 펴졌다.

"지몬이 어쨌는데?"

샤샤는 콘에 흘러내리려는 아이스크림을 핥아 먹었다.

"쉬는 시간에 와서 절 밀었어요. 아무 이유 없이요. 제가 완전히 덤불 속으로 넘어졌다니까요! 팔도 까졌어요."

팔을 내밀어 보였다.

"여기요! 피도 났어요!"

샤샤는 체리 월계수에 긁힌 생채기가 작은 세 줄뿐이라는 걸 알고 있었다. 지몬이 살짝 민 건데 무거운 책가방 때문에 자기가 중심을 못 잡고 운 나쁘게 넘어진 것과 지몬이 놀라 미안한 마음에 도망쳐 버린 것도. 그런데 인생에 큰 드라마가 생겼으면 조금은 더 드라마틱하게 다듬어서 얘기할 수도 있는 것 아닌가?

"아프겠네."

"엄청요!"

"호 불어 줄까?"

"헐! 그게 도움이 되겠냐구요! 이건 진짜 상처라구요!"

호 불어서 낫게 해 주는 효과는 산타와 부활절 토끼와 함께 증발해 버렸나 보다.

"지몬이 널 좋아하는 것 같은데."

"절 밀었는데요?"

샤샤는 칼의 짐작에 대한 불쾌감을 확실히 티 내려고 인상을 쓰며 아이스크림을 더 열심히 핥았다.

"남자아이들은 그래. 그 나이에는 여자아이들과 어떻게

대화를 해야 하는지 아직 잘 모르거든."

"하지만 여자애를 어떻게 밀어야 하는지는 잘 알더라고요!"

"맞아. 그걸 전문용어로 '반동형성'이라고 해. 심리학에서도 입증된 거야."

"암튼 지몬은 바보 같아요!"

샤샤는 콘을 와사삭 소리가 나게 깨물었다. 칼에게는 샤샤 또래 여자아이들의 '바보'라는 말이 '남자아이'와 동격인 듯해 보였다. 그래서 수긍하듯 "남자아이들은 다 바보 같지" 하고 대답했다. 운이 나쁘면 이 바보 같은 남자아이들이 멍청한 성인 남자로 자라기도 한다.

"우리 지몬 한번 밀어 버리러 갈까?"

샤샤가 처음에는 벙쪄서 칼을 쳐다보더니 금방 웃음이 터져 버리는 바람에 콘 파편들이 입에서 총알처럼 튀어나왔다. 숨이 다시 돌아오기까지 한참이 걸렸다.

"아뇨. 전 개처럼 멍청하진 않거든요. 우리 이제 책 배달 가요!"

샤샤는 아마릴리스 수녀에게 가는 길 내내 지몬을 욕했다. 분했던 사건이 꼬리에 꼬리를 물고 떠올랐다. 지몬이 이상하게 웃는 이모티콘을 자기 필통에다 그려 놨다는 둥, 본인가방을 가져가 숨겼다는 둥(그것도 자기 가방 옆에!) 그리고 체육 시간에 팀을 정하는데 피구에는 젬병인 본인을 제일 먼저 뽑았다나. 아주 원수진 것 같다고! 대체 본인이 뭘 잘못했길래. 유치원에서는 사자 인형이나 귀가 크고 좋긋한 아네테가 아이 역할을 맡고 지몬과 늘 재미있게 엄마 아빠 놀이를 했는데.

수녀는 이번에도 페이지에서 피가 뚝뚝 흐르는 스릴러를 주문했다. 칼은 '거주권'에 대한 법 전문 서적을 선물로 챙겨 왔다. 어쩌면 이 책에서 수도원에 머물 수 있는 방법을 찾을 수도 있지 않을까 해서였다. 찾지 못할 경우를 대비해서 밀가루와 초도 같이 챙겨 왔다.

다음은 롱스타킹 부인네 집으로 갔다. 부인은 초인종이 울리자마자 문을 열었다.

"오셨군요! 잠시만요."

그리고 잠깐 사라졌다. 다시 돌아왔을 땐 헝클어졌던 머리가 조금 단정해져 있었고 자랑스럽게 높이 치켜든 손에는 『오류를 찾아라!』가 들려 있었다.

"내가 다 찾았지!"

롱스타킹 부인은 책을 펴서 빨간색으로 동그라미 친 부분들을 보여 줬다.

"그리고 여기 짧은 설명 부분에 있는 오타들까지도 다. 이건 추가 점수를 좀 주셔야 할 것 같은데."

부인이 빙그레 웃었다.

"암튼 다시 한번 고마워요. 이런 재미는 정말 오랜만이었어요. 그동안 제자들이 정말 그리웠는데. 특히나 공부를 제일 못하던 녀석들 있죠. 제일 많은 걸 가르쳐 줄 수 있었거든요."

칼의 머릿속에는 세상의 무대로 나오기만을 학수고대하던 생각이 있었다. 이제는 커튼을 젖히고 등장할 차례였다. 칼이 샤샤에게 물었다.

"내 부탁 하나만 들어줄 수 있니?"

"그럼요."

"아이스크림 없이도?"

"이미 하나 먹었잖아요."

샤샤가 빙긋 웃었다.

"그런데 할아버지 부탁을 들어 드리기 위해서라면 하나 더 먹어도 괜찮을 것 같네요!"

"헤라클레스네 집에 뛰어가서 집에 있는지 한번 확인하고 올래? 그리고 될 수 있으면, 집에 계속 붙잡아 두고. 그러니까 헤라클레스가 장을 보러 간다거나 헬스장에 가지 않게 말이야. 얼른 확인하고 와서 알려 줘. 서둘러."

샤샤는 고개를 끄덕이고 냉큼 뛰어갔다. (그사이에 롱스

타킹 부인은 "관리 새무소"라는 오늘의 오타를 제시했다)

중요한 임무를 위해 뛰는 건 기분이 좋았다. 발이 더 빨리 움직였고 심장의 펌프질도 빨라졌다. 그리고 무엇보다 좋은 의미로 "비키세요!"라고 외칠 수 있다는 거. 아쉽게도 헤라클레스의 집까지는 거리가 멀지 않았다. 바로 초인종을 눌렀다.

"네? 누구세요?" 하고 스피커에서 들려왔다.

"저 샤샤예요. 책 산책가님, 그러니까 콜호프 씨와 같이 다니는."

"난 주문한 책이 없는데?"

"집에 계시는 거예요? 계속 계실 건가요?"

"으응, 그렇긴 한데. 왜?"

"헬스장에나 장 보러 가시는 거 아니죠?"

"샤샤?"

"네?"

"질문이 좀 이상한데?"

"그냥 '응', '아니'로 대답해 주세요. 아니, 그냥 '응'이라고 해 주세요."

"오늘은 이제 아무 데도 안 나갈 거야."

"진짜 고마워요, 헤라클레스!"

"헤라크… 뭐?"

172

하지만 샤샤가 이미 사라지고 난 뒤였다. 롱스타킹 부인네 집에 도착했을 땐 부인이 막 외투를 입고 있었다. 매우 안절부절못한 상태여서 팔을 소매에 넣는 데에도 여러 번 실패했다.

"멀지 않아요."

이미 모든 걸 롱스타킹 부인과 자세히 의논한 칼이 기운을 북돋워 줬다.

"잘되면, 앞으로 분명 그 친구가 여기로 올 거예요."

칼이 우산을 폈다.

"이렇게 하면 좀 더 낫죠?"

롱스타킹 부인은 점점 더 넓게 그리고 점점 더 높게 펼쳐지는 끝없는 하늘을 바라봤다. 시야가 흐릿해지는 듯했지만 팔을 잡아 주는 칼의 손이 느껴졌다. 너무 오랫동안 밖에 나오지 않아서 지금 이 순간이 첫걸음마를 떼는 어린아이가 된 기분이었다. 마지막으로 집 밖으로 나갔던 게 도대체 언제였을까? 바깥세상을 영원히 피할 계획은 전혀 없었다. 그런데 며칠이 몇 주가 되고, 몇 달이 되고, 몇 년이 되었다. 그리고 시간이 지나면 지날수록 바깥세상으로부터 자신을 지켜 주는 벽과 천장이 있는 자신의 안전한 보호구역을 떠나는 것이 점점 더 두려워졌다.

하지만 지금은 새 학생을 만나 볼 기회가 생긴 게 아닌가? 자신이 그 학생의 마지막 희망이라고 칼 콜호프 씨가 분명히 그랬다. 앞으로 남은 인생에 집 밖으로 나가게 해 줄 이보다 더 좋은 일이 있을까?

무릎의 떨림은 서서히 안정되기는 했지만 완전히 멈추지는 않았다. 자신을 단단하게 붙잡아 주는 칼의 손은 안정감을 주고 옆에서 깡총깡총 뛰어다니는 아이는 불안함을 조금 덜어 줬다. 얼마 후 고양이 한 마리도 합류해 개 짖는 듯한 소리를 냈다. 분명 잘못 들은 것일 거라 생각했다.

샤샤가 헤라클레스네 초인종을 다시 눌렀다.

"네? 누구세요?" 하고 스피커에서 들려왔다.

"또 샤샤예요. 이번에는 콜호프 씨도 같이 왔어요."

"난 아직도 주문한 책이 없는걸."

헤라클레스가 웃으며 말했다. 이번에는 칼이 몸을 숙이며 스피커에 대고 말했다.

"다른 일이에요. 제가 부탁드릴 일이 좀 있어서요."

"그럼 올라오시죠."

세 사람이 계단을 다 올라갔을 때 헤라클레스는 이미 복도에 나와 있었다.

"시간을 내주셔서 고맙습니다."

칼이 인사했다.

"콜호프 씨라면 언제든지요. 당연한 거죠."

174

"이분은⋯."

이런! 너무 오랫동안 롱스타킹 부인으로만 생각을 해 와서 실제 이름이 기억에서 완전히 날아가 버렸다. 늘 초인종 옆에 붙어 있는 이름인데, 거짓말처럼 기억에서 사라졌다.

"도로테아 힐레스하임입니다. 만나서 반가워요."

롱스타킹 부인이 인사를 했다.

"몇몇 친구들은 날 롱스타킹 부인이라고도 불러요"라고 말하며 칼을 쳐다봤고, 칼은 그 시선을 피해 샤샤를 그리고 샤샤는 칼의 시선을 피해 아무도 없는 바닥을 내려다봤다.

네 사람은 같이 부엌으로 갔고, 헤라클레스가 음료를 권했다.

"그럼 제가 어떻게 도와 드리면 될까요?"

음료를 가져와 앉으면서 헤라클레스가 물었다.

"나는 초등학교 선생님이에요."

롱스타킹 부인이 입을 떼었다. 헤라클레스는 강펀치를 기다리는 복싱 선수처럼 긴장한 듯 눈썹을 끌어내렸다.

"그리고 내 학생들 중 한 명이 글을 읽지도 쓰지도 못해요. 문맹이에요."

헤라클레스가 헛기침을 했다.

"제가 도와 드릴 수 있는 일인지 잘 모르겠네요. 전 건설 현장에서 일을 해요."

"문제는 나를 존경하지 않는다는 거예요. 읽고 쓰는 걸 배울 수 있는 아주 멋진 방법을 제가 개발해 놨는데, 제가 나이 든 할머니잖아요. 물론 마음은 젊은데, 그 친구는 내가 별로… 멋지지 않다고 생각하나 봐요. 그래서 그 친구가 존경할 수 있는 멋진 분이 필요한데, 액션 영화에 나오는 초록색 주인공의 왕팬이라 우상처럼 떠받들더라고요. 산맥처럼 울룩불룩한 근육을 가지고 있거든요. 콜호프 씨에게 내 고민을 얘기했더니 당신에게 부탁을 해 보는 게 어떻겠냐고 하는 거예요."

"글쎄요, 그게…."

"물론 당신이 그 친구를 제 방법으로 가르치려면, 제가 먼저 알려 드려야겠죠. 맨땅에 헤딩하시라는 건 절대 아니에요! 솔직히 말하면 과정이 조금 고생스럽긴 해요. 정말 알파벳 한 자 한 자를 다 짚고 넘어가야 하니까요. 제가 각각의 알파벳을 익히기 좋은 특별한 문장으로 만들어 놨거든요."

롱스타킹 부인은 손가락 마디를 주무르고 있는 헤라클레스를 바라보았다.

"거절하셔도 충분히 이해합니다. 너무 갑작스럽고 분명히 다른 할 일도 많으실 테니까. 그냥 그 학생이 마음에 걸려서 그래요. 제가 아끼는 녀석이고 정말 착한 아이거든요. 다만 읽고 쓰는 건 아무도 제대로 가르쳐 준 적이 없었나 봐요. 그게 그 녀석의 앞길을 가로막지 않았으면 하는 것뿐이에요."

롱스타킹 부인은 생수 한 모금을 마시고 속으로 너무 거창하게 말하지는 않았기를, 혹은 너무 뻔하게 얘기하지 않았기를 바랐다.

"슈퍼 히어로 복장을 하나 만들어 입으면 되겠어요. 그러면 캡틴 알파벳이나 ABC맨이 되실 수 있을 것 같은데요. 저라면 아저씨한테 배우고 싶을 것 같아요!"

헤라클레스가 심호흡을 했다.

"제가 말씀드릴 게 있어요."

또 한 번의 심호흡.

"정말 멋진 생각이에요! 이 부탁에 '아니오'라고 대답을 하면 제가 얼마나 못난 놈이 되겠어요?"

헤라클레스가 우악스러운 손을 내밀었다.

"이건 도와 드려야죠! 하지만 제가 모든 걸 제대로 이해할 수 있게 질문을 많이 할 거예요. 제가 그 아이인 것처럼 가르쳐 주세요. 무엇이든 시작하기만 하면 전력을 다해 100퍼센트로 합니다. 아이들이 알파벳 배우는 걸 도울 수 있다니 정말 최고예요!"

칼은 입이 활짝 웃으려는 걸 애써 참아야 했다. 샤샤는 애초에 웃음과의 싸움을 포기했고 롱스타킹 부인은 운동이라도 하듯 헤라클레스의 손을 잡고 오래 흔들었다.

책 산책가가 천천히 샤샤 쪽으로 몸을 기울였다.

"내일 아침 일찍 네 도움이 또 필요한데, 아버지에게 네가 나랑 어딜 좀 가도 되냐고 물어볼래?"

"당연히 되죠. 원래도 늘 저보다 먼저 나가셔서 신경 안 쓰세요."

"네가 학교에 조금 늦을지도 모르는데, 달리 방법이 없네."

"내일은 1, 2교시가 어차피 체육이에요. 지몬이 절 또 밀기나 하겠죠."

"오래는 안 걸릴 거야. 그런데 혹시라도 운동선수가 될 생각이 있다면 체육 시간에는 안 빠지는 게 좋을 거야."

"아뇨. 별로 될 생각 없어요."

헤라클레스는 롱스타킹 부인과 공동의 프로젝트에 건배를 하기 위해 슈납스*를 꺼내 왔다. 그러는 동안에도 두 사람은 쉬지 않고 이야기를 나눴다.

칼은 다시 샤샤 쪽으로 몸을 숙였다.

"그러면 나중에 뭐가 되고 싶니?"

"모르겠어요."

"난 시장이 되고 싶었어."

• 슈납스Schnaps: 30-40도의 독한 독일 과일 증류주

"윽, 저는 뭔가를 준비하는 걸 잘 못해서요. 작년에 동물 보호소를 위한 모금 행사를 할 때 모두가 가판대를 하나씩 맡았거든요. 전 레모네이드였어요. 진짜 레몬으로 만든 거요! 탁자에 비닐 탁자보가 깔려 있는 가판대였고 유리잔이 엄청 많았어요. 물론 레몬이랑 그런 것도요. 아무것도 제대로 못 한 건 저밖에 없었어요. 그래서 모두가 절 놀렸어요. 전 절대 다시는 뭘 준비 안 할 거예요! 제 평생 동안이요!"

"내 고객들을 위해 책을 준비했잖니."

"그건 모두에게 한 권씩이잖아요. 그리고 다 헌책방에서 구했잖아요. 그게 제대로 된 준비는 아니죠. 전 다른 사람들이 준비를 해 주는 직업을 가지고 싶어요. 직원이 되고 싶어요. 할아버지처럼요."

"어디 직원?"

"그건 상관없어요. 직원인 게 중요해요. 그리고 레몬이랑은 상관없는 직업이어야 해요."

칼은 알람이 울리기 전에 깼다. 너무 오랜만의 일이라 시계를 다시 확인했다. 무려 30분이나 일찍이었다. 칼은 다시 돌아눕는 대신 평소의 몸짓과는 달리 힘 있게 침대에서 벌떡 일어나 이 특별한 하루를 위한 마음의 준비를 했다. 그렇게 해서라도 긴장감을 떨쳐 내고 싶었다.

말

어제 베히텔길에 있는 토르세도르* 담배 공장에 전화를 해서 자신을 시의 일간지 편집장으로 소개하고 책 읽어 주는 남자를 취재하고 있다고 했다. 그 전화 한 통을 할 용기가 날 때까지 프랑켄산 실바너 반병을 마셨다. 그래서 발음이 조금 부정확할 수도 있었지만, 공장 주인은 전혀 놀라지 않은 눈치였다. 아마도 기자에게 일정의 혈중알코올농도는 지극히 평범한 거로 생각하고 있는 듯했다. 칼은 공장이 몇 시에 열고, 책 읽어 주는 남자가 몇 시에 오며, 책을 가지고 다니는지 아니면 공장에 놔두는지 물었다. 그 후자인 것으로 드러났다. 그가 낭독하는 책은 늘 낭독대 위에 놓여 있었다. 직원들은 8시에 일을 시작했고, 책 읽어 주는 남자는 30분 후에 낭독을 시작했다.

딱 좋았다.

칼은 자신의 아침 샌드위치를 누가 바꿔치기라도 한 것 같아서 여러 번 확인했다. 늘 먹는 호밀빵에는 똑같은 양의 버터를 발랐고, 늘 사 먹는 중간쯤 숙성된 고다치즈도 올렸다. 하지만 맛이 달랐다. 마일드 원두커피도 마찬가지였다. 시장에 나온 뒤부터 줄곧 마시던 커피였다. 그런데 이렇게까지

• 토르세도르torcedor: 시가를 마는 사람(스페인어)

180

맛있고 풍부한 맛을 가진 커피였나. 샌드위치도 마찬가지였다. 치즈, 버터와 빵을 처음 음미하듯 각각 본연의 맛을 느꼈다. 두 번째 샌드위치를 바를 엄두까지 냈다. 칼에게는 거의 폭식이나 마찬가지였다.

옷걸이에서 외투를 집어 드는데, 서랍장 위에 놓여 있는 도서관에 반납해야 할 책 더미가 눈에 들어왔다. 샤샤 같은 인물을 찾아보려고 빌려 온 온갖 어린이책들이었다. 그렇게 책 속 등장인물의 이름을 원했는데 전혀 찾을 수가 없었다. 샤샤와 닮은 여자아이가 단 한 명도 없었다. 이름을 찾기에는 이미 늦어 버린 걸까. 어쩌면 이제 샤샤를 너무 잘 알게 된 것인지도 몰랐다. 등장인물의 이름은 늘 코르셋 같았다. 실제의 성격이 드러나면 그 코르셋을 파괴해 버리곤 했다. 그 어떤 나비도 다시 번데기 속으로 들어갈 수는 없다. 그래도 얼마 전부터 늘 자신과 함께 다니는 여자아이에게 딱 맞는 책 속 등장인물이 있는지 계속해서 찾아볼 것이다.

집 앞 인도에 발을 내딛는 순간 칼은 어제 낯설어진 세계에 발을 다시 들인 롱스타킹 부인을 떠올렸다. 지금 자신도 그런 느낌이 들었기 때문이다. 2제곱킬로미터 반경 안에서는 구석구석 샅샅이 알고 있는 자기 도시였다. 하지만 오늘은 자기의 도시가 아니었다. 이제껏 보지 못했던 새로운 도시였다. 아침 9시 이전에는 절대 나가지 않았고, 저녁 9시 이후에는 밖에 머물러 있지 않았다. 그래서 그 외의 시간대에는 어떤 일들이 일어나는지, 어떤 사람들이 거리를 다니는지, 그들의 목소리와 그 시간대의 소리들을 전혀 알지 못했다.

칼은 담배 공장으로 가는 길에 도시를 새로운 눈으로 바라봤다.

목적지 앞 200미터 지점에서 칼은 멈춰 섰다.

차들이 많이 다니는 사차선의 원형 교차로 앞 신호등은 자기 세계의 끝이었다. 칼은 신호등 단추를 누르지 않고 눈에 보이지 않는 경계선 너머에 있는 공장 쪽을 바라봤다. 형체가 드러난 건물이 담배 공장임을 이미 알아볼 수 있었다.

그 앞에는 샤샤가 서서 손을 흔들고 있었다. 계속해서 흔들었다. 손을 흔들면서 칼을 그쪽으로 잡아끄는 줄을 당기고 있는 것 같았다. 칼은 신호등이 세 번이나 바뀌고 나서야 신호등 단추를 누르고 보이지 않는 벽을 뚫고 공장으로 향했다.

섬의 일부가 떨어져 나가서 자기의 작은 섬을 떠나는 것이었다.

샤샤는 안절부절 무게중심을 이 발에 놨다 저 발에 놨다 했다.

"이제 여기로 오라고 한 이유를 얘기해 주실 거예요?"

"네가 열쇠거든."

"그게 무슨 말이에요?"

"이제 네가 책 읽어 주는 남자의 조카가 되어 삼촌에게 서프라이즈를 준비하는 거지."

"할아버지가 아저씨의 삼촌이라고 해도 되잖아요."

"귀여운 작은 여자아이의 부탁이라면 거절할 수가 없거든. 이상한 늙은 할아버지는 상대적으로 거절하기 쉽지."

"저 안 작아요!"

칼은 누가 들을까 봐 주위를 살폈다. 말을 잇기 전에 공장 창문이 열려 있는지 혹은 기울어져 있는지*까지 자세히 살펴봤다.

"네 삼촌이 공장 직원들을 위해 쓴 책이 있는데 낭독하는 걸 두려워한다고 하는 거야. 책이 정말 좋은데 너무 아쉽다고. 네 계획은 낭독대에 있던 책을 치우고 그 책을 올려놓는 거라고. 그렇게 하면 그 책을 낭독할 수밖에 없다고 얘길 하는 거지. 대부분 사실이고 말이야."

"거짓말인 부분 빼고 말이죠."

"가끔은 네가 조금 더 어리고 설득하기 쉬웠으면 좋겠구나."

"할게요. 근데 제 방식으로 할 거예요."

• 독일에는 킵펜스터Kippfenster라고 하는 창문이 있는데, 일반 창문처럼 열 수도 있고 윗부분만 기울여서 열 수도 있다.

"응? 그게 괜찮을지 모르…."

"우리 가족은 삼촌의 날이 있어서 해마다 삼촌을 위해 멋진 일을 준비한다고 할 거예요."

"그게… 정말 더 좋겠네."

오늘은 샤샤에게도 자기 세계가 바뀌는 날이었다. 모든 게 담배와 관련된 이런 공간에 대해서는 생전 들어 본 적도 없었다. 입구 쪽에는 어두운 색의 안락의자들 옆으로 반짝이는 보석을 담아야 할 것 같은 다양한 크기의 휴미더*들이 전시되어 있었다. 하지만 그 속에 든 건 맛도 없어 보이는 소시지들뿐이었다. 고급스러운 시가 커터와 반짝이는 라이터들이 진열된 유리 찬장들도 있었다. 공장에는 흙과 향신료 냄새가 났고 드문드문 빛이 얇은 선으로 스며들었고, 외국어로 된 노래가 흘러나왔다. 감탄하느라 멈춰 선 줄도 몰랐는데 칼이 앞으로 살짝 미는 것이 느껴졌다.

머리색이 어둡고 밀크초콜릿색 피부를 가진 여자분이 들어왔다. 그분의 말에는 원래보다 'R'이 훨씬 더 많이 들어가는 것 같았다. 쿠바와 독일 혼혈인 공장 주인 메르체데스 리멘슈나이더였다. 이 공장의 반은 그녀의 꿈이었고 반은 악

• 휴미더^{humidor}: 시가의 온도와 습도를 유지해 주는 보관용 상자

184

몽이었다. 요즘 대부분의 사람이 기분 좋게 담배나 술에 취하기보다 건강하게 살기를 원했다. 메르체데스 리멘슈나이더는 그 반대였다. 자기 인생에는 쾌락이 주인공이었다. 딱 달라붙고 깊게 팬 옷은 빼빼 마른 여자들만 입을 수 있는 게 아니고 입으면 누구든 쳐다봐도 되는 거라고 생각했다.

샤샤는 말을 하면서 공장 주인의 얼굴을 쳐다보지 못했다. 긴장해서 넓은 나무판자들로 된 바닥만 내려다볼 뿐이었다. 샤샤가 이야기를 마치자 메르체데스 리멘슈나이더가 자신의 어두운 곱슬머리를 쓸어 넘겼다.

"좋은 생각인데! 따라와 봐!"

그리고 몇 걸음 걷다가 뒤돌아섰다.

"근데 너 학교에 가 있을 시간 아니니?"

"브뤼크너 선생님이 아프셔서 오늘은 1, 2교시가 없어요. 아마도 임신하신 거 같아요."

샤샤는 디테일이 거짓말을 그럴 듯하게 만들어 준다는 걸 알고 있었다.

메르체데스 리멘슈나이더는 무거운 와인색 커튼을 옆으로 걷었다. 그 뒤로는 탁자 스무 개가 있는 강당이 보였고, 탁자마다 앉아 있는 직원들은 반가운 표정으로 샤샤를 올려다보고 있었다. 모든 직원 앞에는 담배를 마는 나무 도마가 놓여 있고, 담뱃잎이 든 종이 상자도 있었다. 반달칼[•]과 작은 가

위, 완성된 시가를 놓는 홈이 있는 받침대와 다른 도구도 몇 개 있었지만, 가장 중요한 도구는 직원의 손이었다. 부드럽고 유연해야 했다. 그리고 숙련된 손놀림과 눈썰미도 있어야 했다. 시가를 적당한 밀도로 단단하게 말아야지만 나중에 연기가 잎들을 통과해 나가는 길을 찾을 수가 있었다.

앞쪽에는 책 읽어 주는 남자가 최근에 읽어 주는 책이 놓여 있는 낭독대가 있었다. 샤샤는 슬금슬금 다가가서 『로빈슨 크루소』라는 제목의 책을 배낭에 챙겨 넣고 아직 공개되지 않은 원고를 낭독대에 올려 두었다.

"그럼 이만 가 보자."

칼이 말했다.

"그치만 아저씨가 책을 읽을 때까지 기다리고 싶어요!"

"안 돼. 너 이제 진짜 학교에 가야 해."

메르체데스 리멘슈나이더가 칼 옆에 섰다.

"1, 2교시 수업이 없다고 하지 않았어요?"

칼은 꽉 다문 입술로 미소를 짜내었다.

"그렇긴 한데, 가는 길이 좀 멉니다. 그리고 제가 이제 예전만큼 잘 걷지를 못해서요."

● 반달칼Wiegemesser: 반원형의 날이 있는 칼. 보통은 재료를 다지는 데에 많이 쓰이고 크기가 큰 것은 피자 칼로 쓰이기도 한다.

공장 주인이 샤샤 뒤에 서서 어깨에 손을 올렸다.

"그냥 손녀에게 기쁜 순간을 즐길 수 있도록 해 주시죠. 이제 금방 올 텐데, 뒷문 쪽에 숨어 계시는 편이 좋을 거예요. 아니면 눈에 띄실 거예요."

뒷문 쪽 그늘진 곳으로 간 두 사람의 형체를 더 이상 알아볼 수 없게 되자 책 읽어 주는 남자가 강당으로 들어와서 모든 직원과 악수를 했다. 그러나 말은 단 한 마디도 하지 않았다. 붉은색 목도리를 목에 둘렀고 옷차림도 계절에 비해서는 꽤나 두꺼운 편이었다. 감기를 일으키는 온갖 인자들에게 접근은 꿈도 꾸지 말라고 멀리서부터 경고하려는 것 같았다.

"이제 낭독대로 갈 거예요."

긴장감을 참지 못하고 샤샤가 속삭였다.

"쉿!"

칼이 조용히 하라는 손짓을 했다. 샤샤만큼이나 긴장했지만 그걸 내비치고 싶진 않았다.

책 읽어 주는 남자가 낭독대 앞에 섰다. 낭독대 위에 있는 원고를 보더니 순간 굳어 버렸다. 그러다 곧장 주위를 살피며 칼을 찾았다. 자신이 그 원고를 건네줬던 건 칼, 단 한 사람뿐이었다. 하지만 그의 시선은 칼을 발견하지 못했다. 시선을 다시 낭독대로 돌리고서 원고를 들어 올려서 그 아래를 살피기도 하고 바닥 주변도 살펴서 『로빈슨 크루소』를 찾아봤다. 도저히 있을 수 없는 일이었지만, 온데간데없었다. 담배 공장 사장이 다가왔다.

"무슨 일 있나요?"

"제 책이 없어졌어요. 혹시 누가 와서 가져갔나요?"

직원들에게도 한 번 더 물었다.

"제 책 가지고 계신 분 있나요?"

모두의 시선이 눈에 띄지 않게 고개를 젓고 있는 메르체데스 리멘슈나이더를 향했다.

"아니, 그런데 낭독대 위에 뭐가 있는데요. 당신 것 아니에요?"

"아니요. 음, 그러니까 제 것이긴 한데요⋯."

"그럼 그냥 거기에 있는 걸 읽으시죠. 모두가 기다리잖아요. 목소리가 좋으셔서 전화번호부를 읽는다고 해도 모두가 빠져서 귀를 기울일걸요."

사장은 책 읽어 주는 남자를 그리고 그보다도 그의 목소리를 아주 좋아했다. 마음 같아선 매일 퇴근 후에 집에 데려가 의자에 앉혀서 집에 있는 내내 책을 읽히고 싶었다. 오래전부터 이 깊고 따뜻한 동굴 목소리가 촛불과 큰 와인 잔이 있는 분위기에서 에로틱한 소설을 읽어 주면 어떨까 몰래 궁금해하곤 했다.

메르체데스 리멘슈나이더는 용기를 주려고 자신의 손을

책 읽어 주는 남자의 손에 살짝 포갰다. 자신도 이 소설을 듣고 싶었다. 어쩌면 열정적인 쿠바 혼혈 여자가 주인공이고 에로틱한 장면들이 있을지도 몰랐다. 하지만 그 이유에서만은 아니었다.

"하지만 이건 낭독을 위한 건 아니…."

"그냥 읽어 주시면 안 될까요? 저도 듣고 싶어요."

책 읽어 주는 남자는 어찌할 바를 모르고 사장을 쳐다봤다. 차라리 전화번호부나 담뱃갑 라벨에 적혀 있는 글을 읽고 싶은 심정이었다. 세르보크로아트어*로 번역이라도 하고 싶었다. 그러나 사장은 도움을 구하는 그의 눈길을 못 본 체하고 엉덩이를 평소보다 더 많이 흔들면서 자기 사무실로 돌아갔다.

책 읽어 주는 남자는 원고를 부드럽게 깨우기라도 해야 하는 것처럼 제목이 적힌 페이지를 조심스럽게 쓰다듬었다.

"『고요한 탱고』" 하고 시작했다. "지은이…" 이름과 성, 두 단어처럼 들리는 무언가를 말했다. 화술 훈련을 받고 완벽한 끝음절 억양법을 쓸 수 있는 그였지만, 이 중얼거림은 아무도 알아듣지 못했다.

• 세르보크로아트어: 세르비아와 크로아티아에서 쓰는 말

그의 목소리는 몇 가닥 안 되는 섬유에서 실을 뽑은 듯 갑자기 얇아졌다. 첫 문장들은 조심스럽게 디디며, 단어 단어마다 안전함을 시험해 보듯이 읽어 나갔다.

칼과 샤샤는 숨을 참았다. 이 착한 남자를 이렇게 불편한 상황으로 몰아간 장본인들이었다. 그러나 헛디디지 않고 세상에 나오는 단어들이 늘수록, 하품하는 사람도 없고 잘못된 지점에서도 사람들의 웃음이 터지지 않았다. 읽히는 문장들이 차곡차곡 쌓일수록, 책 읽어 주는 남자는 조금씩 안정을 찾았다. 그 안정감은 문장에 대한 기쁨을 낳았다. 자신이 직접 쓴 글에 대한 기쁨을.

칼과 샤샤는 책 읽어 주는 남자의 환한 미소를 눈에 담을 수 있었다. 사무실에 앉아 있는 메르체데스 리멘슈나이더의 환한 미소도 보였다. 그리고 일을 멈추고 이야기에 집중하며 귀를 기울이는 직원들의 모습도. 그들도 무언가 특별한 일이 펼쳐지고 있음을 감지한 것이다.

세계적인 초연 낭독이 토르세도르 담배 공장에서 이루어지고 있었다.

그리고 한 남자가 자신의 목소리를 되찾은 순간이었다.

"내가 너한테 부탁을 하나 빚졌네." 칼이 말했다.

"뭐든지 부탁해. 넌 방금 한 작가의 인생을 살린 거야."

책 읽어 주는 남자의 행복한 순간을 방해하고 싶지 않아서 칼과 샤샤는 조용히 공장을 떠났다. 칼의 마음에도 엄청난 행복이 물밀듯이 밀려왔다. 자신의 늙은 몸이 아직 이렇게 많은 양의 행복을 소화할 수 있는지조차도 몰랐다. 대성당 광장에서 다정하게 인사를 나누고 샤샤는 얼른 학교로 뛰어갔다. 칼은 이날을 자축하기 위해 유명한 뷔르츠부르거 슈타인산 실바너 한 병을 사서 이미 오후부터 한 잔 마셨다. 그러고 나서 자기가 가장 좋아하는 소설 『일반적이지 않은 독자*』를 읽었다. 작은 책이지만 큰 작가의 책이기에 1년에 한 번씩만 읽기로 하고, 미식가가 그해의 첫 아스파라거스를 반기듯, 매번 기쁜 마음으로 반겼다.

그때까지 이 하루는 칼에게 가장 행복한 날 중의 하나였다.

그러나 때로는 인생이 우리가 한꺼번에 많은 행복을 누리도록 내버려 두지 않았다. 자칫 자만할까 봐 인색하게 지켜보는 것 같았다.

저녁때 암 슈탓토어 책방에서 자비네 그루버가 칼을 사무실로 불렀다. 칼이 자리를 잡고 앉자 자비네는 앉지 않고 서 있었다.

"정말 멋진 일이 있었는데 얘기해 드려야 할 것 같아요."

• 앨런 베넷Alan Bennett의 『일반적이지 않은 독자The Uncommon Reader』

칼은 오전에 있었던 일을 들려주고 싶었다. 당신의 책방이 사람들에게 어떤 행복을 주는지 알게 되면 분명 기뻐할 것이라고 생각했다. 하지만 자비네는 칼의 이야기를 들을 생각도 없었다.

"다른 사람에게 전해 듣기 전에 말씀드리는 거예요. 장례식은 최대한 작게 치를 거예요. 가까운 가족만 참석할 거예요. 아버지가 그러길 원했어요. 공식적인 장례식이 끝날 때까지 조의 편지를 가지고 무덤 쪽에서 기다려 주시면 돼요. 화환도 안 받기로 했어요."

"그래도 도시 전체가 구스타프에게 작별 인사를 하고 싶어 할 텐데요!"

칼은 더 이상 의자에 앉아 있지 못했다.

"묘지가 꽉 찰 만큼 올 거예요. 구스타프 사장님도 고객 모두를 얼마나 좋아하셨는데요."

그래, 엄밀히 따져 보면 '모든' 고객은 아니겠지만, 대부분의 고객을 좋아한 건 사실이었다. 모든 사람을 좋아하는 사람은 없었다. 그렇게 익살스러우면서 재치 있던 구스타프 사장님 같은 사람마저도.

"아버지의 뜻이었어요."

"믿을 수가 없군!"

칼은 자기도 모르게 말이 튀어나와 버렸다.

"제가 거짓말이라도 한다는 말씀이세요?"

"아니요. 다만 오해를 하신 게 아닌가 싶어서요."

"좀 전의 말씀과는 완전히 다르게 들리는군요. 여기서
이만 끝내죠. 앞으로는 저에게 무슨 말을 하실 때는 그 전에
의미를 잘 생각해 보고 해 주시죠."

자비네 그루버가 칼을 혼자 두고 나가 버렸다. 이 책방,
자기의 책방에서 이렇게 혼자 남아 외롭다고 느낀 건 처음이
었다.

대성당 광장에 가서는 더 외로워졌다. 샤샤가 돌진해 와
야 할 시끌벅적한 대성당 광장이었는데. 칼은 샤샤를 한참 기
다리다가 직접 찾아 나서기 시작했다. 이름도 불러 봤다. 그러
나 산책은 결국 혼자 나서야 했다. 오늘은 새 책을 배달하지
않아도 되는 집들도 모두 지나가 봤다. 어쩌면 샤샤가 미스터
다아시네나 에피네나 책 읽어 주는 남자네 집에서 기다리고
있지 않을까? 칼은 자신이 두려워하는 그 어두운 골목까지도
들여다봤다. 하지만 샤샤는 그 어디에도 없었다. 오늘은 멍멍
이도 오지 않았다. 지난번 산책 때 간식을 주지 않았는데 멍
멍이가 애정을 보인 건 결국 그 간식 때문인 모양이다.

칼이 다시 대성당 광장에 돌아왔을 때도 샤샤는 보이지
않았다.

슬플 때 어떤 사람들은 먹지 못했다. 칼은 다음 날, 책을 읽지 못했다. 먹는 건 자동으로 됐지만, 책을 읽는 건 자동으로 되지 않았다. 생각을 다른 세상으로 보내기 위해 몇 번이고 시도를 해 봤지만, 생각은 여기와 지금을 꽉 붙잡고 놓질 않았다. 나열된 글자에서 단어를 알아보는 방법을 배웠을 때부터 지금까지, 책을 한 자도 안 읽은 날이 있었는지 기억이 나지 않을 정도로 날마다 해 오던 일이었는데…. 그런데 독서는 자신의 의지가 있어야 하는 행위였다. 강요를 한다고 해서 할 수 있는 게 아니었다.

저녁때 암 슈탓토어 책방 앞에 도착했을 때 창문 너머로 자비네 그루버와 작업복을 입고 격렬한 몸짓으로 이야기하는 남자가 보였다. 자비네는 그 남자를 진정시키려고 해 봤지만, 소용이 없었다. 오히려 그 반대였다. 이제는 큰 소리를 지르는 듯했다. 커다란 창문이 흔들렸다. 책방에서 이런 감정의 폭발은 드문 일이었다. 책장에 꽂혀 있는 소설들 속에서는 수백 번이고 수천 번이고 일어나고 있겠지만, 책방 통로에서는 아니었다.

남자는 책방을 떠날 때 문을 쾅 닫아 버리고 싶었지만, 책방 문은 이를 허락하지 않았다. 늘 그렇듯 조용히 닫혔다.

칼은 고개를 절레절레 흔들며 책방에 들어섰다. 종소리가 채 끝나기도 전에 자비네가 칼을 사무실로 불렀다. 사무실

에서는 칼의 눈을 쳐다보지도 않았고 칼 쪽으로 돌아서지도
않았다.

칼은 앉을 겨를도 없었고, 숨을 한 번 들이쉬고 내쉴 틈
도 없었다. 자비네 그루버는 칼과 단둘이 있자마자 딱 세 마
디, 여덟 글자를 내뱉었을 뿐인데 그 위력은 소설 한 권보다도
막강했다.

"이제 나오지 마세요."

자비네의 목소리에는 분노의 떨림이 있었다.

"네? 왜죠?"

"제가 이유를 설명할 필요도 없고 하고 싶지도 않네요."

자비네는 보호막이라도 되듯 책상 뒤에 서 있었다.

"언제부터요?"

칼이 가까스로 물었다. 이 순간을 예견했고, 두려워했다.
다만 이렇게 빨리 올 줄은 몰랐다. 너무 비현실적으로 다가온
순간이었다.

"당장이요. 콜호프 씨 고객분들께는 제가 바로 전화로
알려 드릴 거예요."

수년 동안이나 일했는데도 이렇게 말없이 사라지라고 하
다니. 문장 한가운데에서 끝나 버리는 책처럼. 이건 있을 수
없는 일이었다.

"그건 제가 오늘 직접 할 수 있도록 해 주세요."

자비네 그루버가 대꾸하지 않자 덧붙였다.

"그러면 제가 문제가 되지 않도록 다른 동료 직원들에게도 제가 함께 내린 결정이었다고 말하겠습니다. 원하시면 제가 사표를 낸 걸로 해도 되고요."

자비네는 대답하지는 않았지만, 고개를 끄덕이고는 문 쪽을 가리켰다.

이것이 책방 직원 칼 콜호프의 마지막이었다.

무언가를 마지막으로 하고 있다는 걸 알고 하면 가장 단순한 행위에도 어떤 특별함을 부여하곤 한다. 칼은 포장지로 이렇게까지 날카롭게 모서리를 접은 적도, 이렇게까지 정확한 각도로 책을 포장한 적도 없었다. 에피에게 줄 책은 마지막을 위해 아껴 놓고 있었다. 그 책은 갓난아이를 천에 싸듯 아주 정성스럽고 섬세하게 포장했다. 손에 들어 보니 책이 새삼 가볍게 느껴졌다. 인생 하나가 통째로 담겨 있는데도 몇백 그램이 채 되지 않았다.

칼이 책을 배낭에 집어넣는 순간 숨이 멎어 버리는 듯했다. 이런 어리석고 늙은 영감 같으니라고. 언젠가는 이곳의 일이 끝날 거라는 걸 알고 있었지만, 그런데도 절대 일어나지 않기를 바랐다. 언젠가는 죽을 거라는 것도 알고 있지만, 상상할 수는 없었다. 수십 년 동안이나 그 생각에 적응할 시간이 있었는데도 말이다. 하지만 어떤 일들은 시간이 좀 더 많이 필요한 모양이었다. 어쩌면 수천 년쯤.

칼은 창문이 없는 뒷방을 둘러보았다. 출판사 카탈로그들이 쌓여 있고, 파본은 반품을 기다리고 있었다. 이제는 구간이 되어 버린 책들의 홍보물은 서랍에 보관되어 있었다.

늘 따뜻하고 안전한 동굴처럼 느껴지던 공간이었다.

칼은 배달을 나가기 전에 방을 다시 한번 찬찬히 눈에 담았다.

또다시 부질없이 샤샤를 기다렸다. 그런데 이번에는 오래 기다리지 않았다. 오늘은 함께 가지 않는 편이 나았다. 모든 게 더 힘들어질 것이다. 샤샤라면 환영받지 않은 손님처럼 슬픔을 밀어내고 있는 나를 그대로 두고 보지는 않을 것이다. 칼은 책을 가득 넣은 배낭을 메고 나가는 이 마지막 배달길이 지극히 평범하고 일반적인 산책이 되길 바랐다. 지난 여느 날에도 했던 그런 산책. 우울함이 따라 붙는 산책이 아니라, 온화하고 안정된 일상의 단조로움만 있는 그런 산책. 칼은 평소보다 빠르거나 느리게 걷지 않았다. 그리고 마지막으로 초인종을 누를 때도 망설이지 않았다. 마지막 배달길의 첫 번째 고객은 미스터 다이시였다. 이별을 매우 태연하게 받아들일 사람이라 안심했다. 칼이 그에게서 보았던 그 신사처럼 말이다.

처음에는 본인이 알아채지도 못하게 눈에서 눈물이 흘

러나왔다. 현미경으로 관찰해 보면 감성적인 눈물은 다르게 보인다. 강한 바람이 불 때나 양파 껍질을 깔 때 나는 눈물, 혹은 눈이 마르지 않도록 유지해 주거나 자극적인 물질이 들어갔을 때 반사적으로 흘리는 눈물과는 다르다. 알려진 바로 눈물은 동물한테서는 발견되지 않는 인간 고유의 것이다. 어디에서 왔든, 어떤 언어를 쓰든, 모든 인간은 운다. 이 관점에서 본다면 칼은 수년 동안 인간이 아니었다. 우는 법을 잊고 지냈기 때문이다.

미스터 다아시가 무거운 문을 여는 순간 그런 생각이 칼의 머릿속을 관통했다.

"콜호프 씨, 괜찮으십니까? 울고 계시잖아요."

"제가요?"

칼은 눈에서 눈물을 훔치고 놀란 듯 촉촉한 손끝을 바라보았다.

"정말이네요."

"눈에 뭐가 들어간 겁니까?"

미스터 다아시는 칼이 그렇다고 대답해 주기를 바랐다. 위로의 말이 필요한 대화는 경험하지 못했다.

"제 눈물샘에 문제가 있나 봅니다."

다아시의 질문에 직접적으로 답하지 않으려고 칼이 말을 돌려 대답했다. 칼은 다아시에게 줄 책을 배낭에서 꺼내

떨리는 손으로 건네주었다.

"오늘은 특히나 각 맞추어 포장하셨군요."

"그럴 기분이었습니다."

"콜호프 씨를 만나고 책을 받으면 매번 좋은 하루가 되는 것 같습니다. 그리고 책을 펴면 새로운 친구를 만나게 되는 듯한 기분이 들죠."

다아시는 주위를 살폈다.

"그나저나 친구란 말이 나와서요. 오늘은 샤샤가 같이 안 왔네요? 지난번에 제가 꽃시계로 너무 지루하게 굴어서 다시 안 오고 싶게 만든 겁니까?"

칼은 샤샤가 오지 않은 이유에 대해 별로 생각하고 싶지 않았다.

"『오만과 편견』은 어떠셨습니까?"

"정말 좋았습니다! 세 번이나 연달아 읽을 정도로 며칠 동안 빠져 있었습니다. 왜 그런지 아시나요?"

"잘 쓴 글이어서 그런 게 아닐까요?"

"그것도 맞죠. 그런데 그보다 등장인물 중의 한 명한테서 저 자신을 발견했거든요."

"아, 그렇습니까?"

"네, 찰스 빙리요. 물론 그 청년보다 제가 나이는 더 많지만, 나머지는 저와 정말 닮았습니다. 이 책을 고르실 때 분명히 알고 계셨던 거죠, 그렇죠?"

칼은 지친 듯 웃어 보였다.

"알고 있는 것과 알고 있다고 생각하는 게 때론 다를 때가 있지요."

"잠깐 들어오시겠어요? 책 얘기를 좀 더 나누시죠."

다아시가 들어오라고 문을 활짝 열었다.

"아쉽게도 시간이 없네요. 오늘은 고객들이 많아서요. 다음에 언제 얘기를 한번 나누면 좋겠네요."

그리고 속으로 생각했다. '전직 책방 직원을 초대하고 싶으시다면요.'

"제가 또 전해 드릴 말이 있는데요."

칼이 심호흡을 했다.

"앞으로는…."

"네?"

입이 바짝 말랐다. 심장도 바짝 말랐고, 자기의 세상도 바짝 말라 버렸다.

"혹시 위스키 한 잔 드릴까요?"

"앞으로는…."

칼이 다시 입을 열었다. 그리고 도약하기 위해 눈을 감았다.

"그러니까 앞으로는…."

목이 닫히고 성대가 굳어 버렸다. 온몸이 저항했다. 칼은 진실을 입 밖으로 낼 수가 없었다. 결국 포기했다. 그리고 거짓말로 도피해 버렸다.

"앞으로는 분명 그럴 시간이 꼭 있을 겁니다. 저희에게 시간이 얼마나 남았는지 누가 아나요."

"콜호프 씨, 혹시 어디 아프신 건가요?"

다아시는 칼을 한참 동안 바라봤다.

"제가 가진 병은 나이라고 하는 병뿐입니다. 그럼 이만 가 봐야겠습니다. 잘 지내십시오!"

미스터 다아시는 자신의 손을 칼의 어깨에 올렸다. 한 번도 해 보지 않았던 행동이었다.

"콜호프 씨도요. 정말 진심으로 그러길 바랍니다."

다아시는 칼의 어깨에 있는 짐이 무엇인지는 몰랐지만, 뭔가가 잘못됐다는 걸 느꼈다. 하지만 다아시는 누군가에게 자신의 마음을 열도록 강요받는 것을 싫어하는 사람이기 때문에 칼의 침묵을 존중했고 다음 책 주문 쪽지를 건네주었다.

머리에 커다란 까마귀가 앉아 있는 것처럼 칼은 고개를 살짝 숙인 채로 걸어갔다.

"내가 이렇게 의지가 약한 사람이었다니."

칼이 옆에 없는 샤샤에게 말했다.

"내 자신을 진실로부터 숨길 수 있을 거라 생각했나 봐! 진실은 수색견이라 어차피 날 찾아낼 텐데."

다음 길모퉁이에서는 멍멍이가 나타나 반가움의 표시로 짖어 댔다. 인생이 자신에게 할 말이 있었던 걸까?

"멍멍아, 잘 있었니?"

칼은 멍멍이의 쭉 뻗은 머리를 쓰다듬었다.

"진실보다는 네 녀석이 훨씬 좋구나."

칼은 빈 바지 주머니를 톡톡 쳤다.

"그런데 오늘은 간식을 안 챙겨 왔네. 네가 더 이상 안 오는 줄 알았거든."

멍멍이는 그래도 칼의 곁을 지켰다. 칼은 문득 자신이 인구 수천 명의 도시에 사는 게 아니라 자신만의 마을에 살고 있는 듯한 느낌을 받았다. 책 읽는 사람들의 마을. 얼핏 보면 이 마을의 집들은 서로 가까이 붙어 있지는 않지만, 실제로는 아코디언의 바람통에 볼록 튀어나온 산들과 같았다. 양 끝을 멀리 잡아당겼을 때는 멀리 떨어져 있다가도 연주를 시작하고 공기를 짜내면 서로 가까이 붙었다. 칼의 산책길에는 책 읽는 사람들과 그 사람들이 살고 있는 집 이외의 공간들이 모두 사라졌다. 이 집에서 저 집으로 두 발짝을 가든, 백 발짝을 가든 상관이 없었다. 이 집들은 그냥 하나의 공동체였다. 그러나 책 읽는 마을의 주민들조차 이 공동체에 대해 모르고 있었다. 그건 칼만이 알고 있는 것이었다.

다른 고객들의 집에서도 다아시네와 비슷하게 흘러갔다.

에피네 집 초인종은 다시 작동했고, 에피의 얼굴은 깨끗해졌지만, 에피의 눈은 비구름이 잔뜩 낀 듯 흐려 있었다. "램프의 요정"이라고 인사를 건네는 롱스타킹 부인, 샤샤의 강아지 달력을 벽에 걸기는 했지만 늑대에서 진화해 왔다는 사실에 아직도 거부감을 가지고 있는 파우스트 박사, 부엌 식탁에 앉아서 인류가 이 훌륭한 산물을 이제 막 발견이라도 한 듯 A에서 D까지의 알파벳을 열정적으로 설명하는 헤라클레스, 연쇄살인마가 가톨릭 신자이면서 성경대로 살인할 때 가장 매력적이라고 하는 아마릴리스 수녀네서도 그럭저럭 무난하게 흘러갔다. 직접 실로 엮은 『고요한 탱고』의 인쇄본을 건네주며 칼에게 고맙다고 인사한 책 읽어 주는 남자네서도 별 다른 일이 없었다. 공장 사장님이 너무 감탄해서 오는 토요일에 (에로틱한 긴장감이 돌아 야릇하게 느껴지는 춤 장면이 있는) 첫 챕터를 다시 한번 읽어 달라고 자신을 초대했다고 했다.

모두에게 이날은 그냥 칼이 책 산책을 오는 보통의 날일 뿐이었다. 그러나 칼에게 이날은 지나온 삶의 메아리 속에서 보내는 첫날이었다.

집에 돌아오자 두려움이 엄습했다. 어떤 거대한 손이 자기 몸을 쥐고 흔들어 아주 작은 행복의 빛마저도 모두 탈탈 털어 버리는 것 같았다.

흔적[*]

칼은 배달할 책들을 모두 자비를 들여 구입했다. 고객들은 예전부터 돈을 책방 계좌로 입금하고 있었고, 칼은 이제 책방에서 배달 비용을 받을 수가 없었다. 세무 법인 로벤베르크, 뮐러와 최판[**]의 친절한 세무사분이 연말정산을 할 때쯤에나 그 사실이 드러날 것이다.

칼은 책을 충분히 살 수 있도록 자기 책을 팔았다. 수년 전부터 혹은 수십 년 전부터 자신과 동고동락한 종이 친구들이 매일 책장에서 사라지고 자신의 집을 떠나고 있었다. 팔 책

● 에른스트 블로흐^{Ernst Bloch}의 『흔적^{Spuren}』

●● 발행인 펠리치타스 폰 로벤베르크^{Felicitas von Lovenberg}, 편집부장 안드레아 뮐러^{Andrea Müller}, 편집자 클라리사 최판^{Clarissa Czöppan}, 세 명의 이름으로 만든 세무 법인.

들을 한스네 헌책방에 차마 직접 가져가지는 못하고 마침 암슈탓토어 책방 문 닫는 시간에 마주친 학생 인턴 레온에게 수당을 주고 부탁했다. 보물들을 내주고 받은 돈은 얼마 되지 않았다. 가끔은 새 책 한 권을 사는 데 헌 책 스무 권을 내놓아야 했다. 게다가 고객들은 칼의 슬픔을 조금이라도 덜어 주고 싶어서 그전보다도 책을 더 많이 주문했다.

구스타프의 장례식은 먼발치에서 지켜봐야만 했다. 조문객은 아주 적었다. 이전 책방 주인의 마지막 길을 배웅해 주는 사람이 겨우 세 명뿐이었다. 칼은 이들이 사라질 때까지 기다렸다가 무덤가로 다가가서 오랜 친구에게 비네투와 올드 셰터핸드*가 나오는 책 몇 권을 건네주었다. 이 씩씩한 히어로들이 친구를 잘 지켜 줄 것이다. 종이는 탄소로 이루어져 있고, 우리 인간들도 그렇네, 생각했다. 결국 책과 사람은 같은 물질이었던 것이다.

칼은 고객들에게도 계속해서 책 선물을 나눠 줬다. 그래서 칼의 책장은 점점 더 빨리 비워지고 있었다. 다아시에게는 모든 제인 오스틴 소설들을, 에피에게는 남편을 떠나는 여자들이 나오는 책들을 주다가 나중에는 남편을 살해하는 여자

---

* 카를 마이Karl May의 『비네투Winnetou』 시리즈에 나오는 인디언 추장 비네투와 의형제인 백인 친구 올드 셰터핸드

들이 나오는 범죄소설들을 선물했다. 독살이 주된 방법인 듯했다. 물론 에피가 그런 범행을 저지르도록 부추기려는 건 아니었다. 단지 남편을 떠나지 않을 경우 이야기가 어떻게 끝날 수 있는지를 보여 주고 싶었다.

"이런 책들 가져다주지 않으셔도 돼요. 전 정말 괜찮아요."

에피가 말했다. 남편이 이렇게 말하라고 시켰기 때문이다. 남편이 소설들을 발견하고 소개 글을 읽어 보고는 그 책들을 버려 버렸다. 에피가 가장 좋아하는 소설들까지도 모두 버렸다.

"책 내용 때문에 남편이 오해를 좀 했나 봐요."

에피의 복도에는 꽃이 더 이상 보이지 않았다. 꽃병에 꽂은 꽃도, 꽃 화분도 없었다. 이제 살아 있는 거라고는 아무것도 없었다. 에피는 얼른 문을 닫아 버렸다. 너무 많은 거짓말이 한꺼번에 나왔는데 책들처럼 예쁘게 포장되어 있지도 않았다.

잠긴 문 앞에 혼자 서 있게 된 칼은 활기를 불어넣어 주는 샤샤의 수다가 정말 그리웠다. 샤샤의 수다는 늘 작은 시내가 흘러가는 물레방아 소리와 햇살에 반짝이는 잔물결을 떠올리게 했다. 그래서 칼은 샤샤와 이야기를 하기 시작했다.

"아줌마가 거짓말했어요. 오해가 아니었잖아요."

"알아. 근데 우리한테 한 거짓말이 아니라 자기 자신한테 한 거짓말이었어."

가는 길에 발걸음이 처지면 샤샤가 재촉을 했다. 예를 들어 이렇게 말했다.

"좀 더 빨리 걸어야 해요. 아니면 책들이 상한다니까요."

그리고 피노네 아이스크림 가게에 가까워졌을 때는 단호하게 말렸다.

"오늘 아이스크림은 안 돼요. 책을 사시려면 돈이 필요하잖아요. 책이 훨씬 더 오래가는 양식이라구요."

칼은 더 이상 이렇게 해서는 안 되겠다는 걸 깨달았다. 진짜 샤샤가 필요했다. 하지만 칼은 샤샤에게 전화할 수도, 집에 찾아가 볼 수도 없었다. 샤샤는 단 한 번도 자기의 성을 알려 준 적이 없었고 자기가 사는 집이 어딘지 보여 준 적도 없었다.

다음 날 아침에 학교 운동장들을 찾아가 보기로 했다. 눈을 크게 뜨고 다니고, 샤샤 또래 아이들에게 어두운 곱슬머리의 조그마한 여자아이를 아는지 물어볼 것이다. 샤샤와 한 번이라도 마주친 사람은 샤샤를 절대 잊지 못할 테니까.

칼은 에베레스트산을 등반하고, 마리아나해구를 잠수하고, 험한 쿠르디스탄을 여행하고, 얼음으로 뒤덮인 남극을 탐험했다. 자신이 가지고 있는 책들은 이 모든 걸 경험하게 해 줬지만, 관대하게도 그동안 독일의 학교라는 세계는 피해 갈 수 있도록 해 줬다.

작고 뛰어다니는 사람들로 가득한 아수라장이라니! 어릴 때 숲에서 개미집을 발견한 적이 있는데, 몇 주 동안은 주말마다 가서 관찰한 적이 있었다. 개미집도 크고 밀집된 아수라장이라는 점에서는 마찬가지였지만, 적어도 나름의 질서가 있었다. 그러나 장크트 레온하르트 초등학교 운동장은 카오스 이론을 충실히 따르는 것 같았다.

칼은 입구 쪽으로 가는 길에 자꾸 아이들과 부딪쳤다. 좀 더 정확히 말하자면, 아이들이 달려와 칼을 거의 넘어뜨릴 뻔했다. 복작거리는 것보다는 시끄럽게 떠들고 소리 지르는 아이들의 소음이 더 견디기 힘들었다. 독서는 조용한 활동이었다. 책장에 기원전 218년에 한니발 장군이 알프스를 건널 때 함께한 전투 코끼리에 대한 내용이 쓰여 있어도 코끼리 소리에 거실 창문이 흔들릴 일이 없었고, 롬멜 장군의 유령 사단 전차들이 마지노선을 뚫고 나갈 때라고 해도 자신의 숨소리가 가장 큰 소리였다. 모든 건 눈으로만 들었다.

드디어 건물 내부로 들어가게 된 칼은 벽에 기대어 심호흡부터 했다. 그런 후 물어 물어서 교무실까지 찾아갔지만, 개인 정보를 알려 줄 수 없다는 정보만 얻어 왔다. 그래서 결국 아이들에게 직접 물어보기로 했다.

때마침 수업 시작종이 울려서 아이들 무리가 홍수처럼 쏟아져 칼을 지나쳐 갔다. 그 와중에 샤샤 또래로 보이는 남자아이 한 명이 터벅터벅 걸어가고 있어서 칼이 말을 걸어 볼 수 있었다.

"너 혹시 샤샤라는 아이를 아니?"

"이름이 왜 그렇게 이상해요?"

남자아이가 되물었다.

"글쎄, 난 요즘 이름인가 했지. 예전의 에델트라우트나 게어트루트처럼."

"에이, 우리 학교에 그런 이름 가진 애는 없어요. 저 지리 수업이 있어서 가 봐야 해요."

이번에도 숙제를 잊어버린 주제에. 하지만 그건 이상한 할아버지에게 말하지 않았다.

나이 때문에 샤샤가 초등학교의 가장 위 학년이나 상급 학교의 가장 아래 학년에 다니고 있을 거라는 걸 알고 있었다. 대성당 광장 주변에 있는 학교들을 모두 기록해 뒀다. 모두 일곱 군데였다. 장크트 레온하르트 초등학교는 그중 첫 번째다.

칼은 자신의 귀와 신경들이 일곱 군데를 다 견뎌 낼 수 있을지 확신은 없었다.

다음 학교부터는 교무실로 가는 수고를 덜고 쉬는 시간이나 점심시간에 운동장에 나와 있는 학생들에게 바로 말을 걸었다. 나이가 적거나 많은 아이들에게 샤샤의 이름을 말하고 최선을 다해 샤샤의 생김새를 묘사했다.

모두 여섯 군데를 다녀왔다. 그중 마시막이었던 페스탈로치* 중고등학교에서는 여자아이 세 명에게 샤샤에 대해 물었다가 저지를 당했다. 고어텍스 점퍼를 목 위까지 잠그고 쉬는 시간마다 운동장을 지키는 남자 선생님이었다.

"무엇을 찾으시는지 혹은 누구를 찾으시는지 여쭤봐도 되겠습니까?"

"샤샤요. 아홉 살이고 머리가 검은색⋯."

"여기 샤샤라는 아이는 없습니다."

선생님이 말을 끊었다.

"당장 운동장을 떠나시고, 다시는 우리 학생들에게 말을 걸지 마세요. 그렇지 않으면 바로 경찰을 부를 겁니다."

"하지만⋯."

"샤샤라는 아이가 도대체 누굽니까? 손녀딸은 아닌 것 같고. 손녀라면 어느 학교에 다니는지 정도는 알고 계실 테니까."

"샤샤는⋯."

칼이 멈칫했다. 선생님은 칼의 팔을 잡았다.

"좀 혼란스러워 보이는데 괜찮으신 겁니까? 아는 분께 전화를 걸어 드릴까요?"

• 우리나라 초등학교에 해당하는 독일의 그룬트슐레Grundschule는 1-4학년(베를린과 브란덴부르크주는 1-6학년)이고, 상급학교인 중학교는 5학년부터 시작한다.

"네. 아니오."

대답은 했지만 정신이 더 이상해 보일 수밖에 없었다.

"제가 가는 편이 낫겠네요."

"그러세요."

선생님은 안쓰러운 듯 칼의 등을 몇 번 두드렸다. 칼에게는 선생님의 손이 죽음을 앞둔 말의 옆구리를 톡톡 치는 박피공의 손처럼 느껴졌다.

일곱 번째 학교는 이미 문을 닫아 버려서 이제는 고객들 집에 들러서 샤샤를 찾아보기로 했다. 칼은 샤샤가 옆에 없는 게 더 이상 견디기 힘들어서 샤샤를 다시 불러내 같이 다녔다. 샤샤는 노란 겨울 점퍼를 입고 있었는데, 오늘은 마치 새 것처럼 빛나고 있었다. 작은 배낭은 가득 채워 터질 것처럼 보였지만 샤샤는 바닥이 고무로 되어 있기라도 한 듯 콩콩 뛰어다녔다. 칼은 샤샤가 하루 종일 자기와 수다를 떨도록 내버려뒀다. 그리고 마음속으로만 대답하지도 않았다.

처음 향한 집은 미스터 다아시네였다. 늘 책 산책을 시작하는 곳이었다.

"전 다아시 아저씨가 정말 좋아요. 그리고 아저씨의 정원은 더 좋구요."

샤샤가 말했다.

"지난번에 꽃시계를 보여 주실 때는 왜 아무 말도 안 하고 가만 있었니?"

"에휴, 할아버지."

샤샤가 다정하게 질책했다.

"그때는 제가 아저씨에게 책 선물을 드리려고 너무 들떠 있었잖아요. 아저씨네 정원에는 제가 있을 수도 있겠네요. 그 멋진 의자 위에 말이에요."

롱스타킹 부인네 집에 갈 때도 재잘거렸다,

"여기에는 제가 분명히 있을 거예요!"

"선생님 집인데?"

"이제 학교에 안 나가시잖아요. 선생님들은 학교에서만 정말 고약해요. 학교에서는 우리를 꼼짝 못 하게 한다니까요."

"끔찍하게 들리는구나."

"정말 그래요. 할아버지는 너무 오래돼서 벌써 잊어버리셨겠죠. 그런데 롱스타킹 선생님은 이제 착해요. 더 이상 불을 뿜지 못하는 드래건 같은 거죠. 롱스타킹 선생님네 집에는 제가 아마 공부하러 가 있을 것 같아요."

"거기선 애들한테 놀림당할 걱정도 없고?"

"잘 아시네요!"

헤라클레스네 집에 도착했을 때는 샤샤가 확신하다시피 말했다.

"늘 마실 것도 주는 이런 멋진 사내의 집보다 더 오고 싶은 곳이 있을까요?"

"언제부터 남자라고 안 하고 사내란 말을 썼니?"

(칼은 자신이 혼잣말을 하고 있다는 사실을 가끔 알아차리긴 했지만 그때마다 다시 상상 속으로 들어가는 길을 곧바로 찾아냈다.)

"남자, 사내. 결국 같은 말이잖아요. 할아버지가 제 말을 이해할 수 있게 할아버지의 케케묵은 단어들을 쓰기 시작한 거라구요."

"고맙구나. 배려심에 몸 둘 바를 모르겠네."

샤샤는 파우스트 박사네 집에도 있었다. 강아지 달력을 꼭 한 번 더 보고 싶다고. 특히 9월에 있는 새끼 닥스훈트를 보고 싶은 모양이었다. 그리고 학교에서 받은 읽기 숙제를 낭독해 달라고 하고 싶어서 책 읽어 주는 남자의 집에도 있었다. 아마릴리스 수녀네 수도원에 도착했을 때는 자기가 늘 수녀가 되고 싶었기 때문에 수도원 벽 뒤에 있을 거라고 자신했다. 칼은 좀 이상하다는 생각이 들긴 했지만, 왠지 충분히 이상하지는 않았다.

칼은 모두에게 물었다.

"혹시 샤샤 보셨나요? 여기에 들른 적이 있었나요?"

하지만 샤샤를 본 사람은 아무도 없었다. 샤샤는 그 누구도 찾아가지 않았다.

모두가 샤샤를 걱정했다. 그 아이를 마음으로 품은 건 칼만이 아니었다.

에피네는 마지막에 가려고 뒤로 미루어 뒀다. 어쩌면 샤샤가 미룬 건지도 모르겠다. 딱 집어 말할 수가 없었다. 어떤 책의 마지막 장을 향해 가는데, 책이 약속한 내용을 저버리는 듯한 느낌이었다.

"제가 왜 에피 아줌마네 있을 거라고 생각하세요? 너무 슬프시잖아요. 그리고 그 아저씨도 너무 무서워요."

"넌 용감하잖니. 마음도 따뜻하고. 에피를 도와주려는 거지."

"할아버지도 마음이 따뜻하시잖아요. 할아버지는 왜 안 도와주시는 건데요?"

"난 마음이 두려움으로 가득하기 때문이지."

칼이 대답하면서 모자를 더 깊이 눌러썼다.

"그러니까 수십 년 동안 같은 날만 반복하며 살고 있지. 간간이 작은 변화가 있긴 하지만. 겁이 많은 사람은 그렇게 지낸단다."

"전 작은 변화가 아닐 텐데요?"

"아니지. 그럼, 정말 아니지."

칼이 대답했다.

"이제 초인종을 누르지 그래."

샤샤는 작은 손가락으로 칼의 가슴을 톡 쳤다.

"저처럼 누를 용기가 없으신 거예요?"

"그냥 누르지?"

에피가 나오기까지는 한참이 걸렸다(이번에는 문 뒤에서 있지 않았고 지하실에서 올라왔다). 오늘은 평소처럼 완벽해 보이지도 않았다. 눈에는 다크서클이 내려와 있었고 피부는 빨개져 있었다.

"콜호프 씨? 무슨 일이세요? 이 시간에 오신 적이 없으시잖아요."

"혹시 샤샤 보셨나요?"

"누가 찾고 있나요?"

"네, 그러니까, 제가⋯ 보고 싶어서⋯."

그 순간 에피의 질문이 자신을 관통해 버렸다. 자신뿐만 아니라 온 세상이 샤샤를 찾고 있는 걸까? 실종이 된 걸까? 무슨 일이 생긴 걸까?

"혹시 신문에서 뭘 보거나 라디오에서 들으신 건 없습니까?"

에피는 고개를 저었다.

"집에는 가 보셨어요?"

칼의 배 속에 있는 두려움이 무거운 가죽 공처럼 부풀어오르고 있었다.

"늘 대성당 광장에서 만났거든요."

"잘 있을 거예요. 수학여행을 갔을 수도 있잖아요."

"그랬다면 분명히 저한테 얘기를 했을 겁니다. 샤샤가 말도 없이 안 올 아이는 아니에요. 믿을 수 있는 아이라고요!"

에피는 위로하듯 칼의 손을 조심스럽게 쓰다듬었다.

"콜호프 씨, 마음 같아서는 정말 도와 드리고 같이 찾으러 가고 싶은데, 제 코가 석…."

에피는 말을 더 잇지 못했다.

"정말 죄송해요."

그리고 더 덧붙이는 말 없이 문을 닫아 버렸다.

그 뒤로는 아무도 말을 하지 않았다. 그때부터는 샤샤도 입을 다물었기 때문이다.

그리고 그날 저녁, 칼은 책 배달을 나가지 않았다.

책 산책을 쉬어서 칼 인생에서 덜어 낼 수 있었던 건 아주 작은 걸림돌 하나뿐이었지만, 대신 자신을 지탱하는 벽 하나는 살려 놓은 셈이었다. 칼은 아주 늦게 잠이 들었고 다음 날 아침에는 낡은 탁상시계의 알람 소리가 울렸는데도 깨지 못했다. 뒤늦게 눈을 뜬 칼은 시곗바늘을 보고 깜짝 놀라서 부랴부랴 옷을 챙겨 입고 아침도 면도도 거른 채 바로 일곱 번째 학교로 향했다. 그곳에는 샤샤가 분명히 있을 테니까.

어제 여러 학교를 찾아다니며 칼은 너무 큰 스트레스를 받았다. 그래서 책이 책가방에 들었든, 책상 위에 놓여 있든, 그곳에 가면 책으로 둘러싸여 있을 거라는 생각을 하며 마음을 진정시키려고 노력했다. 그 책들이 누군가를 진정시키기 위해 만들어진 게 아닌 교과서라 할지라도.

칼-오르프 학교의 첫 쉬는 시간 종이 치고 아이들이 운동장으로 쏟아져 나오자, 칼은 현관 바로 옆에 서서 계속해서 샤샤의 이름을 외쳤다. 노란 점퍼가 보일 때마다 흠칫하며 더 크게 불렀고, 모서리 뒤에서 어두운 곱슬머리가 왔다 갔다 하며 나타날 때마다 목을 길게 뺐다.

언제부턴가 아이들이 드문드문 나오자 칼은 한 명씩 붙잡고 묻기 시작했다. 적어도 본인은 그랬다고 생각했다. 그러나 실제로는 아이들을 꾸짖고 있었다. "샤샤가 여기에 있을 거라고. 어디서 찾을 수 있는지 좀 말해 달라니까!" 아니면 "샤샤 아직 안에 있니? 샤샤 혹시 아프니? 넌 알고 있을 거 아냐!"

샤샤에 대해 아는 아이는 아무도 없었다. 그러나 칼한테서 최대한 빨리 도망가는 법들은 알고 있는 듯했다. 이번에는 관리 소장이 빗자루를 들고 나타나 위력이 어마어마한 동양 무술을 연습이라도 하는 듯 빗자루를 휘둘러 대며 칼을 내쫓았다.

칼은 가장 가까운 할인 마트를 찾아갔다. 프랑켄산 호리병들이 진열된 선반 앞에 잠깐 멈춰 섰다가 결국은 가장 아래

칸에서 종이 갑에 든 값싼 이탈리아산 테이블 와인을 집었다. 칼의 손가락은 우아한 둥근 호리병이 아니라 종이로 된 날카로운 귀퉁이와 모서리를 매만질 수밖에 없었다. 칼은 마트에서 나가자마자 종이 갑을 뜯고 와인을 들이켰다.

집으로 돌아가는 길에 칼은 장크트 레온하르트 초등학교의 울타리를 지나가게 됐다. 아이들의 웃음소리와 크게 떠드는 소리들이 자신을 비웃는 것 같아서 눈길을 돌렸다. 시야에 뭔가 노란 것이 보이긴 했지만 그쪽을 쳐다보지는 않았다.

그때 어떤 아이가 소리를 질렀다. "내 책 돌려 달라고!" 그래서 결국 그쪽을 쳐다보게 됐다. 어디서든 책이 위험에 빠지면 자신의 일인 것처럼 느껴졌다.

그리고 바로 그곳에 샤샤가 서 있었다.

노란 겨울 점퍼도 안 입고. 소리를 지른 것도 샤샤의 목소리는 아니었다. 샤샤 근처에서 교과서를 잡으려고 필사적으로 팔을 뻗고 있는 빨간 머리의 남자아이 목소리였다. 키가 더 큰 학생이 책을 머리 위로 들고 있다가 빨간 머리 남자아이가 뛸 때마다 뒤로 휙 빼 버렸다.

칼은 샤샤의 입술을 읽을 수 있었다. "책 산책가다!"라고 말하고 있었다. 샤샤는 곧바로 울타리 쪽으로 달려왔다.

"절 찾으셨죠, 그죠?"

너무 반가운 나머지 칼은 자신이 방금 따서 흘러넘치는

샴페인 병처럼 느껴졌다. 심장이 아플 정도로 기뻤다.

"걱정했어. 그래도 드디어 찾았구나."

샤샤는 울타리 사이로 칼을 안아 줬다.

"그거 아세요? 할아버지가 정말 보고 싶었어요."

"나도 그래."

"제가 더 많이 보고 싶었어요. 달에 갔다가 돌아올 정도˙
로 많이요!"

"그건 책에 나오는 표현인데."

"그래도 진심이에요!"

샤샤가 환하게 웃었다.

"어제 널 찾으려고 애들한테 물어봤는데, 널 아는 사람
이 없더구나."

"샤샤 아냐고 물어보신 거예요?"

"당연하지."

샤샤가 장난스럽게 웃었다.

"여기에 샤샤라는 애는 없어요."

"뭐라고⋯?"

샤샤가 자신을 가리키며 말했다.

˙ 독일에서 '달까지 갔다가 돌아오다'라는 제목으로 출간된 대니 앳킨스Dani Atkins의 소설
『A Sky Full of Stars』에 빗대어 한 말이다.

"전 샬롯테예요. 할아버지한테만 샤샤라구요. 친구들이 샤샤라고 불러 주기를 늘 바랐거든요. 근데 애들은 한 번도 그렇게 불러 준 적이 없어요. 이 이름은 저 혼자 절 위해 생각해 놓은 이름이에요."

반은 진실이었고 반은 아니었다. B반 남자애들이 쉬는 시간에 맨날 자기가 캡틴 아메리카니 아이언맨이니 자랑해대서 샬롯테가 슈퍼 히로인을 만들어 낸 것이다. 눈에서는 노란 레이저가 나오고 휘날리는 빨간 망토를 두른 채 도시 위를 날아다니는 여자를 상상했다. 그게 샤샤였다.

그리고 샤샤는 복도 서랍장 위 검은 액자 속에 있는 엄마랑 똑같이 생겼다. 샬롯테는 하굣길에 돌 틈에 핀 데이지꽃을 꺾어 와 늘 그 앞에 놓아두곤 했다.

"만나서 반갑구나, 샬롯테."

칼이 말하면서 고개 숙여 인사했다.

"널 샤샤라고 부를 수 있게 해 줘서 영광이구나."

"제가 생각해도 그래요!"

칼은 와인 갑을 쓰레기통에 버렸다.

"그동안 왜 안 왔니?"

"못 갔어요."

샤샤가 대답했다. 이 답변 또한 사실이긴 했지만, 중요한 부분은 쏙 빼먹은 사실이었다. 담배 공장 때문에 두 시간을 지각하고 나서 디셀벡 교장 선생님이 집에 전화를 했다. 결국 아버지에게 모든 일을 실토했고, 아버지는 샤샤에게 앞으로 다시는 칼과 책 배달을 나갈 수 없다고 단단히 일렀다. 아무리 울고불고 아무리 졸라 대도 아무 소용이 없었다. 수많은 하트로 도배하고 더 많은 제발 제발요를 쓴 편지들도, 크리스마스트리 모양으로 만들어 침대로 갖다 드린 아침 토스트도, 봉지 스프를 기가 막히게 끓여서 준비했던 저녁 식사도 마찬가지였다.

낱말이 혀 위에서 녹고 있는 초콜릿이라도 되는 것처럼 말하기를 좋아하는 샤샤였지만, 지난 며칠 동안 나타나지 않았던 이유에 대해서는 침묵했다. 그러나 침묵의 순간이 칼에게는 질문할 틈을 줄 수도 있었기 때문에 샤샤는 다른 이야기를 꺼내 화제를 돌렸다.

"저기 있는 애가 제 친구 율레예요. 가장 친한 친구예요. 현재는요. 율레도 할아버지를 아는데 할아버지 목이 이상하다고 하는 거예요. 자기 할아버지 목이랑 똑같다고."

칼이 자신의 목을 쓰다듬었다.

"난 내 목을 칠면조 목이라고 하지. 이런 목을 가지려면 나이를 많이 먹어야 해. 젊을 때는 잘 다룰 수가 없거든."

"다룬다구요? 왜 다뤄요?"

"이런 목을 가지고 있어야지만, 이게 되거든."

칼이 팔을 날개인 것처럼 휘젓고 꾸꾸 칠면조 소리를 냈다. 샤샤를 다시 찾은 기쁨은 이미 취한 칼을 그 어떤 와인보다도 더 취하게 만들었다.

샤샤는 한바탕 폭소를 터트리고 나서는 학교 친구들 중에 혹시라도 본 사람이 있을까 봐 긴장한 듯 주위를 살폈다. 빨간 머리 남자아이가 두 사람을 가리키며 깔깔댔다.

"쟤가 지몬이지? 널 맨날 미는 그 아이 말이야."

샤샤가 주저하면서 고개를 끄덕였다.

"제발 그쪽으로 가지 마세요!"

"당연하지. 난 내 방식대로 해결할 거거든."

"책으로요?"

"응, 책으로. 지몬 집 주소 아니? 이제 제대로 봤으니까 어떤 책이 딱 어울릴지 알겠네."

샤샤가 칼의 손등에 주소를 적어 줬다.

"쪽팔리는 거 말구요. 아셨죠? 꼭이요!"

학교 종이 큰 소리로 울렸다.

"싫지만 다시 교실로 가 봐야 해요."

"나랑 또 책 배달 같이 갈 거니?"

샤샤는 입술을 꾹 물었다.

"그럼요."

"오늘 저녁에?"

샤샤는 고개를 천천히 끄덕이기는 했지만 말은 더 이상 하지 않았다. 그리고 운동장을 가로질러 빨간 페인트가 많이 벗겨진 출입문 쪽으로 뛰어갔다.

집으로 가는 길에 칼은 박엽지로 만든 꽃을 파는 작디작은 가게를 지나가다 충동적으로 들어갔다. 보물섬이나 무법천지 서부 사막이나 허클베리핀이 사는 미시시피강 둘레에서 피는 꽃이 있는지 물어봤지만, 점원은 가게에는 장미, 튤립, 개양귀비나 카네이션밖에 없는데 그곳에서도 자라는지는 모르겠다고 했다. 칼은 종류별로 색깔을 다르게 해서 한 송이씩 골랐다. 구스타프가 다양한 색의 사람이기 때문이다. 칼이 묘지에 둘 꽃이라고 얘기하니 점원이 꽃들을 조심스럽게 종이에 포장해 줬다. 그리고 밖에 둘 수 있게 만든 꽃들이 아니라며 고개를 절레절레 흔들었다. 야외에서는 실제 꽃들보다도 꽃잎을 더 빨리 잃을 거라고 했다.

"괜찮습니다. 오랜 친구를 웃게 해 주고 싶을 뿐입니다."

구스타프는 생전에 종이를 여러 형태로, 또 인쇄된 상태로도 많이 봤겠지만 꽃으로 만든 걸 본 적은 없을 것이다.

칼은 공원묘지에 들어서는 순간 자비네 그루버가 자기 아버지의 묘 앞에 서 있는 모습을 보았다. 그래서 길을 오른쪽으로 꺾어 주철로 만든 벤치에 가서 앉았다. 이 벤치에서 샤샤가 어느 고객이 어떤 책을 받으면 행복해질지 심사숙고해서 적은 다이어리를 보여 줬다. 벤치는 구스타프의 묘와 아주 가까웠지만 빽빽하게 자란 상록 관목 한 그루가 양쪽을 가려 주고 있었다. 자리를 잘 잡고 어느 쪽으로 봐야 하는지를 알면 그 잎들 사이로 반대편을 엿볼 수 있었다. 수수한 나무 십자가만 임시로 세워 놓은 묘 앞에서 자비네 그루버가 무릎을 꿇는 중이었다.

"보세요. 이렇게 만들 거예요. 묘석은 펼쳐 놓은 책 모양이 될 거고, 거기에 아빠 인생을 이야기하는 문장을 새길 거예요."

자비네는 약간 긴장한 듯 흘러내린 머리를 귀 뒤로 넘기며 말을 이었다.

"아빠에게 이렇게 아름다운 걸 보여 주는데도 장례식 때문에 아빠가 나한테 뭐라고 하고 있는 것 같네요."

자비네 그루버가 스케치한 종이를 구겨서 점퍼 주머니에 욱여넣었다.

"하지만 진심으로 아빠를 위하는 거라고 생각했어요! 그런데 아빠 무덤가에 나랑 몇 명밖에 안 서 있으니까 사람들이 그리워지는 거 있죠. 그리고 아빠를 생각하면서 더 슬퍼졌어요. 주변에 사람들이 많은 걸 좋아했잖아요. 정말 미안해요. 듣고 있죠?"

자비네는 이제 막 땅 위로 솟아난 잡초 하나를 뽑았다.

"가끔은 나도 내 자신이 싫어요. 나만 날 싫어하는 것도 아닐 거예요. 다 잘해 보려고 하는 건데. 아빠가 자랑스러워할 수 있게요. 근데 내가 아무리 아등바등해도 이제 더는 자랑스러워하지도 못 하시잖아요. 나한테도 기회가 있었고, 아빠에게도 기회가 있었어요. 근데 우리 둘 다 그 기회를 잘 잡지 못한 것 같아요. 그쵸? 정말 나한테는 아빠의 책 유전자가 아예 없는 것 같아요. 내가 아무리 악착같이 노력해도 아빠나 아빠가 그렇게 좋아하는 칼 아저씨처럼 될 수 없을 거예요. 아저씨랑 마주하면 아직도 내가 어린 여자아이 같아요. 예전에 칼 아저씨가 1급을 받아야 할 아이에게 4급을 줬다고 우리 독일어 선생님에게 가서 따진 거 알아요? 그걸 내 친구들이 알게 돼서 얼마나 창피했는지 몰라요. 아저씨가 아빠인 것처럼 굴었다구요. 내 아빠는 아빤데. 안 그럴 수도 있었지만 아마 좋은 뜻으로 그랬을 거예요. 분명 그럴 거예요. 근데 내가 그렇게 해 달라고 한 적이 단 한 번도 없었거든요. 아저씨 없이도 혼자서 다 할 수 있는데. 그 씁쓸한 미소는 이제 그만 지으시죠? 죽어서도 날 다정하게 대할 수는 없는 거예요? 아빠를 이해해 달라고요? 아빠는 늘 다정한 것과는 거리가 멀었잖아요."

자비네는 묘지 위로 펼쳐져 있는 새파란 하늘을 보며 깊은 한숨을 쉬었다.

"보통 책을 보면 마지막 몇 장이 비어 있는 경우가 있는데, 예전에 내가 거기다 그림을 잔뜩 그려 놔서 아빠가 엄청 화냈던 거 기억나요? 제목에 맞는 그림들을 그린 건데, 귄터 그라스의 『고양이와 쥐』에 그린 건 정말 잘 그렸거든요. 근데 아빠는 아빠가 아끼는 책들을 망쳐 놨다고 머리끝까지 화가 났죠. 난 어린아이였는데. 아, 진짜! 근데 아빠에겐 늘 책이 먼저였어요."

자비네가 일어났다.

"왜 아빠가 세상을 떠나고 나서야 아빠에게 이런 얘기를 할 수 있게 된 걸까요?"

자비네가 큰 소리로 점퍼의 지퍼를 올렸다.

"가장 슬픈 게 뭔지 아세요? 난 책을 진짜 좋아하거든요. 정말이에요. 그런데 책이 아빠를 행복하게 해 준 만큼 날 행복하게 해 준 적은 없었던 것 같아요. 그 부분에 대해서는 아빠를 절대 용서할 수 없었어요."

자비네는 잠깐 망설이다가 나무 십자가를 한 번 쓱 만지고 갔다.

칼은 자비네 그루버가 공원묘지를 떠날 때까지 기다렸다가 오랜 친구의 묘에 종이꽃을 올려놓았다. 그 친구는 방금 들은 말들을 소화시키는 데에 시간이 좀 걸릴 것이다. 구스타프는 자비네가 책방을 운영할 만한 깜냥이 없을까 봐 늘 걱정했다. 그래서 무엇이든 너그럽게 넘어간 적이 한 번도 없었다.

나중에, 언젠가 이해해 주기를 바라면서. 그런데 지금, 그것이 큰 실수였다는 걸 알게 된 이 순간 구스타프에게는 더 이상 무언가를 바꿀 수 있는 시간이 남아 있지 않았다. 이 둘이 함께하는 이야기에는 후속편이 없을 테니까.

오후에 칼은 책장들을 계속 비웠다. 머지않아 완전히 혼자 살게 될 것이다. 처음에는 한 권 한 권을 다 살펴보고 얼마나 아끼던 책이었는지를 생각했는데, 이제는 눈길조차 주지 않고 바로 갈색 종이 상자에 담아 버렸다. 레온이 곧 책을 가지러 올 것이다. 이 책들을 팔면 책 배달을 또 한 번 나갈 수 있을 것 같았다.

그날 저녁 칼은 시간에 딱 맞춰 대성당 광장에 가서 샤샤가 오기를 기다렸다. 얼마 후 도착한 샤샤는 숨이 약간 찼지만 기분은 좋아 보였다. 오늘은 아버지가 회사 동료와 저녁 약속이 있었다. 그래서 집을 나서기 전에 샤샤를 위해 다크 그레이비 소스를 곁들인 크뇌델*과 삶은 완두콩과 당근으로 제대로 된 따뜻한 식사를 준비해 줬다. 그리고 칼을 만나지 않겠다는 약속을 잘 지켰다며 선물까지 주고 갔다. 체스판이

• 크뇌델Knödel: 밀가루 경단

었다. 샤샤에게 체스를 어떻게 두는지 가르쳐 주고 싶어서 준 선물이었다. 그런데 샤샤는 하나도 기쁘지 않았다. 사실은 작년에 학교에 있는 체스 동아리가 정말 재수 없다고 아버지에게 아주 자세히 얘기한 적이 있었다.

샤샤는 칼에게 주려고 준비한 선물을 배낭에서 꺼냈다. 칼이 이걸 받고 아까 자기가 체스판 선물을 받았을 때보다 좋아해 주길 바랐다.

"여기, 선물이에요."

돌돌 말아 빨간 리본으로 묶은 A4 종이였다.

"바로 풀어 볼까?"

"그럼요! 할아버지가 얼마나 좋아하시는지 보고 싶어요!"

칼이 조심스럽게 리본을 풀고 종이를 펼쳤다. 자세히 다 보기도 전에 샤샤는 색연필로 그린 자기 그림을 설명해 주기 시작했다.

"여기 가운데가 책벌레로 그린 할아버지구요, 그 옆에는 멍멍이예요. 그리고 둘 주변에 친구들이 다 있어요. 다 알아보시겠어요?"

"이건 다아시 씨네."

칼이 말하면서 저택 앞에 있는 책벌레를 가리켰다.

"에피(꽃이 있는 책벌레), 헤라클레스(역기가 있는 책벌레), 책 읽어 주는 남자(담배가 있는 책벌레), 파우스트 박사

(커다란 안경), 아마릴리스 수녀(수녀복), 롱스타킹 부인(손에 지시봉을 들고 헤라클레스 뒤에 서 있어서 알아볼 수 있었다), 정말 고맙구나."

"마음에 드세요?"

"당연하지! 한번 안아 줘도 되겠니?"

"그럼요. 뭘 그런 걸 물어보세요. 전 항상 그냥 안아 드리잖아요."

샤샤를 안아 주니 참 좋았다. 처음에는 팔을 어디로 어떻게 둘러야 할지 헤맸지만, 다행히 샤샤가 방법을 잘 알고 있었다. 샤샤는 포옹을 기가 막히게 잘했다. 포옹은 춤출 때처럼 일단 한 명이 잘하는 게 중요했다. 상대방을 리드해 줄 수 있으니까.

"그거 아니? 책벌레들이 희귀 동물이라는 거. 대부분은 겁도 상당히 많지. 그리고 멸종 위기에 있어서 반드시 보호해야 하는 동물이기도 해."

"할아버지는 제가 보호해 드릴 거예요!"

"부탁 하나 해도 되겠니?"

"그럼요!"

"나한테 가장 중요한 동료 책벌레도 같이 그려 줄래?"

샤샤는 포옹을 풀고 칼에게 준 종이를 집어 들었다.

"제가 빠뜨린 사람이 있었어요?"

칼이 웃었다.

"너 말이야, 너!"

샤샤가 손사래를 쳤다.

"제가 뭐가 중요해요."

"나한테는 네가 제일 중요한데?"

"다아시 아저씨 집에 먼저 도착하는 사람!"

샤샤가 소리치더니 갑자기 뛰기 시작했다. 그런데 조금 가다 바로 멈춰 서고 뒤돌아보면서 웃었다.

"장난이에요! 할아버지는 어차피 제 상대도 안 되잖아요."

그때 칼이 뛰기 시작했다. 확실히 상대가 되진 못했다. 다아시네 저택에 도착했을 땐 숨이 차 힘들었다. 샤샤는 칼에게 한숨 돌릴 여유조차 주지 않고 바로 초인종을 눌러 버렸다. 미스터 다아시는 금방 문을 열어 주고 환하게 웃었다.

"신사든 숙녀든, 좋은 소설을 즐기지 못하는 사람은 견딜 수 없을 만큼 멍청할 겁니다."

칼이 무슨 영문인지 몰라 쳐다보자 다아시가 미소를 지으며 덧붙였다.

"오늘 가장 마음에 들었던 문장이랍니다. 『노생거 사원*』

---

* 제인 오스틴Jane Austen의 『노생거 사원Northanger Abbey』

에서 미스터 틸니가 한 말입니다."

다아시는 두 사람에게 들어오라고 손짓했다.

"제가 보여 드릴 게 있습니다. 특히 샤샤 너한테. 너한테 특별히 보여 주고 싶었어."

빠른 걸음으로 긴 복도를 따라 큰 거실로 향했다. 거실의 창 너머로는 꽃시계가 있는 정원이 보였다.

칼과 샤샤는 거실에 들어서자마자 바로 알아차렸다. 미스터 다아시는 더 이상 혼자가 아니었다. 거실에 선반을 달아 제인 오스틴 소설들을 진열해 놓았던 것이다. 이제는 패니 프라이스, 앤 엘리엇[*], 캐서린 몰랜드[**], 엘리너와 메리앤 대시우드[***], 그리고 물론 에마 우드하우스[****]와 엘리자베스 베넷[*****]도 늘 그와 함께 있었다. 이 여인들이 독서하는 모습은 볼 수 없겠지만, 적어도 이들의 이야기는 읽을 수 있었다.

이들은 벽난로와 같은 존재들이기도 했다. 벽난로에 불

• 제인 오스틴의 마지막 작품인 『설득Persuasion』 제인 오스틴 마지막 작품에 나오는 앤 엘리엇Anne Elliot

•• 제인 오스틴의 『노생거 사원Northanger Abbey』에 나오는 캐서린 몰랜드 Catherine Morland

••• 제인 오스틴의 『이성과 감성(Sense and Sensibility)』에 나오는 자매 엘리너(Elinor)와 메리앤 대시우드(Marianne Dashwood)

•••• 제인 오스틴의 『에마Emma』에 나오는 에마 우드하우스Emma Woodhouse

••••• 제인 오스틴의 『오만과 편견Pride and Prejudice』에 나오는 엘리자베스 베넷Elizabeth Bennet

을 지핀 후에야 주변이 얼마나 추웠는지를 실감할 수 있듯, 미스터 다아시는 책 속의 다양한 삶들을 통해 이 저택의 방들이 얼마나 삭막하고 그 속에 삶이 얼마나 부족했는지를 느꼈다. 소설을 곁에 두는 건 자신을 행복하게 하는 만큼 슬프게 하기도 했다.

"앉으십시오."

멈칫하다가 다시 말했다.

"참, 이게 뭐랍니까. 앉으세요. 우리 이제 말을 좀 더 편하게 할 수 있을 만큼은 오래 알고 지냈잖아요. 그쵸, 콜호프 씨? 제가 나이는 더 어리겠지만, 자만심 때문에 제 행복을 놓치고 싶지 않거든요. 이건 멋진 제인이 깨우쳐 준 거랍니다!"

다아시가 손을 뻗어 악수를 청했다.

"크리스티안이에요."

'아니잖아요. 피츠윌리엄.'

책 산책가는 속으로 생각했다.

"칼이에요."

"그럼, 편하게 앉으세요."

평소와는 다르게 미스터 다아시는 상당히 들떠 보였다.

"간밤에 좋은 생각이 떠올랐는데, 우리 독서 모임을 하나 만들죠? 흔히 아시는 것처럼 책 한 권을 같이 읽고 얘기해 보는 거죠. 옛날에 사람들이 불 피워 놓고 빙 둘러앉아 이야기를 나눈 것처럼. 석기시대엔 불의 온기가 사람들을 모이게 만들었겠지만, 결국 그 자리에서 나눈 이야기들을 통해 사람들이 문명화가 된 거잖아요. 어때요? 광고를 하나 내 볼까요? 여기 자리는 충분할 거예요. 여름에는 공원에 앉아서 해도 되고요. 그러니까 비 온 후에 말이에요."

샤샤는 미스터 다아시가 자신을 '우리'에 포함시켜 줘서 기분이 퍽이나 으쓱해졌다. 나이가 열 살은 훌쩍 더 많아진 것 같았다. 그런데 다른 사람들과 책에 대해 이야기를 나누는 상상을 하니 10년은 더 피곤해지는 느낌이 들기도 했다. 사실 그건 독일어 수업 시간에 하는 것만으로도 충분했다.

칼은 인간 무리를 별로 달갑지 않게 생각하는 사람이었다. 인간 무리들은 자신을 불안하게 만들곤 했다. 게다가 자신은 책 산책가지, 책 착석자가 아니었다. 하지만 얼마 동안이나 더 책 산책가로 지낼 수 있을까? 문득, 책 배달을 할 기회가 이제는 몇 번 남지 않았다는 사실을 깨닫는 순간이었다. 그리고 책 없이는 사람들을 만나러 가지 않을 거라는 사실도. 자기에게는 책이 필요했다. 자신의 삶이었으니까. 책이 없으면 그건 더 이상 자신의 삶이라고 할 수도 없었다.

칼은 걷잡을 수 없는 생각들을 더 이상 견디지 못해 일어섰다. 모두 떨쳐 버리고 도망가고 싶었다.

"이제 그만 가 봐야겠네요."

칼이 말했다.

"제 생각은 어떤 것 같습니까? 아, 미안합니다. 말을 더 편하게 하기로 해 놓고. 제 생각은 어때요?"

"우리가… 크리스티안 씨가 해 보는 게 좋겠네요."

"꼭이요!"

샤샤가 밑줄 긋듯이 강조했다.

"주변에 제가 다 얘기해 놓을게요. 그럼 광고는 따로 안 하셔도 될 거예요."

"칼, 다음번엔 제인의 덜 알려진 작품들을 부탁할게요. 『왓슨 가족』, 『레이디 수잔』 그리고 『샌디턴』이요. 제인 오스틴 작품들에 빠져서 전부 다 읽어 보고 싶네요."

마음 같아서는 독서 모임을 당장 이 책들로 시작하고 싶었다.

"네, 배달해 드릴게요."

이미 너무 멀리 가 버려서 다아시의 말을 듣지 못한 칼 대신에 샤샤가 대답했다. 샤샤도 다음 모서리에 가서야 칼을 따라잡았다.

"왜 도망가신 거예요?"

"오늘 배달할 책이 아직 많잖아."

"할아버지 오늘 이상해요. 평소보다도 더 이상해요."

"이럴 땐 걷는 게 도움이 돼. 그러면 이상한 게 발에 차여 달아나거든."

샤샤가 웃었다. 그러나 공기 속에 맴도는 긴장감을 떨쳐 내기 위한 웃음이었다. 샤샤는 눈물 버튼을 누르면 울고 웃음 버튼을 누르면 바로 웃을 수 있었다. 그런데 이상하게도 마음은 울 때가 훨씬 더 편했다.

칼은 우산 끝을 자꾸만 바닥의 돌 틈에 세게 내리꽂았다. 자신의 우울한 처지를 바꿀 재간이 없어서 화가 났다. 책 산책가로서의 마지막 시간을 멈출 방도가 없었다.

어느새 멍멍이가 합류하자 샤샤는 너무 반가워 어쩔 줄 몰랐다. 이때를 위해 특별히 사 둔 쪼끄만 쥐 모양의 간식을 얼른 꺼내 주었다. 펫숍 점원의 말에 따르면 고양이들이 정신을 못 차릴 정도로 그 간식을 좋아한다고 했다. 이 순간만큼은 멍멍이가 그래도 다른 고양이와 취향이 비슷하기를 바랐다.

"오늘 파우스트 박사님네 가나요?"

"주문하신 책이 없는데, 왜?"

"우리 거기 가야 해요. 지금 당장요!"

"아니 근데 이 길은….'

"알아요. 근데 꼭 가야 해요. 제발제발제발요!"

"또 내가 거절할 수 없는 그런 표정을 짓고 있네."

"그죠? 그럼 거절 안 하시는 거죠?"

칼은 결국 거절하지 못하고, 얼마 후 두 사람은 파우스트 박사의 집 앞에서 초인종을 눌렀다. 문을 연 파우스트 박사는 자기 앞에 서 있는 두 사람이 진짜가 맞나 싶어 자기의 두 눈을 의심했다. 혹시 잔상이 사라질까 눈을 비벼 보기도 했다. 몇 주 전에 성경 연대표가 첨부되어 있는 모세에 대한 기이한 역사 논문을 자신이 실수로 주문한 건 아닌지 머릿속 기억을 되짚어 보았다. 그런데 그럴 리가 없었다. 그렇게 오류 투성이인 작품은 자신의 지성에 대한 모독이었다.

"이리 찾아오시니 반갑구려."

박사가 말했다. 파우스트 박사는 예스럽게 말하는 것을 좋아했다.

"어인 행차신지요?"

칼이 샤샤를 기대에 찬 눈빛으로 바라보았다.

"박사님의 도움이 필요해요. 이 고양이 때문에요. 한 주 동안 돌볼 사람이 필요하거든요."

"왜지?"

흠, 그러게. 왜지? 샤샤는 파우스트 박사가 흔쾌히 그러 겠다고 하고 멍멍이를 안을 줄 알았다. 상상 속에서는 박사가 멍멍이를 껴안고 뽀뽀까지도 하고 멍멍이도 신이 나서 짖어 댔다.

샤샤는 문득 오늘 학교에서 지폰에게 일어난 일이 떠올

랐다.

"멍멍이가, 그러니까 이 고양이가 다른 고양이들한테 쫓기고 해코지를 당했거든요. 하나도 잘못한 게 없는데 말이에요. 이런 걸 보고 왕따를 당했다고 하죠."

그리고 박사에게 간식을 건네줬다.

"이거, 멍멍이가 정말 좋아하는 거예요."

"멍멍이라고?"

"야옹이요! 전에 쓰던 고양이 화장실이 있는데 내일 그것도 가져다드릴게요. 그때까지는 신문지로도 괜찮을 거예요."

"그런데 왜 나한테 데리고 온 거야? 난 동물에 대해 잘 알지도 못하는데."

"칼 할아버지 고객분들 중에 박사님이 유일하게 다른 고양이들이 사는 구역에서 멀리 떨어져 사시거든요. 그러니까 얘가 박사님네서만 안전한 거죠."

"흠."

다른 사람들은 '흠' 한 마디에 계획이 틀어질까 봐 걱정할 텐데, 샤샤는 자신의 계획이 성공했음을 직감했다.

"시험 삼아 하룻밤만 데리고 있어 주시면 되잖아요. 아니면 이틀 밤?"

"뭐, 그럼 그렇게 해 보자."

"고맙습니다! 정말 잘됐어요. 그리고 얘가, 그러니까 이

고양이가 이상한 소리를 내도 놀라지는 마세요. 원래 그래요."

샤샤가 말하면서 칼의 소매를 당겼다.

"저희는 이제 빨리 가 봐야 해서요. 안녕히 계세요!"

칼은 샤샤가 당기는 대로 따라나서다가 거의 넘어질 뻔했다. 껌 뽑기 기계를 부수고 털다 걸린 기분이었다.

"그래서 계획대로 잘될 것 같니?"

샤샤가 잘 모르겠다는 듯 어깨를 으쓱했다.

"어쩌면요! 근데 잘 안되더라도, 제가 박사님을 더 행복하게 해 드리려고 시도는 해 본 거잖아요. 박사님이 강아지들을 더 이상 싫어하지 않게 도와주는 걸 멍멍이가 못 하면, 아무도 못 할 거예요."

"그런데 고양이잖니."

"그건 그렇죠."

그리고 둘은 어느새 에피네 집 앞에 도착했다. 그 집에서는 비명이 새어 나오고 있었다. 지붕 위 비둘기들이 공포에 질려 푸드득 날아가 버릴 정도로 큰 비명이었다.

칼은 배낭을 벗어 에피의 책을 꺼냈다. 그리고 결심한 듯 문 쪽으로 다가갔다. 그런데 초인종을 누르려고 할 때마다 다음 비명이 들려왔고, 칼은 움찔하며 뒤로 물러섰다. 고통스러울 때 내지르는 곤두서고 날카로운 비명이었다. 그리고 앞으로도 고통스러울 거라는 것을 예감하는 듯한 희망이 없는 비명이었다.

칼은 결국 고개를 떨구었다.

"가끔은,"

칼이 샤샤를 슬픈 눈으로 내려다보면서 말했다.

"책이 충분하지 않을 때가 있어. 종이가 모든 상처를 메울 수는 없으니까. 신고를 하게 공중전화를 찾아야겠어."

"안 찾아도 돼요."

샤샤는 자신의 휴대폰 잠금을 풀고 칼에게 건네주었다.

"초록색 전화기 모양을 누르면 돼요."

그래도 칼이 헤매자 샤샤가 버튼을 눌러 줬다. 칼은 경찰에 전화해서 위급 상황을 알리고 주소를 알려 줬다. 수화기 반대편에서 전화 준 사람의 이름을 거듭 물었을 때는 몇 번 망설이다가 결국 자신의 이름도 알려 주었다. 곧바로 출동하겠다는 답변이 왔고 칼은 휴대폰을 다시 샤샤에게 돌려주었다.

"수화기 내려놓는 데가 없어서 전화를 어떻게 끊는지 모르겠네."

"뭘 내려놓는데요?"

샤샤가 전화를 끊었다. 칼은 주위를 둘러봤다. 에피의 집이 보이면서 안 들키게 지켜볼 수 있는 곳이 있을까? 지금 막비워지고 있는 네일 가게 앞의 커다란 쓰레기 컨테이너를 발견했다. 그 차가운 쇳덩이 너머로 무언가를 보려면 샤샤는 까치발로 서는 걸로도 모자라 몸을 손으로 지탱한 채 몇 센티미터 더 뻗어 올려야 했다. 순찰차가 에피의 집 앞까지 오는데 10분이 걸렸다. 샤샤의 발가락은 이미 불이 나고 있었고 손가락은 얼음장같이 차가워져 있었다.

경찰 두 명이 내려서 초인종을 눌렀다. 커튼 하나가 움직이더니 얼마 후 문이 열렸다. 그 뒤에는 에피와 남편이 서 있었다. 남편은 에피의 어깨에 양손을 올려놓고 목 가까이에 약간의 압박을 가하고 있었다.

"실례합니다만, 사장님 댁에서 비명 소리가 들린다는 신고가 접수됐습니다."

경찰이 에피를 쳐다봤다.

"여성의 비명 소리요. 신고한 분이, 부인께서 가정폭력을 당하신 게 아닐까 하던데요. 아니면 이 집에 또 다른 여성분이 계신가요?

"오해입니다."

에피의 남편이 웃으면서 말했다.

"텔레비전 소리가 컸나 봅니다."

"남편분 말이 사실인가요?"

경찰이 에피에게 물었다.

"네."

에피가 대답하고 미소를 지었다.

"난 당신을 절대 못 때리지. 안 그래, 여보? 경찰분들에게 얘기해."

"절대 못 그러죠."

에피가 말하고 미소를 지었다. 경찰이 에피를 집요하게 쳐다봤다.

"저희랑 따로 얘기하시겠습니까?"

"아니요, 제 아내는 그러고 싶어 하지 않아요. 저희는 서로 비밀이 없거든요. 좋은 부부 사이는 그렇지 않습니까? 저희가 바로 그런 엡니다."

남편이 뽀뽀랍시고 에피의 볼에 입술을 세게 갖다 댔다. 조금 전에 남편이 때린 곳이어서 에피가 움찔했다.

"볼은 왜 그러신 겁니까?"

"치통이에요."

에피가 말하고 미소를 지었다. 경찰이 에피의 눈을 또 한 번 지그시 들여다봤다.

"열심히 일하시는 모습 정말 보기 좋습니다."

에피의 남편이 팔짱을 꼈다.

"이런 신고로 출동하시는 걸 보니 말입니다. 그런데 저희의 경우는 잘못된 신고였네요. 다음번에 누가 신고하면 제가 텔레비전 소리를 크게 틀어 놓고 있어서 그런 걸로 아시고, 발걸음을 아끼시죠."

남편이 에피의 옆구리를 가볍게 찔렀다.

"안 그래, 여보?"

"네, 분명 여러분의 도움이 정말 필요한 여자분들이 있을 거예요."

에피가 미소 지으며 말했다.

"그럼 이만 됐나요? 보던 영화를 마저 보고 싶은데요. 마지막이 가장 멋지다고 들어서요. 물론 소리는 조금 줄이도록 하겠습니다."

칼이 컨테이너 뒤에서 걸어 나왔다. 그런데 몸은 그러고 싶지 않은 모양이었다. 심장은 마구 뛰었고 다리는 떨렸다. 하지만 이번에는 칼의 의지가 몸보다도 강했다.

"두 사람은 거짓말을 하고 있어요! 저 남자가 여자분을 때립니다. 제가 직접 들었습니다. 텔레비전 소리가 아니었어요."

"아, 저 책방 영감."

에피의 남편이 못마땅한 듯 말했다.

"왜 그 생각을 못 했지? 여보, 앞으로는 저 정신 나간 사람한테 책 주문하지 마. 안 그러면 정말 언젠가 내 손이 나갈 수도 있을 것 같아."

남편이 웃었다. 에피도 웃었다. 온몸이 아팠다.

경찰들은 칼을 쳐다보았다. 그러나 실제의 진실하고 성

실한 칼이 아니라 낡은 옷을 입고 조금은 얼떨떨해 보이는 노인을 보고 있었다. 칼은 아무리 생각해도 이 상황이 이해가 되지 않아서 실제로도 얼떨떨했다.

"어르신, 다음번에는 좀 더 확인해 보시고 텔레비전 소리 때문에 신고하는 일은 없도록 해 주세요."

경찰 한 명이 칼에게 당부했다.

"물론 혹시 모르는 상황이 있을 수 있으니 저희가 한 번 덜 나가기보다 한 번 더 출동하기는 하겠지만요. 그런데 가정 폭력 피해자분이 저희에게 진실을 말해 주지 않으면 저희도 할 수 있는 조치가 없습니다."

이 말은 칼이 아니라 에피를 향한 것인 듯했다. 그런데 에피의 남편이 방금 막 문을 꾹 잠가 버렸다. 이제는 거리 쪽 창문의 블라인드도 내리고 있었다.

샤샤가 주거 침입부터 사설탐정(혹은 탐정 일을 의뢰받는 소녀 갱단)까지 에피를 구할 수 있는 이런저런 방법들을 옆에서 아무리 얘기해도 칼은 아마릴리스 수녀의 수도원에 도착할 때까지 아무 말도 하지 않았다.

수녀는 우울하고 어깨가 축 처진 칼을 보자 누가 그를 이렇게 괴롭게 했는지 물었다. 그 말을 들은 칼은 무너졌다. 자신의 감정을 꽁꽁 가둬 뒀던 단단한 껍데기가 깨지니 칼은 에피에 대해, 에피에 대한 걱정에 대해 그리고 도와주려고 했다가 좌절한 일에 대해 이야기를 쏟아 냈다. 아마릴리스 수녀가 칼의 팔에 손을 조심스럽게 올려놓을 때까지 쉬지도 않고 계속 이야기했다.

"다 잘될 거예요."

"아니요, 잘 안될 것 같아요."

아마릴리스 수녀가 수녀복을 매만졌다.

"제가 그분에게 가 보겠습니다."

"아니요, 그건 안 됩니다! 다시는 수도원으로 못 돌아오실 거예요."

"걱정하지 마세요. 절 감시하는 사람이 보이세요? 제가 지금까지 괜한 걱정을 했나 봐요. 전 이제 걱정을 접으렵니다."

"하지만…."

"걱정하지 마시라고요! 제가 도움이 필요한 사람을 돕지 않고, 두꺼운 벽 뒤에서 겁먹고 숨어 있으면 얼마나 형편없는 수녀겠어요."

샤샤가 물었다.

"가서 어떻게 하실 거예요? 경찰도 아무것도 못 하고 갔어요."

아마릴리스 수녀는 수도원 깊숙한 곳으로 사라졌다가 얼마 후 성경책 한 권을 가지고 돌아왔다.

"하나님의 말씀이 가장 강력한 무기랍니다."

칼과 샤샤의 눈빛에서 실망스러움이 묻어났다.

"말씀만으로 충분하지 않을 때에는 던지기에도 좋죠."

두 사람에게 장난 섞인 윙크를 하고 수녀는 밖으로 나와 문을 잠갔다. 그리고 집에 소중한 반려동물을 혼자 놔두고 떠나야 하는 것처럼 수도원의 벽을 손으로 어루만졌다. 수녀는 짧게 한숨을 쉬고 칼을 쳐다봤다.

"가는 길을 안내해 주시죠!"

샤샤가 이미 앞장서 달려 나가고 있었다.

"이쪽이에요. 멀진 않아요. 얼른 오세요!"

샤샤는 이제 모든 것이 잘될 거라고 확신했다. 아마릴리스는 수녀였다. 그러니까 성 마틴이나 니콜라우스와 같은 성인이었다. 슈퍼 히어로 같은 존재였다. 다만 수녀가 어떤 힘을 가지고 있는지는 잘 몰랐다. 눈에서 레이저를 쏘지도 않을 테고, 나는 것도 말이 안 되는 것 같았다. 하지만 보통 사람들과는 분명 달랐다. 그리고 보통 사람들이 모두 실패했기 때문에 이제는 보통이 아닌 사람만이 에피를 도울 수 있었다.

아마릴리스 수녀는 쉬었다 가지도 않았다. 샤샤가 가리킨 에피의 집으로 곧장 가서 문을 두드렸다. 초인종이 있었지만, 문을 크게 두드리는 것이 더 효과가 있을 거라고 생각했다.

"누구시죠?"

안에서 남성의 무거운 목소리가 들렸다.

"마리아 힐데가르트 수녀입니다. 베네딕트 수도회 소속 장크트 알반 교구에서 나왔습니다."

"그런 교구는 이제 없잖습니까!"

"전 아직 있어요, 수도원도 아직 존재합니다."

"정신 나간 그 수녀신가 보네요."

목소리가 더 가까이에서 들려왔다.

"저희 기부 같은 거 안 해요!"

"모금하러 온 것이 아닙니다."

"뭐 살 생각도 없습니다."

"팔 물건도 없어요."

"아무것도 필요한 게 없다니까요!"

"하나님은 모두에게 필요합니다."

"가시라고요!"

"아니요. 전 있을 겁니다. 제게 남는 게 시간이거든요. 당신이 수녀를 집 앞에 세워 두고 들여보내지 않는 모습을 이웃 분들이 볼 겁니다."

남자가 성가신 듯 고함을 내질렀다.

"이런 젠장, 오늘 모두가 미쳐 버린 건가? 네가 나가 봐. 빨리 끝내고. 우리 얘기 아직 안 끝났어! 책 배달 할아버지 일은 할 얘기가 아직 한참 남았다고."

에피는 예의를 제대로 차린 것처럼 보이도록 옷매무새를 가다듬었다. 머리도 정리하고 얼굴도 한 번 매만졌다. 무도회에 가기라도 할 것처럼 비싸고 굽이 높은 하얀 펌프스 구두를 신고, 아침마다 화장실에서 볼이 아플 때까지 연습하는 상냥한 미소를 얹었다. 그러고 난 후에야 문을 열었다.

에피가 본 것은 수녀가 아니라 오랜 시간 동안 감금되어 있었던 여성이었다. 스스로가 고른 감옥에 스스로를 가둔 여성이었다. 그리고 오늘에서야 그 감옥을 빠져나온 것이었다. 두 사람은 마주하자마자 서로의 모든 것을 알아 버렸다.

"이리 와요."

아마릴리스 수녀가 손을 뻗었다.

"지금이에요. 떠날 시간이 됐어요."

그리고 에피는 수녀를 따라갔다. 그냥 그렇게. 정말 좋았던 건, 아주 쉬웠다는 것이다. 이다음에 어떤 일이 벌어질지, 어떤 다툼과 상처가 더 따를지 생각하지 않으면, 떠나는 것은 그냥 식은 죽 먹기였다. 그냥 한 걸음 한 걸음 차례대로 내디뎠을 뿐인데, 어느새 집에서뿐만 아니라 부부 생활에서도 벗어나고 있었다.

멈추지만 않는다면.

그리고 에피는 멈추지 않았다.

아마릴리스 수녀가 손을 잡아 주고 있어서 더 쉬웠다.

칼과 샤샤도 합류를 했다. 에피는 걸음이 점점 빨라졌고, 겁먹은 듯 뒤돌아봤다. 하지만 현관문은 굳게 잠겨 있었다. 에피는 길모퉁이를 돌고 난 후 크게 심호흡을 했다. 그제야 심장이 미친 듯이 뛰고 있다는 걸 깨달았다. 에피의 얼굴에는 미소가 번졌고, 그 미소야 말로 진실한 미소였다. 이번에는 자신이 전혀 다른 근육을 쓰고 있다는 사실을 깨달았다. 아마릴리스 수녀는 차분한 목소리로 수도원은 안전하니 그곳으로 같이 갈 것이라고 말해 줬다. 그곳에서는 안정을 찾을 수 있을 거라고. 그런데 그러기 위해 하나님을 꼭 믿을 필요는 없다고. 하나님이 에피를 믿어 주는 걸로도 이미 충분할 거라고.

모퉁이 두 개를 더 도니 수도원이 이들 앞에 모습을 드러냈다.

빨간색과 흰색 줄무늬 테이프가 입구에 쳐져 있고, 그 앞에는 공사 표지판이 세워져 있었다. 인부 한 명이 새로운 자물쇠를 설치하고 있었다.

"이제 다 됐네요."

칼과 사람들이 다가오자 인부가 말했다. 아마릴리스 수녀를 향해서는 고개를 살짝 끄덕이면서 인사를 건넸다.

"죄송하지만, 이게 제 일이라서요."

"제가 안에 없다는 건 어떻게 아신 거죠?"

수녀가 아주 태연하게 물었다. 인부는 반대편 건물에 달려 있는 작은 카메라를 가리켰다. 교구에서 수녀가 수도원을 나서자마자 곧바로 일을 시작하라고 돈을 많이 줬다고 했다. 밤에는 학생 한 명에게 감시를 하라고 맡겨 뒀는데, 그 학생은 첫 시간과 마지막 시간만 제대로 지키고, 나머지 시간에는 잠만 잤다고 했다.

"제 물건들은요? 제 옷들은요? 제 식물들은 물을 안 주면 다 시들어 버린단 말입니다!"

"그건 교구에 문의를 해 보셔야 해요. 제가 새 열쇠를 그쪽으로 가져다줄 거거든요. 제가 알기로는 최대한 빨리 공사를 시작한다고 하더라고요. 고급 빌라로 만들 거예요. 말씀드렸다시피, 제가 해 드릴 수 있는 건 없네요. 죄송합니다."

"왜 없으세요. 절 한 번만 들여보내 주시면 돼요."

인부가 고개를 가로저었다.

"수녀님이 들어가서 안 나오실 가능성이 커서요. 전 이만 가 봐야겠습니다. 그럼 좋은⋯."

나머지 말은 아꼈다. 칼, 샤샤, 에피와 아마릴리스 수녀는 서로 눈빛을 교환했다.

"그럼, 우리는 호텔로 가죠."

수녀가 결심한 듯 말했다.

"수도원은 건물이 아니라 사람들만 있어도 돼요. 27번

방 수도원, 아니, 우리가 들어가게 될 호텔 방 번호의 수도원을 만들면 되는 거죠."

수녀는 계속 움직이고 싶었다. 멈춰 있는 건 또 하나의 새로운 감옥처럼 느껴질 것 같았다. 에피도 마찬가지였다.

"어쩌면 호텔이 더 나을지도 모르겠네요."

아마릴리스 수녀가 말을 이었다.

"제가 다녀간 후라 남편분이 당신이 나와 함께 수도원 건물로 갔을 거라고 생각할 거예요. 하지만 호텔은 짐작조차도 못 할 거예요. 제가 수도원으로 못 돌아간 게 전화위복이겠네요!"

말을 여러 번 반복하면 정말 그렇다고 믿게 될지도 몰랐다. 믿음에 대해서는 어느 정도 숙달이 되어 있었다. 다만 사람들이 생각하는 만큼 믿음이 쉬운 건 아니었다. 믿음을 유지하기 위해서는 매일 꾸준히 노력해야만 했다. 현실의 생활은 믿음을 부정하는 경향이 있기 때문이다.

걸어가면서 아마릴리스 수녀와 에피는 등교하는 애들처럼 손깍지를 낀 채 팔을 앞뒤로 흔들면서 걸어갔다. 에피는 이 가벼움이 좋았다. 조금 전에 벌어졌던 일의 가장 반대편에 와 있기 때문이다.

네 사람의 왼편으로 미스터 다아시의 저택이 보이기 시작했다. 그 많은 창문 중 단 하나에만 불이 켜져 있었다. 그

불빛이 다른 창문들의 암흑에 둘러싸인 것처럼 보였다.

"잠시만 기다려 주세요. 어쩌면 다른 방법이 있을지도 모르겠습니다."

칼은 의견을 묻듯 샤샤를 내려다봤고, 이를 본 샤샤는 엄지를 척 치켜들었다.

현관까지는 몇 걸음밖에 되지 않는 짧은 시간이었지만 칼은 다아시에게 할 말을 준비하는 데에 전념했다. 한 마디 한 마디 이어 갈수록 다아시가 두 여인을 받아들이겠다는 결심을 굳히게끔 만들어야 했다. 구성을 아주 교묘하게 짜는 것이 중요했다. 다아시가 아직 독신이기 때문에 너무 무리한 부탁일지도 모르는 일이었다.

다아시가 문을 열자 칼은 부탁하는 사람이 으레 그러듯 모자를 벗었다. 햇볕과 신선한 공기에 두피가 자극되었다.

"여기 독서 모임할 분들을 모셔 왔어요."

샤샤가 끼어들었다.

"이분들은 앞으로 아저씨네 집에서 지내실 거예요. 아니면 어디로 가야 할지 모르시거든요. 아저씨는 방이 많잖아요. 그리고 정말 진짜 좋으신 분들이에요."

다아시는 단 한순간도 망설이지 않고 문을 활짝 열어 줬다.

다섯 사람은 오랜 시간 동안 커다란 거실에 앉아 함께

시간을 보냈다. 다아시는 손님들을 위해 심지어 요리를 해 보겠다고도 나섰다. 하지만 달걀 프라이를 하고 감자를 볶는 것뿐인데도 쩔쩔맸다. 요리는 실패했지만 대신 자기 집 화재경보기가 잘 작동한다는 사실은 알게 됐다.

다아시의 저택에는 새 손님들이 방을 고르는 것이 힘들 정도로 손님방이 많았다. 결국 두 사람은 공원 쪽을 향해 나란히 있는 방 두 개를 선택했다. 아마릴리스 수녀는 그 공원이 감자와 래디시를 심기에 딱 좋아 보인다고 했다.

칼과 샤샤는 다음 날 다시 만날 것을 기대하며 대성당 광장에서 긴 포옹을 나누고 헤어졌다. 하지만 다음 날 저녁 샤샤는 오지 않았다.

칼은 걱정하지 않았다. 샤샤는 어린이였고, 어린이들은 본질적으로 제멋대로인 존재들이다. 그래서 그렇게 하도록 내버려 두고 이해해 줘야 했다. 샤샤의 친구 지몬을 위해 챙겨 온 책이 있어서 같이 배달하고 싶었는데 샤샤가 하필이면 오늘 오지 않아서 조금 아쉽기는 했다. 하지만 책은 도망가지 않으니 괜찮았다.

오늘은 예외적으로 먼저 다아시네 집으로 가지 않았다. 그 집 방문은 오늘의 하이라이트였다. 지름길인 어두운 골목이 나타나자 칼은 자신이 며칠 전부터 이전과는 완전히 다른 길을 걸으면서 얼마나 좋았는지를 떠올려 봤다. 인생이 자기에게 그걸 계속해 보라고 말해 주고 싶은 건 아니었을까?

그리고 자신에게 큰 두려움을 안겨 주던 이 골목도 한 번 지나가 보라고.

잘될 것이다.

칼은 길게 심호흡을 했다. 자기 인생의 모든 일들이 잘될 것이다.

오늘 마지막 책장을 비워서 솔직히 앞으로 어떻게 헤쳐 나가야 할지 막막하기는 했다. 이제 자기 집에는 책이 단 한 권도 살지 않는다. 그래도 마지막 작품들은 가벼운 마음으로 헌책방에 보낼 상자에 담았다. 헤쳐 나갈 방법도 분명히 찾을 것이다. 에피도, 아마릴리스 수녀도, 헤라클레스도 스스로는 해결책이 있을 거라고 생각하지 못했다. 현재의 상황이 절망적으로 보여도 갑자기 좋아질 수도 있다. 칼에게는 그 희망이 남아 있었다.

칼 앞의 골목은 어둡고 좁았다. 늙은 사람을 위한 오래된 길이구먼. 칼은 실소가 나왔다. 끝에 가서는 더욱더 밝은 빛을 받으며 산책하게 될 것이다. 멍멍이와 함께 산책을 했다면 더 좋았겠지만 그 녀석은 파우스트 박사네 집에서 호강을 하고 있을 테고, 그 지식인은 자신이 그렇게 무서워하던 네발 짐승과 같이 살고 있다는 걸 아직도 깨닫지 못한 채로 지내고 있을 것이다.

자기 손바닥처럼 꿰고 있던 도시에서 단 한 번도 밟아 보지 못한, 유일하게 흙바닥이 남아 있는 골목에 들어서니 정말 기분이 이상했다. 어느 오래된 집에서 비밀의 방을 발견한 듯한 느낌이었다.

칼은 관광객처럼 주변을 둘러봤다. 모든 창턱, 모든 빗물받이가 매력적으로 다가왔다. 침침한 빛이었는데도 갑자기 모든 것이 아름답게 느껴졌다. 칼은 오늘 스스로에게 이 골목을 선물한 셈이었다.

뒤에서 발걸음이 다가왔다. 칼이 돌아보니 누군가가 그늘에서 걸어 나오는 것이 보였다. 남자는 빠르게 다가왔다. 키가 컸고 어깨가 넓었다. 칼은 그 남자를 알아봤다. 지난날, 책방에서 자비네 그루버와 언쟁을 하던 그 남자였다. 자신이 해고되던 그날 저녁에.

그 남자가 지금 자기 앞에 서 있었다. 그리고 자신의 어깨를 세게 쳤다.

"내 딸 좀 가만히 내버려 두시죠! 네?"

칼은 영문을 몰라 얼떨떨했다.

"누구 말씀이십니까? 에피?"

"못 알아듣는 척하지 마시죠! 내가 누굴 말하는지 정확히 알잖아요. 샬롯테는 내 딸이라고요! 걔는 나랑 시간을 보내야 한다고요!"

남자가 칼을 다시 치자, 칼이 중심을 잃고 몇 발자국 뒤로 밀려났다.

"절 도와주고 있습니다."

"당신을 도와주지 말아야 한다고. 당신같이 지저분한 노인이랑 도시를 거닐거나 담배 공장에 가지 말고 집에서 숙제를 해야 한다고. 아직 어린애라고, 젠장! 마지막으로 딱 한 번만 더 경고할게요. 내 딸한테 접근하지 마세요! 알아들었어요?"

물론 칼은 폭력이라는 개념을 알고 있었다. 살인마 잭이 런던 이스트엔드에서 유혈 낭자한 범행을 저지르는 걸 지켜봤고, 벨 UH-I 이로쿼이 전투 헬기를 타고 메콩강 삼각주의 전쟁터를 날았고, 사루만의 오크 군단에 맞서 헬름 협곡에서 싸우고[•], 토이토부르거 발트 전투에서 아르미니우스와 나란히 푸블리우스 퀸크틸리우스 바루스의 군대에도 맞서 싸웠다. 그렇다. 나가사키에서 핵폭탄이 터지는 것도 보고, 삼체인들이 단 하나의 무인 기상 관측 기계로 인간 연합 함대를 무찌른 것도 함께 체험했다[••].

칼에게 폭력이란 직접 체험을 하는 것이 아니라, 읽는 것

• J.R.R. 톨킨John Ronald Reuel Tolkien의 『반지의 제왕The Lord of the Rings』

•• 류츠신Liu Cixin, 刘慈欣의 『지구의 과거地球往事, Remembrance of Earth's Past』 3부작 『삼체三体, Three-Body』로도 알려져 있다.

이었다. 폭력에 반응하는 법에 대해서는 배운 적이 없었다. 칼에게 모든 질문에 대한 답은 책이었다.

"당신에게 딱 필요한 소설이 있습니다. 내용이 정말 좋아요."

칼은 배낭을 벗어 얼른 끈을 풀고 책을 집었다. 원래 지몬에게 주려고 했던 책이었지만, 샤샤의 아버지에게 선물해 주기로 마음먹었다. 제멋대로이면서 모험심이 강하고 깊은 인상을 주는 여자아이에 대한 이야기였다. 이 책을 읽고 샤샤의 아버지는 자신이 얼마나 훌륭한 딸을 뒀는지 그리고 그 딸은 집에 가두어 뒤서는 안 될 아이라는 걸 이해하게 될 것이다. 책은 공룡 무늬가 있는 포장지에 싸여 있었다.

"왜 학교에 내 딸을 찾으러 간 거요? 그 얘기가 내 귀에 안 들어올 거라고 생각했어요?"

또 한 번 밀쳤다. 이번에는 더 강했다. 칼이 중심을 잃어 넘어질 뻔했다. 칼이 책을 샤샤 아버지의 점퍼 주머니에 넣어 줬다.

"와, 지금 나 건드렸어? 당신 지금 나 건드린 거냐고? 이 개자식, 감히 날 건드려?"

샤샤 아버지는 숨이 가빠졌고, 눈에는 작은 실핏줄들이 터져 있었다. 칼은 그 속에서 눈물을 본 것 같았지만, 왜인지는 몰랐다. 칼은 딸을 잃어버릴 수도 있다고, 혹은 딸을 이미 잃어버린 줄로 알고 겁에 잔뜩 질린, 낙담한 아버지와 마주하고 있다는 사실을 인식하지 못했다. 그 아버지는 칼에게만 아니라 이 일이 벌어지게 내버려 둔 빌어먹을 온 세상에도 소리를 질러 대고 있었던 것이다. 칼은 그를 보고, 원래는 착한 녀석이었다가 나중에는 범죄자가 되어 끔찍한 짓들을 벌이는 실러의 도적왕 카를 모어*가 떠올랐다.

칼은 두려움이 엄습해 왔다.

"한 번만 더 내 딸이랑 같이 있는 모습 눈에 띄면 죽여버릴 거야! 알아들었어?"

"하지만…"

칼은 샤샤가 좋은 일을 얼마나 많이 했고, 책방의 비소설 코너 하나보다도 똑똑하고, 책벌레도 그릴 줄 알고, 사실은 고양이인 멍멍이도 입양시켜 주고, 담배 공장에서 연기도 하고, 아무도 못 쫓아갈 만큼 빠른 속도로 저택에 달려 들어갈 수도 있다고 얘기해 주고 싶었다.

그러나 칼에게는 그럴 틈조차 없었다. 샤샤의 아버지는 양팔에 있는 힘껏 힘을 실어 칼의 가슴팍을 밀쳐 버렸다. 이 밀침은 달랐다. 세상을 완전히 뒤집어 버렸다. 저녁 하늘이 더

• 실러Schiller의 『군도Die Räuber』에 나오는 카를 모어Karl Moor

이상 위에 떠 있지 않았고, 바닥은 더 이상 아래에 남아 있지 않았다. 칼은 바닥의 돌이 자신의 등에 턱 부딪히는 걸 느꼈다. 그리고 그 돌은 마지막 순간에 칼의 뒤통수를 찍었다. 그리고 골목에는 그 희미했던 빛마저 사라져 버렸다.

밤 끝으로의 여행[*]

　무더위가 길 위에 아지랑이를 피어오르게 하는 한여름 날에 산책을 나가면 숨을 쉬는 것만으로도 갈증이 날 때가 있다. 그럴 때면 칼은 작은 돌을 사탕처럼 입에 물곤 했다. 혀가 다치지 않을 만큼 둥글어야 했고, 실수로 삼키지 않을 정도로 커야 했다. 그러니까 호수에 물수제비를 띄우기 딱 좋은, 한 여덟 번 정도는 튀어 오를 법한 그런 돌이어야 했다. 칼은 그런 돌을 조약돌이 깔린 앞뜰에서 주워서 입에 넣기 전에 도시에 하나뿐인 음수대에서 깨끗하게 씻었다. 매번 다른 맛에 놀라곤 했다. 단지 돌일 뿐이었는데. 그런데 생각해 보면

● 루이 페르디낭 셀린Louis-Ferdinand Céline의 『밤 끝으로의 여행Voyage au bout de la nuit』

생수도 맛이 다 달랐으니까.

지금 칼이 입속에 물고 있는 돌은 쓰고, 입천장은 상당히 무감각해져 있었다. 칼은 혀로 돌을 움직여 봤다. 그런데 어느새 혀는 허공에 닿았고, 돌은 온데간데없이 사라져 버렸다. 삼킨 걸까? 혹시 넘어져서? 그런데 가만, 지금 걸어가는 중이 아닌 것 같은데? 화물차는 왜 후진을 하면서 삐익삐익 소리를 내고 있는 거지? 길을 비켜 달라는 건가?

칼이 눈을 떴다. 방의 벽 두 면은 노란 파스텔색으로 칠해져 있었고 나머지는 하얗다. 벽면 모두 뭔가 묻으면 쉽게 닦을 수 있는 재질이었다. 칼 옆에서는 어떤 기계가 진정되는 톤으로 규칙적이게 삐삑거리고 있었다. 다른 침대 하나는 비어 있었고 그 위에는 랩 같은 것을 씌워 놓았다. 파티 케이터링 업체에서 제공하는 빵처럼. 그러나 이곳은 파티와는 거리가 멀어 보였다.

칼이 몸을 일으켜 보려고 하다가 자신이 오른팔에 깁스를 하고 있다는 걸 알게 됐다. 왼쪽 다리도 마찬가지였다. 이 상황을 소화시키기 힘든 모양인지, 머릿속이 쿵쿵 울려 댔다.

문 하나는 복도로, 다른 문 하나는 화장실로 향하는 듯했다. 어두운 구석에 텔레비전 하나가 꺼진 채 걸려 있었다. 칼은 이 풍경을 한참 동안 바라봤다. 그러다 침대 옆에 바퀴 달린 서랍장을 더듬어 리모컨과 루터 성경 한 권이 들어 있는 서랍을 여는 데 성공했다.

누군가에게 책을 주려고 했던 것 같다….

기억이 돌아왔다. 분명 샤샤 아버지가 사과하기 위해 곧 나타나겠지. 그리고 샤샤는 자기에게 줄 책 한 권을 챙겨 오겠지. 그 책은 제발 루터가 번역한 책이 아니길.

복도 문이 열리고 초록색 옷을 입은 간호사 한 명이 들어왔다. 칼이 눈을 뜬 걸 보고 웃어 보였다.

"깨어나셔서 다행입니다, 콜호프 씨. 저는 간호사 탄야라고 합니다."

"제 이름을 어떻게 아십니까?"

"신분증에 적혀 있었어요. 신분증은 지갑에 들어 있었고요."

간호사가 옷걸이에 걸린 칼의 올리브색 재킷을 가리켰다.

"안 그래도 책방에서 뵈었던 분이라 누군지는 알고 있었어요. 제가 콜호프 씨 덕분에 『해리 포터』를 알게 되었거든요."

그리고 해리 포터에 대한 열정으로 첫 남자 친구를 만나게 되었다는 둥 계속 수다를 떨었다. 안타깝게도 그 남자 친구는 형편없는 놈이었다는 게 드러나서 헤어졌지만, 해리 포터는 오늘까지도 곁에 남아 있다고.

"저한테 무슨 일이 일어난 거예요?"

칼이 물었다.

"운 나쁘게 넘어지셔서 팔에 약한 골절이 생겼고, 다리에는 복합 골절이 생겼어요. 거기다 뇌진탕이 와서 몇 시간 동안 기절하신 거예요. 자책하지는 마세요. 그 연세에는 가끔 그렇게 넘어지기도 해요."

"하지만 전…."

칼은 말을 꺼내려다 말았다. 실제로 일어난 일을 이야기하면 샤샤 아버지는 책임을 물어야 할 테고, 그 범행 때문에 일자리를 잃을지도 모르는 일이었다.

"여기는 어떻게 온 겁니까?"

"그게 정말 이상해요."

간호사가 빙그레 웃었다.

"그러니까, 구급차에 실려 오신 거 말고, 어떻게 발견되셨는지 이상해요."

"왜요? 어떻게 발견이 됐습니까?"

"머리 잠깐 들어 주세요!"

간호사가 베개를 흔들어 풍성하게 만들었다.

"빌헬름텔길에 사는 주민분이 어떤 개가 미친 듯이 짖어 대서 무슨 일인지 보려고 나가 봤대요. 그런데 그곳에 콜호프 씨께서 쓰러져 계셨고, 그 옆에서 짖는 건 개가 아니었다나 봐요."

"고양이였군요."

칼은 말하면서 눈물이 또 나올 뻔했다. 한번 울기 시작하면 눈물로부터 벗어나지 못하는 모양이었다.

"어떻게 아셨어요?"

"좋은 친구 하나가 떠올랐습니다. 절 좋아하는 게 간식 때문만은 아닌 친구요."

간호사는 머리를 절레절레 흔들고 그 대답이 칼의 뇌진탕 때문이려니 했다.

칼은 창문 너머로 멍멍이에게 조용히 감사 인사를 전했다. 네 녀석의 멋진 정신분열증이 날 살렸구나 하며.

어느새 눈꺼풀이 무거워지더니 눈을 다시 덮어 버렸다.

다시 깨어났을 때는 모든 것이 그대로였다. 단지 저녁만 아침으로 바뀌어 있을 뿐이었다. 칼은 자신의 다리가 움직여 주길 바라고 있다는 것을 느꼈다. 대기 부스에서 총알처럼 달려 나가는 경주마는 아니었지만, 긴 세월 동안 지켜 온 루틴이었기에 책 배달을 나가고 싶어 근질거렸던 것이다. 칼은 자신의 낡은 신발을 찾으려고 두리번거렸다. 길이 잘 들여져 길바닥의 미세한 울퉁불퉁함을 모두 느낄 수 있는 신발이었다. 그래서 신고 있으면 눈을 감고도 자신이 도시의 어느 지역에 서 있는지를 알 수 있었다.

신발 두 짝은 비닐봉지에 담긴 채 방의 반대편 구석에 놓여 있었다. 신으려면 도움이 좀 필요했다. 그래도 신기만 하면 모든 것이 저절로 해결될 텐데.

칼은 상상 속에서 책 배달을 했다. 모두가 칼에게 어디 있었냐고 물었다. 그리고 칼은 별일 없었고 아주 작은 사고가 있었을 뿐이라고 대답했다.

문이 열리자 깜짝 놀랐다. 초록색 간호복을 입은 다른 간호사였다.

"콜호프 씨, 안녕하세요. 저는 라벤나라고 합니다."

칼이 몸을 일으켰다.

"신발 신는 걸 좀 도와주시겠습니까? 그럼 여기서 사라지겠습니다."

간호사가 웃었다.

"안 그래도 탄야가 콜호프 씨가 재미있는 분이라고 하더라고요. 그런데 조금은 더 계셔야 할 것 같아요."

칼은 깁스한 다리를 직접 침대 밖으로 옮겨 보려고 했지만, 전선이라도 건드린 것처럼 갑자기 통증이 다리를 관통했다. 신음 소리가 나왔다.

"움직이지 마세요. 푹 쉬고 나으셔야죠. 머리 들어 보세요."

간호사가 베개를 두드려 부풀렸다.

"그러면 책방에 연락해서 무슨 일이 있었는지 좀 알려 주십시오. 절 찾으시는 모든 분들에게 안내를 해 드릴 수 있도록 말입니다."

"어제 탄야 선생님이 이미 연락을 해 뒀습니다. 여기 병원에 누워 계시고 큰일이 일어난 건 아니라고요. 다른 분들이 걱정 안 하시게요."

고객들은 분명 이미 책방에 문의를 해 보고 곧 병문안을 올 것이다.

"여기 혹시 책이 있습니까? 아무 책이든 상관없습니다."

간호사가 서랍을 가리키면서 무슨 말을 하려고 하자 칼이 선수를 쳤다.

"너무 무거운 건 아니었으면 좋겠어요. 왼손으로 들어야 해서요."

"그러면 없네요. 여기는 환자용 도서관도 없어요. 필요하시면 저희 매점에서 잡지는 하나 사다 드릴 수 있어요."

"매점에 혹시 스티븐슨의 『보물섬』이 있을까요? 아니면 카를 마이 책이라든가."

구스타프에게 좋은 건 자기에게도 좋았다.

"존 싱클레어˙만 있는 것 같아요. 그건 저희 과장 선생님이 늘 사서 보시거든요. 그리고 어린이를 위한 『재미있는 포켓북』˙˙도요."

_____

˙ 제이슨 다크Jason Dark 작가 그룹의 『유령 사냥꾼 존 싱클레어Geisterjäger John Sinclair』시리즈

˙˙ 디즈니 캐릭터가 나오는 만화 월간지

"그걸로 하겠습니다."

칼이 말했다. 그런데 문득 이제는 돈이 단 한 푼도 없다는 사실이 떠올랐다.

"아, 아닙니다."

곧 샤샤가 올 것이다. 자기에게 줄 책을 가지고. 어쩌면 강아지 달력을 가지고 올지도 모른다. 그리고 또 다른 책벌레 그림을 가져온다면 분명 여기다 걸어도 될 것이다.

하지만 샤샤는 오지 않았다. 그 누구도 오지 않았다.

그날도, 그다음 날들도.

간호사, 간호조무사와 의사들만 들락거렸다. 똑같은 레퍼토리를 계속 다른 배우들이 연기하는 극장에 온 것만 같았다. 공연은 늘 같은 시간에 시작했고, 대사만 조금씩 바뀌었다. 그들은 먹고, 옷을 갈아입고, 씻고, 배출하는 일을 도왔다. 빠르고 능숙하게 그리고 때로는 거칠게.

그들은 칼을 보러 오는 게 아니라, 칼에게 어떤 작업을 하기 위해 오는 것뿐이었다.

아무도 칼을 보려고 하지 않았다.

저녁때는 개 짖는 소리가 가끔씩 들렸다. 자기를 그리워하는 멍멍이의 울음소리일 거라고 스스로를 위안했다.

자기가 초인종을 왜 더 이상 안 누르는지 아무도 궁금해하지 않는 건가? 자신이 그렇게 별 볼 일 없는 사람이었나?

지난 몇 해 동안 그 누구보다 더 자주 봤던 사람들인데?

결국 퇴원할 때까지 아무도 칼을 찾아오지 않았다. 칼은 그럴 일은 없을 거라고 생각은 했지만 마음속으로는 모두가 입구에 서서 자신을 기다리고 있기를 바랐다. 그리고 그 장면을 샤샤가 쓰는 색연필로 색칠해 보았다. 저마다의 특징들을 그리고, 모두가 따뜻하게 웃고 있는 모습을 그렸다.

목발을 짚고 혼자 병원 앞에 섰을 때, 눈에 익숙한 것이 아무것도 없었다. 이곳은 칼의 세상이 아니었다. 택시를 탈 돈은 없었고, 병원에서 누군가에게 돈을 꾸는 건 자존심이 허락하지 않았다. 그래서 지나가는 사람에게 대성당이 어디에 있는지 물어보고 길을 나섰다.

목발을 짚고 3킬로미터 이상을 걸으니, 자주 쉬었다 갈 수밖에 없었고, 세 번 미끄러졌고 몇 개의 찰과상 그리고 겨드랑이의 고통을 감수해야 했다. 다락 층에 있는 집에 도착해 문을 잠근 칼은 바로 바닥에 쓰러져 잠이 들어 버렸다.

빨랫줄은 산악인의 안전 로프처럼 벽을 따라 지나가고 있었다. 칼은 창문 손잡이들과 라디에이터에 줄을 묶어 서랍장이나 장 위로도 팽팽하게 지나가도록 했다.

그다음은 빈 책장 차례였다. 텅 비어 있는 걸 더 이상 참지 못해서 책장 안쪽에 사인펜으로 책등을 그리기 시작했다.

칼은 소중히 여겼던 책들이 어디에 꽂혀 있었는지 정확히 기억하고 있었다. 어쩌다 제목이 생각나지 않는 자리에는 이미 읽었어야 하는 중요 작품의 제목을 써넣었다. 침실에는 마르키 드 사드와 자코모 카사노바의 작품들을 그려 넣었다. 단지 에로틱한 언어예술가들을 현실 속 자신의 슬픈 침대와 마주보게 하기 위해서였다. 아름다운 책들의 제목을 쓰고 있으니 자신이 어떤 보물들을 잃어버린 건지 더 뚜렷하게 실감했다. 모든 책이 빠져나간 방의 울림도 완전히 달랐다. 동굴에 있는 것처럼 울렸다. 그래서 칼은 큰 소리로 말하는 걸 그만두었다.

칼은 더 이상 문밖으로 나가지 않았다. 팬트리에는 피클, 귤, 설탕이 조금 들어간 배 반쪽과 간이 약한 와인 사우어크라우트 같은 통조림이 몇 개 있었다. 많이 먹지도 않았고, 배도 거의 고프지 않았다. 날마다 먹는 양을 조금씩 줄였다. 언젠가 자신의 몸이 아침에 일어날 가치가 없다고 스스로 판단을 내릴 때까지 자신의 사라짐에 박차를 조금 더 가하기로 결심한 것이다.

칼은 죽음이 두려운 적이 없었다. 공원묘지에 팬지꽃을 공급하는, 도시 성문 밖 마을에서 태어나고 자랐다. 당시에는 다양한 색으로 활짝 피었던 죽음이었지만 어린 청소년기 때부터 늘 자신과 동행하고 있었다.

사흘째는 한때 자신의 것이었던 도시의 풍경을 더 이상

견딜 수가 없어서 블라인드를 모두 내려 버렸다. 이제 그곳은 낯설고 위험했다. 수십 년 동안 산책하면서 신발 바닥으로 길 바닥의 돌들을 닳게 하고, 사람들이 자신에게 호의적이었던 그 도시가 아니었다.

사람들이 자기를 바닥으로 밀치고 잊어버리는 도시였다.

칼은 머리와 팔과 다리의 고통이 한 번씩 치솟을 때 오히려 다행이라는 생각까지 했다. 이 슬픔으로부터 신경을 돌리게 해 주는 유일한 것이기 때문이었다.

머지않아 날짜는 더 이상 헤아리지 않게 되었고, 벨트는 점점 조여야 했다. 결국 통조림 따개로 벨트에 구멍을 더 뚫기에 이르렀다. 더 이상 낮인지 밤인지도 알 수 없었고, 거의 침대에 누워 천장을 바라보거나 잠깐 졸거나 골똘히 생각했다.

책 없고 산책 없는 책 산책가라니, 아무것도 남은 것이 없다고 생각했다. 자신에 대해 아는 사람이 아무도 없는 건 당연했다. 자기는 이미 없었으니까.

칼은 늘 책을 읽다가 죽음을 맞이하는 걸 꿈꿔 왔다. 죽음으로 넘어가는 순간을 인지하지 못할 정도로 흥미진진한 책을 손에 들고.

낡은 전화번호부가 돈으로 바꾸지 못한 유일한 책이었다. 실제로 읽지는 않았지만, 손가락 끝이 종이 위를 스치고 책장을 조용히 넘기는 그 느낌은 위안이 됐다.

빌헬름텔길에서 칼에게 한바탕 퍼부은 후 샤샤 아버지는 아홉 살 딸의 모든 책들을 안마당 쪽으로 난 창밖으로 모두 던져 버렸다. 샤샤는 비명을 지르고 아버지가 움직이지 못하게 다리에 매달려도 봤지만, 책들은 한 권, 한 권, 연달아 창밖으로 내던져지고 활짝 펼쳐진 채 바람에 푸드득거리며 흰 비둘기처럼 날아가다 바닥에 픽 하고 떨어졌다. 안마당에 떨어진 책들은 추락한 듯 놓여 있었고, 어떤 책들은 깃털이 멀리까지 흩어져 있었다.

샤샤는 온 세상이 물속처럼 보였다. 그렇게 많이 울었다. 아버지가 소리를 지르며 방을 나간 뒤에도 계속 울었다. 아버지가 뉴스를 보고 있다는 걸 알아차릴 때까지.

샤샤는 몰래 집에서 나와서 조용히 계단을 내려가 안마당에 떨어진 보물들을 주워 모아 떨어져 나간 책장들도 모두 정리했다. 방으로 돌아와서는 책을 모조리 침대 밑 상자에 넣어 숨겼다. 그 앞에는 이 책들을 지킬 봉제 인형들을 세워 두었다.

이날부터 외출 금지를 당한 샤샤는 저녁마다 창문을 크게 열어 놓고 대성당 광장을 내려다봤다. 책 산책가가 지나가면 손이라도 흔들어 주고 싶었다. 하지만 칼은 오지 않았다.

이건 전혀 칼 할아버지답지 않았다. 게다가 정말 잊어버리고 싶은 이상한 꿈을 꾸었다. 그 꿈 때문에 칼에게 무슨 일이라도 생길까 봐 겁이 덜컥 났다. 그래서 책방에 전화를 걸었다. 하지만 칼은 이제 더 이상 책방에서 일하지 않는다는 답변만 돌아왔다. 그리고 지금 바쁘다고. 그리고 흥신소도 아니니 칼의 주소는 알려 줄 수 없다고. 샤샤는 자비네 그루버가 얼마나 짜증이 나 있는지 느낄 수 있었다. 하지만, 상상할 수 없을 정도로 많은 사람이 칼을 찾아서 그랬다는 사실은 알지 못했다. 매일 점점 더 많은 사람이 칼을 찾는 듯했다. 그 중에는 책을 한 번도 사지는 않았지만, 매일 저녁 7시면 초록색 옷에 벙거지를 쓰고 책 배달을 나오는 그 노인도 대성당처럼 도시의 일부라고 생각하는 사람들도 있었다.

샤샤는 칼을 찾기로 결심하고 관련 있는 전문 서적들, 본인이 가지고 있는 탐정소설들을 연구했다. 세 물음표•와 다섯 친구들•• 모두 한마음 한뜻이라는 게 금방 드러났다. 남몰래 숨어서 이상한 일이 벌어진 현장으로 가야 했다. 다행히도 책을 통해 경비가 없는 후문이 조사가 필요한 장소라는 사실을 알게 됐다. 가끔은 수상쩍은 직원 몇몇이 사장의 눈을 피해 그 앞에서 담배를 피우고 있었다.

샤샤는 자신의 탐정 증명서, 비밀 공간이 있는 탐정 시계,

• 『세 물음표Die drei Fragezeichen』 시리즈

•• 슈테판 볼프Stefan Wolf의 『TKKG 탐정사무소Ein Fall für TKKG』

모퉁이 뒤를 볼 수 있는 잠망경, 탐정용 따발총과 비밀 잉크 펜을 책가방에 챙겼다. 이 장비들은 이때만을 기다려 왔다!

다음 날 학교가 끝나고 샤샤는 암 슈탓토어 책방으로 달려갔다. 하지만 아쉽게도 책방에서 뒷문을 찾을 수도 없었고 매수하거나 탐정용 따발총으로 위협할 수 있는 담배 피우는 수상한 직원들도 없었다. 사실은 뇌물로 내놓을 것도 없었다. 하지만 피노네 펭귄 아이스크림 큰 거 하나면 충분했을 것이다. 맛이 정말 끝내줬으니까!

결국 정문으로 잠입을 해야 했다.

샤샤는 가짜 파일럿 안경이 달린 모자를 더 깊숙이 눌러 쓰고 노란 겨울 점퍼의 옷깃을 세웠다. 자신을 알아보는 사람이 없어야 했다. 그리고 책방의 가장 구석진 곳으로 가서 책 한 권을 책장에서 뺐다. 위장 잠입이 탄로 나면 안 되니까.

그런데 책을 펴자마자 누군가가 옆으로 다가왔다.

"너 에로소설 칸에서 뭐 하니?"

레온이 웃었다.

"으악!"

샤샤가 소리를 내질렀다. 『사로잡는 욕정』*을 책 더미 위

• 오드리 칼란Audrey Carlan의 『트리니티Trinity』시리즈 중 1권 『사로잡는 욕정Verzehrende Leidenschaft』

로 던져 버리고 자기도 모르게 손을 겨울 점퍼에 닦고 책에서 몇 발자국 떨어졌다. 샤샤는 텔레비전에서 키스하는 장면만 나와도 너무 부끄러웠다.

"특별히 찾는 책이 있는 거니?"

레온이 해야 하는 질문이었다. 하지만 레온은 어떤 책이 책방 어디에 꽂혀 있는지 전혀 몰랐다. 대충 방향만 알 뿐이었다.

"칼 할아버지 알아요? 책 산책가 말이에요."

"그 할아버지 이제 여기서 일 안 해. 사장님이 쫓아냈거든."

"네? 왜요?"

"어떤 남자가 와서 칼 할아버지가 산책할 때 자기 딸을 데리고 다닌다고 항의를 했거든. 그것도 엄청 크게 소리 지르면서. 사전에 허락을 받은 것도 아니고, 자기가 아버지라나 뭐래나, 뭐 그런 얘기들을 하고 갔어. 난 칼 할아버지보다 어린 아이를 더 잘 볼 사람도 없을 것 같은데. 칼 할아버지는 진짜 괜찮은 분이시거든."

아니, 어린애라니. 뭘 알지도 못하면서!

"제가 칼 할아버지가 길에서 잃어버린 걸 갖다 드려야 하거든요. 열쇠요. 그런데 어디에 계신지를 몰라서요."

"내가 집 주소를 알려 줄게. 아직 사무실에 걸려 있거든.

따라와 봐."

레온은 샤샤를 창문 없는 뒷방으로 데려갔다. 벽에 걸려 있는 종이에는 모든 직원들의 이름, 주소와 전화번호가 적혀 있었다. 샤샤는 칼의 정보를 야무지게 사인펜으로 손등에 적었다. 첫 탐정 임무에 이런 큰 수확이라니!

갑자기 자비네 그루버가 샤샤 뒤에 서서 의미심장한 미소를 짓고 있었다.

"레온, 이 여자애랑 여기서 뭐 하니? 네 여자 친구 하기에는 너무 어리지 않니?"

"저 아홉 살이에요!"

샤샤가 분해하며 대꾸했다.

"사실 거의 열 살이에요. 그리고 여자애들은 남자애들보다 2년 빠르다구요. 어떤 애들은 3년이나 빠르구요."

샤샤의 말투는 자신이 확실히 후자의 그룹에 속한다는 걸 알려 주고 있었다. 레온은 기가 꺾여 작은 목소리로 대답했다. 인턴 기간이 끝난 후 뜻밖에 자비네 그루버가 준 알바 자리를 잃고 싶지는 않았다.

"학교에서 알게 된 동생이에요. 우연히 지나가다 들렀대요."

"그런데 여기 뒤에서 뭘 하는 거야? 이 방은 고객들이 들어오면 안 되는 거 알잖아. 이 엉망진창인 곳을 보면 우리를 어떻게 생각하겠어?"

"여기서 인턴을 하고 싶대요. 그래서 여기저기 좀 보여 주고 설명해 주고 있었어요. 돼지우리 같은 이곳도 별로 나쁘지 않다고 생각했어요."

"전혀 나쁘지 않아요. 제 방이 더 엉망이에요. 그러니까 가끔 말이에요. 자주는 아니지만, 어쩌다가요."

"미래의 인턴이 그렇다는 게 안심이 된다고는 말 못 하겠네. 이제 나가지, 둘 다?"

그리고 샤샤를 내려다보며 말했다.

"넌 인턴을 하기에는 아직 너무 어려. 책은 좀 읽니?"

"아뇨."

샤샤가 퉁명스럽게 대답했다. 이 아줌마랑은 독서와 책에 대한 이야기는 하고 싶지 않았다. 책 얘기는 좋아하는 사람들하고만 할 수 있었다. 그런데 이 아줌마는 칼 할아버지를 해고시킨 사람이었다.

"그러면 여기서 일은 못 하겠구나."

자비네가 멈칫했다.

"거기 잠깐, 네 손에 뭐라고 적혀 있는 거니? 콜호프라고 적혀 있는 거야? 이리 보여 줘 봐."

이런! 도대체 왜 비밀 잉크 펜으로 쓰지 않았던 거야? 이유는 이랬다. 열기를 쬐어 줘야 글자가 다시 보이기 때문이다.

그게 너무 뜨거울까 봐 겁이 났다.

　자비네 그루버는 샤샤의 손목을 붙잡으려고 했지만 샤샤는 곧바로 도망쳤다. 땅 따먹기 놀이를 하면서 그렇게 뛰어다니고, 칼 주변으로도 늘 뛰어다니는 이 아이에게는 책방의 탁자들과 책장들을 요리조리 피해 가는 게 식은 죽 먹기였다.

　자비네 그루버에게는 아니었다.

　샤샤는 책방을 빠져나와서도 멈추지 않고 손등에 적힌 주소로 바로 달려갔다. 중간중간에 잠깐 뒤돌아보긴 했지만, 자신을 뒤따라오는 사람은 없었다. 그런데도 칼의 다세대주택에 도착했을 때도 지체하지 않고 곧바로 초인종을 눌렀다. 그 초인종이 맞는지는 확실하지 않았다. 옆에 E.T.A 콜호프라고 적혀 있었기 때문이다. 다른 이웃들 중에 같은 성을 가진 사람이 없었으니 그 집이 맞을 것이다. 스피커에서는 아무 목소리도 들리지 않았고, 문을 열어 주는 소리도 나지 않았다. 샤샤는 얼른 모든 초인종을 눌렀다. 누군가가 스피커 너머로 누구시냐고 묻자, 그냥 "우편물이요"라고 대답했다. 자기가 사는 집에서도 그랬다.

　잠금 장치가 열리는 소리가 들리고 샤샤는 문을 열 수 있었다. 계단을 뛰어 올라가 집집마다 그 문 뒤에 칼이 살고 있는지, 문패를 확인했다. 칼의 이름을 발견하자 바로 초인종을 연달아 세 번이나 울렸다.

하지만 칼은 문을 열어 주지 않았다. 더 이상 우편물을 받고 싶지 않았다. 어차피 와도 독촉장이나 진저리가 나는 광고 전단들뿐이었으니까.

샤샤가 문을 두드리자 칼은 욕실에 들어가 문을 걸어 잠그고 라디오를 크게 틀어 버렸다. 그래서 샤샤가 자기를 부르는 소리를 듣지 못했다. 그리고 샤샤가 크게 우는 소리 역시 듣지 못했다.

집에 돌아온 샤샤는 옷걸이에 걸린 아버지의 점퍼를 발견했다. 이 시간에 걸려 있을 점퍼가 아니었다. 거실에서는 텔레비전 소리가 들려왔다.

"아빠?"

샤샤는 아무도 대답하지 않기를 바랐다. 어떤 소리도 놓치지 않으려고 숨을 참았다. '하나, 둘, 셋, 넷, 다섯, 여섯, 일곱… 할머니가 순무를 삶고… 할머니가 베이컨을 굽지… 그리고 너는 나가고 없지.'* 돌아오는 대답이 없었다. 다행히 아직 안 온 모양이었다.

"우리 딸 왔니? 아빠한테 와 볼래?"

---

* 독일 구전 동요

화가 난 샤샤가 쿵쾅거리면서 가나가 긴장한 채 기실에 들어섰다. 자기 책들이 모두 상 위에 있었다. 아버지가 침대 밑에서 발견하고 거실로 가져온 것이었다. 봉제 인형들도 소용이 없었구나.

"이리 앉아 봐, 샬롯테. 얘기 좀 하자."

"저 아무 짓도 안 했어요! 다 주워야 했다구요. 안 그랬음 이웃집들이 뭐라고 했을 거예요. 특히 2층 카친스키 아줌마요. 그리고 전 책 산책가랑도 같이 안 돌아다녔어요! 맹세할 수 있어요!"

"앉아 보라니까, 응?"

"아, 진짜라구요!"

샤샤는 자기 몸을 던져 소파에 앉았고 자신을 보호하듯 무릎을 가까이 당겼다.

"벌이 뭔지 그거부터 알려 주세요."

샤샤 아버지는 의아한 듯 눈썹을 오므렸다.

"벌이라고? 아직 생각해 본 게 없는데. 그러고 있으니 아마도 줘야 할 것 같네."

"그럼 지금 생각하세요. 지금 당장 알고 싶어요. 그걸 기다리는 게 제일 싫다구요."

"내가 가끔 그러니?"

평소의 힘 있는 목소리가 아니었다.

"그러니까 벌이 뭔지 안 알려 주고 기다리게 만든다는 거야?"

"몰라요. 네, 가끔요. 아빠는 어른이잖아요. 어른들은 그래요. 벌이 뭔지 이제 좀 얘기해 줘요."

샤샤의 아버지는 책을 가지런히 쌓아 올렸다.

"이게 제대로 된 벌인지는 모르겠네."

"어떻게 그걸 모를 수가 있어요? 난 바로바로 알겠던데. 벌은 다 바보 같거든요."

아버지가 책 더미를 샤샤 쪽으로 밀었다. 말을 꺼내기 전에 샤샤를 오래 바라보았다.

"벌은, 내가 널 네가 있는 그대로 둬야 한다는 거야. 종잡을 수 없고 자유롭게."

샤샤는 똑바로 앉아 고개를 갸우뚱했다. 도대체 아버지가 무슨 말을 하는 거지?

"아빠, 그게 무슨 얘기예요?"

"그리고 내가 너랑 시간을 좀 더 보내야 할 것 같아. 그 나이 많은 책방 직원보다 내가 널 더 모르고 있더라고."

아버지가 샤샤 옆에 앉았다.

"있지, 내가 그 사람을…."

샤샤의 아버지는 심호흡을 했다.

"내가 그 사람에게 너무 화가 나서 그리고 너에게, 아니

사실은 나 자신에게 화가 났지. 지금은 이해를 못 하겠지만, 나중에 네가 크면 얘기해 줄게.”

물론 샤샤는 아버지의 말을 아주 잘 이해했다. 하지만 어른들이 자기는 이해하지 못할 거라고 생각하는 것에 이미 익숙해져 있었다.

“내가 그 사람, 그러니까 네 칼 할아버지한테 가서 얘기를 했어. 그러니까 뭐라고 했지. 아주 큰 소리로.”

아버지가 고개를 떨구었다.

“솔직히 말하자면 소리를 지르고 밀쳐 버렸어. 칼 할아버지가 휘청거리고 넘어질 만큼.”

샤샤는 이제 소파에 서 있었다.

“다시 일으켜 드렸어요?”

“아니, 난 쓰러진 그 사람을… 그대로 두고 왔어.”

“아빠 정말 못됐어요! 정말 못된 사람이에요! 아빠가 더 이상 내 아빠가 아니었으면 좋겠어요!”

샤샤는 자기 방으로 뛰어가 곧바로 문을 잠가 버렸다. 샤샤의 아버지는 샤샤가 문을 열도록 강요하지 않았다. 대신 문 앞 바닥에 앉아서 말을 이어 갔다. 샤샤가 스스로를 경멸하고 있는 자신의 얼굴을 보지 않아도 되어서 한편으로는 오히려 다행이라고 생각했다. 샤샤는 자기의 모든 것이었는데, 자신은 매일 샤샤에게 늘 부족하고, 충분히 따뜻하지도 못하고,

충분히 사려 깊지도 못하고, 충분히 똑똑하지도 못하다는 생각을 하고 있었다.

함께하는 시간을 충분히 갖지 못하고 있다는 자책감이 가장 컸고, 시간을 같이 가지더라도 의미 있게 보내지 못하고 있다는 생각이 들었다. 샤샤가 자신에게서 매일매일 한 발짝씩 멀어지고 자꾸만 더 작아져서 이제는 샤샤를 알아볼 수 없을 정도가 되어 버렸다. 어쩌면 그게 정상일지도 모르지만, 그는 샤샤의 심장 소리를 다시 느끼고 싶었고, 심장이 무엇을 위해 뛰는지도 알고 싶었다.

그래서 책을 읽었다.

"네가 나한테 책을 읽으라고 자주 얘기했잖아. 그게 정말 멋질 것 같다고. 그런데 저녁에 퇴근하고 오면 너무 피곤한데, 책은 시간을 많이 투자해야 할 것 같았어. 그래서 시작을 아예 못 했지. 그런데 너의 그 칼 할아버지가 나한테 책 한 권을 주더라고. 그 소설이 아주 아름답고 나에게 딱 맞는 소설이라고. 책이 포장되어 있더라고… 공룡이랑 날아다니는 익룡 같은 게 그려져 있는 애들 포장지에. 그런 포장에 도대체 무슨 책이 있을까, 그것도 나를 위한 책이라니? 그 자리를 얼른 뜨고 싶어서 바로 버리지는 못했어. 다른 사람이 내가 그 노인을 밀었다는 걸 주장하면 안 되니까."

"하지만 그랬잖아요!"

방 안에서 샤샤가 소리 질렀다.

"그래, 맞아. 하지만 다른 사람들은 그 사실을 몰랐으면 했어. 집에 와서는 포장을 뜯고 바로 서랍에 넣어 버렸어. 그냥 사라졌으면 해서. 더 이상 보고 싶지 않았거든."

"도대체 왜 안 읽었어요? 칼 할아버지는 어떤 책이 도움이 되는지 아는데!"

"애들이 보는 책이었어. 내가 어릴 때도 안 본 책이야."

아버지는 문에 손을 갖다 댔다.

"그런데 내가 창문 밖으로 던진 책들을 네가 줍는 걸 보게 된 거야. 내 말 오해하지 말고 들어. 나에게도 그럴 정당성은 있잖아. 넌 나한테 거짓말을 했어. 그것도 몇 주 동안이나. 숙제를 했다면서? 그런데 그 책방 직원이랑 돌아다니고 있었잖아. 내가 못 나가게 했을 때조차도. 뭐, 지금은 그게 중요한 건 아니고. 네가 네 책들을 얼마나 소중하게 아끼고 있는지를 보게 된 거야. 그런데 내가 그 책들을 내던져 버려서 마음이 너무 안 좋더라고."

"당연히 그래야죠!"

샤샤의 아버지는 웃음이 나왔다.

"너랑 다시 조금 가까워지고, 어떻게든 너한테 내 미안한 마음도 전해졌으면 해서 네 칼 할아버지가 준 책을 읽어 보게 된 거야. 처음에는 몇 장 못 읽었어. 네가 드디어 이 닦고 침대에 눕고 나면 정말 너무 피곤했거든. 그런데 언젠가부터 그 책에 빠지게 되더라고. 제목이 『산적의 딸 로냐』였고, 이상하게 네 얘기 같았어. 그리고 멍청한 아버지 얘기이기도 해. 그러니까 나에 대한 얘기는 아니지."

"네네, 그렇게 생각하고 싶으신 거겠죠!"

샤샤 아버지는 그 책이 제 갈 길을 가야 하는 소녀에 대한 이야기라는 걸 제대로 이해하고 있었다. 그리고 소녀에게, 산적 두목일지라도 아버지가 필요하다는 사실도. 물론 그 소녀를 좋아하게 된 비르크라는 소년 이야기이기도 했다. 지몬도 이해했을 것이다. 그런데 지몬은 로냐의 아버지 마티스가 어떻든 신경도 안 썼을 것이다.

"다시 책 산책가한테 가도 돼. 단, 나랑도 시간을 보내고 같이 뭔가를 한다는 조건에서 말이야. 독서는 빼자고. 괜히 오버하고 싶진 않으니까. 네 생각은 어때?"

샤샤는 아무 말이 없었다. 오늘 저지른 일을 아버지에게 사실대로 말할 수 있는 적절한 타이밍인 걸까? 어쨌거나 방문은 잠겨 있고 화나도 들어오진 못할 테니까. 이 기회를 이용해서 용돈을 올려 달라고 할 수도 있었다. 하지만 지금은 칼이 더 중요했다. 훨씬, 훨씬 더 중요했다.

"지금 아빠가 나한테 나쁜 일을 한 걸 얘기해 줬는데, 제가 엄청 착하게 들어 줬잖아요. 그죠? 이해심 있게 그리고 꼼

하지도 않게.”

“지금 그 애길 하는 이유가 뭐야?”

“그래요, 안 그래요?”

“뭐, 그렇긴 한데….”

“좋아요. 이 말 꼭 기억하세요!”

방에서 샤샤가 일어나 까치발로 섰다.

“칼 할아버지가 며칠 동안이나 대성당 광장에 나타나질 않았어요. 그리고 지난밤에 제가 이상한 꿈을 꿨거든요. 그러니까 웃겨서 이상한 게 아니고 기묘하게 이상한 꿈이요. 그래서 겁이 났어요. 칼 할아버지가 책을 읽는데 읽는 단어마다 사라져 버리는 꿈이었어요. 페이지들이 텅 비고 하얘져 버렸어요. 특별한 책 한 권은 읽지 않으시려고 했어요. 그 속에 있는 단어도 모두 영원히 사라질 테니까. 그런데 누군가가 그 책을 읽으라고 강요했어요. 그게 누구인지는 까먹었어요. 어제까지는 알고 있었는데. 어쨌든, 단어들이 또 사라지고, 칼 할아버지도 사라져 버렸어요. 그 책이 할아버지에 대한 책이었거든요. 그래서 저도 찾으러 갈 수밖에 없었어요!”

“그래서 오늘 학교에서 늦게 온 거야?”

“칼 할아버지 이제 책방에서 일 안 하신대요. 아빠 때문에요. 아빠가 다녀가고 사장님이 쫓아냈대요.”

제법 긴 시간 동안 아무도 말이 없었다.

"정말… 죄송하구나…."

진심으로 그랬다. 그런데 그때는 그게 자신이 원한 결과였다. 가끔은 소원이 이루어지는 게 저주가 되기도 했다.

"그건 아빠가 다시 되돌려 놔야 해요! 꼭이요!"

"내가 다 말씀드리면 거기 사장님이 다시 고용해 주실 것 같니?"

"칼 할아버지가 너무 걱정돼요! 책방에서 주소를 얻었거든요. 그런데 할아버지가 문을 안 열어 줬어요."

"집에 안 계셨던 게 아닐까? 장을 보러 가셨다거나."

"아닐 거예요."

샤샤는 고개를 흔들었다.

"뭔가 잘못된 느낌이에요, 아빠. 정말 엄청 걱정돼요. 도와주실 거예요?"

"한 가지 조건이 있어."

"무슨 조건이요? 진짜 지금 상황에서 이상한 건 말하지 마요."

"방에서 나온다는 조건 말이야. 지금 바로 출발할 거니까."

샤샤 아버지가 힘껏 문을 두드리는 소리는 욕실에 있는 칼도 안 들을 수가 없었다. 그 소리 때문에 이웃들도 뻐꾸기시계의 뻐꾸기처럼 집에서 내다보고들 있었다. 그리고 거세게 항의를 했다. 그 소리 역시 칼의 귀에 들렸다. 그 소리가 점점 거세어지는 것도 들렸다. 날아드는 욕 폭격마다 자신이 더 약하게 느껴졌다. 제발 다시 조용해지기만을 바랐다. 문을 열어 등기를 받아 오는 것 말고는 다른 선택지가 없었다.

"가요 가!"

문 두드리는 소리가 제발 멈추도록 칼이 외쳤다.

"몇 분만 기다려 주세요."

칼은 옷을 제대로 챙겨 입고 머리를 정돈했다. 면도할 시간은 없었지만, 이대로 나가도 괜찮을 정도였다. 독촉장을 받아들일 때는 적어도 멀끔하게 보여야지. 가짜 미소도 없었다. 에피의 것이었다. 에피에게는 더 이상 필요 없었으니.

한 손으로 빨랫줄을 잡고 중심을 잡았을 때 다른 손으로 문을 열었다.

"할아버지 모습이 왜 그래요?"

샤샤가 걱정스러운 듯 앞으로 다가가 칼의 볼을 쓰다듬었다.

"혹시 어디 아프신 거예요?"

칼은 샤샤의 아버지를 보고 뒤로 물러났다.

"날 내버려 두시오."

"다리는 어떻게 된 거예요? 팔은 왜 이렇게 뻣뻣하고. 아니면 보기에만 그런 거예요?"

샤샤가 팔을 만지려 하자 칼이 팔을 뒤로 뺐는데, 팔을 완전히 뒤로 뻗지 못한다는 것이 더 뚜렷이 보였다.

"그냥 가세요! 더 이상 아무도 만나고 싶지 않습니다."

샤샤 아버지가 혀끝으로 입술을 적셨다. 이 상황에 능숙하게 대처하는 법을 몰랐다. 누군가에게 고개를 숙이는 건 약한 모습이라고 늘 주입을 받아 왔다.

"그게… 제가 그때 콜호프 씨를 밀어서 정말 죄송합니다. 정말 정중히 사과드리고 싶습니다. 지금 이 모습이 되신 게 제 탓인…?"

칼이 문을 쾅 닫아 버렸다.

칼은 더 이상 없었다. 더 이상 없는 사람은 다른 사람들과 말을 할 수가 없었다. 인간 칼 콜호프, 자신에게 관심 있는 사람이 나타나기를 하루 종일 그렇게 기다렸건만. 이제는 칼 콜호프가 다른 사람들에게 더 이상 관심이 없었다.

그날 밤 샤샤는 자지 않고 계획을 꾸몄다. 탐정 장비 같은 어린애들이나 가지고 노는 건 저리 치워 버렸다. 이건 진지한 사안이었다. 칼이 코앞에서 문을 쾅 닫아 버리고 난 후, 샤샤는 칼의 고객 한 명 한 명과 이야기하기 위해 아버지와 함께 이들을 찾아갔다. 책 산책가는 다시 거리로 나와야 했고, 그러기 위해서는 도시 전체가 필요했다.

샤샤는 계획을 이야기처럼 써 내려갔다. 어떤 순서로 일이 진행되어야 할지를. 다이어리의 빈 페이지들이 가득 채워졌다. 줄 그어 지우고 고치고, 내용을 보탠 곳에는 별표를 하고. 몇 시간이 걸렸다. 모든 건 이 문장으로 시작했다.

'칼 할아버지가 문을 열어 줬다.'

칼 할아버지가 문을 열어 줬다. 스피커를 통해서 들으면 모두가 남극의 눈보라 속에 서 있는 것처럼 들렸다.

"콜호프 씨, 책 배달이에요. 암 슈탓토어 책방에서 왔습니다."

샤샤는 목소리를 아주 낮게 깔았다. 중얼거리면서 중간에 헛기침도 했다. 칼의 집 현관 앞에 도착할 때까지도 목이 까칠했다. 칼이 문을 조금만 열 거라고 예상했기 때문에 그 작은 틈 사이로 얼른 뛰어들려고 마음의 준비를 해 뒀다.

문이 열리자 샤샤가 기뻐서 웃었다. 칼은 누군가의 웃음소리를 들은 지도 한참 되었다. 게다가 이렇게 예쁜 웃음은 못 들은 지 더 오래됐다.

"책과 함께 사시는 분, 잘 지내셨어요?"

샤샤가 인사하며 호기심 가득한 눈으로 방 하나를 들여다봤다.

"아니, 근데 책들이 다 어디로 간 거예요?"

샤샤는 다음 방으로 뛰어가 봤지만, 거기에도 책은 단 한 권도 없었다. 매트리스 없이 침대의 틀만 있을 뿐이었다.

"다 어디에 있는 거예요?"

칼은 손으로 빨랫줄을 잡으며 샤샤에게 다가갔다.

"다 어디에 있냐고?"

칼은 자신의 머리와 가슴을 가리켰다.

"여기 그리고 여기."

"제가 무슨 말 하는지 아시잖아요!"

"팔았어. 거기에 대해서는 더 얘기하고 싶지 않다."

그제야 칼이 더 이상 칼의 모습이 아니라는 게 분명히 보였다. 얼굴은 너무 야위었고, 자세는 너무 구부정했고, 늘 깨어 있던 눈은 피로해 보였다. 칼을 보니 다아시의 꽃시계에 있던 꽃 한 송이가 떠올랐다. 밝은 빛이 비추기 전에 고개를 떨어뜨리고 봉오리를 닫고 있던 꽃이.

샤샤에게 할 일이 생겼다. 오늘, 칼의 태양이 되어 주기로 했다!

"준비되셨어요?"

"무슨 준비?"

"당연히 할아버지의 일을 할 준비죠."

"이런. 샤샤, 난 이제 더 이상 책방 일을 하지 않아. 내 인생에 그 시기는 이제 지나갔어. 여기까지 오는 수고를 덜 수도 있었을 텐데."

"수고라뇨. 이제 계단을 내려갈 거예요. 제가 부축해 드릴게요. 저 지난주에 또 컸어요."

"다 부질없는 짓이야. 이제 놓으렴."

"저한테 부탁 하나 빚진 거 기억하시죠? 지금 당장 갚으세요!"

그리고 싱긋 웃었다. 칼은 샤샤를 한참 바라봤다.

"이것도 다 네가 계획한 거지?"

"이미 빠져나갈 구멍은 없어요!"

1층에 도착해서 건물 밖으로 나가기 전에 칼은 잠시 숨을 돌려야 했다.

"2부 시작."

샤샤가 너무 작게 속삭여서 칼은 듣지 못했다.

샤샤 아버지가 자신이 직접 개조한 보행 보조기 옆에 서 있었다. 커다란 지도책처럼 제법 큰 책도 들어갈 수 있는 바구니를 달아 놓았고, 도시의 낡은 도로 위를 다니는 것도 편하도록 바퀴도 스프링이 달린 더 큰 것으로 바꿔 달았다.

"색은 제가 골랐어요. 모두가 할아버지를 볼 수 있게 말이에요!"

아주 눈부신 형광 노란색이었다. 어둠 속에서도 빛날 것처럼 보였다.

"한번 시험해 보세요. 높이는 제가 조절해 드릴게요."

샤샤 아버지가 몇 번 손을 보니 모든 것이 잘 맞춰졌고, 칼은 보행 보조기를 몇 미터 앞으로 밀어 보았다.

"참 편리한 물건이긴 한데, 책방에서 절 해고했습니다."

"우리도 알아요. 모두 절 따라오세요. 3부 시작이에요! 서둘러 주세요."

칼이 책 카트로 전보다 더 빨리 다닐 수 있게 돼서 정말 다행이었다. 샤샤는 대성당 광장에서 프라우엔길로 꺾어 들어가 모세스 헌책방 앞에서 멈추었다. 그곳에는 파우스트 박사가 기다리고 있었다.

"콜호프 씨, 안녕하세요. 참으로 반갑구려!"

"이게 다 뭔지 알려 주실 수 있나요? 아무도 얘기를 안 해 주네요."

파우스트 박사가 샤샤를 바라보고 샤샤는 고개를 끄덕이며 박사에게 신호를 주었다.

"처음에는 제 노력이 이 젊은 동행자분이 생각한 것만큼 큰 효과를 거두진 못했습니다. 제가 달변으로 피력했음에도 불구하고 그루버 씨가 콜호프 씨를 다시 채용하는 걸 거부하셨어요. 낡은 전통은 다시 들일 수가 없다고 하면서요. 그런데 그 '낡은 전통'이란 말이 저한테 영감을 주는 것 아니겠습니까? 제가 콜호프 씨와 책 배달 서비스를 알기 전에는 가끔 여기 모세스 헌책방에서 책을 구하곤 했는데 이 서점에서 해주는 책 추천은, 적어도 사장님의 조언은 언급할 가치도 없을 정도였습니다. 몇 권 추천해 주시긴 했지만 전부 별로였어요. 그래서 말인데요, 이곳에서 콜호프 씨를 아주 필요로 할 것 같아요. 나머지는 여기 사장님이 직접 말씀드릴 거예요."

헌책방의 문에는 종이 달려 있지 않았고, 문에서는 끽 소리가 났다.

한스 비톤은 발판 사다리 위에 서서 책장 곳곳을 장식하고 있는 진공관 라디오 가운데 하나를 먼지떨이로 털고 있었다. 예전에 자신의 낡은 라디오를 창문 쪽에 장식으로 뒀더니, 고객들이 한스가 라디오를 모으는 줄 알고 자기 보물을 하나둘씩 가져와서 선물해 주고 갔다. 그때마다 한스는 모으는 게 아니라는 말을 차마 꺼내지 못했다.

"야 칼 자네, 드디어 왔군! 정말 굉장한 일이 벌어졌네, 그렇지?"

한스가 사다리에서 내려와 반가움에 칼에게 양손으로 악수를 청했다.

"전부터 자네랑 얘기를 하고 싶었는데, 늘 그 남자애 편으로 책을 보내더라고. 언제 한번 직접 오겠지 했는데. 근데 이제라도 왔으니 잘됐어. 박사님이 자네 사정도 얘기해 주고, 친절하게도 내가 팔고 있는 책 중에 내용이 많이 잘못되어 있는 역사책도 몇 권 알려 주셨어.”

칼이 보행 보조기의 브레이크를 걸었다.

“한스, 솔직히, 지금 나보고 여기서 뭘 하라는 건지 잘
모르겠네.”

“여기서 일을 하라고, 칼. 그거 아니면 뭐겠어? 마리아가
세상을 떠나고 자네 같은 사람이 필요하다는 건 자네도 잘 알
고 있지? 자네는 책을 많이 아니까 사람들에게 책을 권해 줄
수가 있잖아. 난 정리하고 먼지 떠는 거나 잘하지. 지금 가게
를 어찌저찌 간신히 운영은 하고 있는데, 사실 마리아가 가고
나서 손님이 점점 줄어들고 있거든.”

“마음은 고마운데, 그러면 내가 더 이상 책 산책가가 아
닌 게 될 텐데.”

“책 배달은 저녁때 하면 되지.”

“헌책을 누가 집으로 배달시켜. 헌책은 뒤져서 찾아내는
거지.”

재채기를 하는 소리가 들리더니 저쪽 통로에서 미스터
다아시가 걸어 나왔다.

“뭐가 많이 날아다니는 모양이에요” 하며 멋쩍은 듯 미
안함을 표시했다.

“이 많은 책 사이로 꽃가루가 제 코를 어떻게 이렇게 잘
찾아내는지, 아주 제대로예요. 에피가 좋은 약을 추천해 줬는

데도 그러네요. 아직은 꽃가루가 그 약을 겁내지를 않네요."

다아시가 아버지와 파우스트 박사와 함께 서 있는 샤샤에게 다가갔다.

"이 어린 숙녀가 좋은 아이디어를 냈더군요. 지금 보아하니 아주 많은 아이디어 가운데 하나인 것 같지만요. 칼, 제가 재정을 지원해 드리고 싶어요."

"재정을? 무슨 재정?"

칼이 도움을 청하듯 두리번거렸다. 바로 지금이 결정적인 순간이라고 샤샤는 생각했다. 칼이 '네'라고 해야만 계획이 완성되는 순간이기 때문이다. 이 한마디에 모든 것이 달려있었다.

"이제부터는 책을 살 여유가 없는 사람들에게 책 선물을 하시는 거예요. 그분들이 여기서 책을 신청하면 미스터… 아저씨가 계산을 해 주실 거예요."

그리고 샤샤는 실제로 어떻게 부르는지 아직 모르는 크리스티안 폰 호헨에쉬를 보며 말을 이어 갔다.

"수녀님은 지금 보도 자료를 준비하고 있어요. 최근 몇 년 동안 신문사들이랑 자주 연락을 해서 할 수 있다고 하셨어요. 그리고 롱스타킹 부인은 보도 자료를 검토해서 오타 같은 거를 찾아내 주기로 하셨구요. 이미 역할을 다 나눴어요. 할아버지가 '네'라고만 하시면 돼요. 정말 간단하죠."

칼은 자신이 늙고 약하게 느껴졌다. 모든 눈동자가 자신을 향하고 새 일을 할 힘이 있을 거라고 기대하고 있다는 사실이 그 느낌을 더 크게 만들었다.

"모두가 절 많이 생각해 주고 고생들이 많았습니다. 특히 샤샤 너. 그런데…"

"여기 오늘 배달해야 할 책들이 있어."

한스 비톤이 작은 책 더미 쪽으로 다가갔다.

"소중한 단골손님들을 위한 책이야. 책을 참 좋아하는데, 살 돈이 별로 없는 걸로 알고 있어."

"비톤 씨는 이 책들을 배달할 수 없대요."

샤샤가 단호하게 말했다.

"그럴 시간이 없으시거든요."

그리고 다른 사람들에게 도움을 청하는 눈빛을 보냈다. 사전에 칼을 설득시킬 이유들을 쪽지에 적어서 나눠 줬기 때문이다.

"게다가 이 헌책방의 책만큼이나 이 도시에 대한 지식 또한 결핍되어 있죠."

파우스트 박사가 보충했다.

"책 카트 높이도 안 맞아요. 고정을 해 놔서 이제는 높이를 더 조정할 수가 없거든요."

샤샤 아버지가 덧붙였다. 파우스트 박사가 또 다른 쪽지

하나를 해독했다.

"그리고 비톤 씨는 날이 어두워지면 도시를 배회하기 싫어한답니다."

"설마 이유가 더 필요하신 건가요?"

미스터 다아시가 물었다.

"이제 얼른 책을 배달해 주시죠. 아니면… 책들이 시들어 버려요."

그리고 회심의 미소를 지었다. 칼은 기대에 찬 얼굴들을 바라보았다. 셰익스피어가 어디선가 얘기했듯 인생이 실제로 연극일 뿐이라면, 자기 관객들이 지금 앙코르를 원하는 모양이었다. 그리고 예의 있는 배우라면 앙코르를 거절하지 않는 법이었다.

칼은 책 카트를 천천히 책 더미 쪽으로 밀었다. 운전이 아직 완전히 익숙하지는 않았다. 그런 다음 책을 제대로 포장하기 위해 포장지, 가위와 테이프를 건네받았다. 그리고 포장이 끝난 후에는 한스 비톤에게 고객 정보를 받고 책 카트를 밖으로 밀고 나갔다. 모두가 칼과 함께 걸었다. 가는 길에 에피, 헤라클레스, 책 읽어 주는 남자와 롱스타킹 부인도 합류를 했다.

멍멍이도 나타나 모두의 주위를 돌며 짖어 댔다. 양치기의 보더콜리처럼. 드디어 자신의 소명을 찾은 듯했다.

"이 고양이 이제 박사님네 집에 사나요?"

칼이 옆에서 걷고 있는 파우스트 박사에게 물었다.

"올 때마다 며칠씩만 지내다 가더군요. 더 오래는 머물질 않네요. 하지만 계속 찾아오기는 합니다. 아마도 맛있는 간식 때문이겠지만."

"아닙니다. 그런 척만 하는 겁니다. 길고양이의 자존심이 달린 문제라서요. 안 그러면 다른 고양이들이 뭐라고 하지 않겠습니까?"

다시 걸어서 좋았다. 도시를 신발 바닥으로 느끼고, 듣고, 냄새를 맡는 게 좋았다. 한 집 한 집 방문할 때마다 어깨의 짐이 조금씩 줄어드는 느낌은 조금 그립기는 했지만, 바구니에 담긴 책들을 보는 것도 기쁨이었다. 바구니에는 책 모서리가 상하지 않도록 미리 담요를 깔아 뒀다.

칼은 오랫동안 말을 아끼다가 샤샤 쪽으로 몸을 숙였다.

"준비를 참 잘했구나. 역시 레몬만 아니면 정말 잘하는데."

"아, 뭐예요!"

샤샤가 웃었다.

"아버지에게 『산적의 딸 로냐』를 주셨더라구요. 그건 똑똑했어요."

"그게 원래는 네 지몬에게 줄 책이었어. 지몬에게도 한 권 갖다주자.”

“제 지몬이라뇨!”

샤샤의 입이 뾰로통해졌다.

“그런데 그제 제가 체육 시간에 4급을 받아서 울고 있었
거든요. 그때 저한테 와서 절 툭 치더라구요. 근데 위로하는
것처럼 아주 상냥하게요.”

“거봐.”

“책은 할아버지가 갖다줘요. 혼자서요.”

“그러지 뭐. 난 혼자 가고, 넌 내 옆에서 혼자 가고.”

칼은 솔직히 이 작은 여자아이를 반박할 수 없었다. 작은
여자아이들은 무언가를 원하면 그걸 온 힘을 다해 원했다. 그
걸 감당하기에는 자신이 너무 늙었다.

“네 이름을 생각해 봤어.”

“드디어.”

“쉽진 않았어.”

“당연하죠. 제 이름이니까. 그리고 전 할아버지만큼이나
이상한 걸요. 아직 아홉 살밖에 안 됐는데. 아마도 나중에는
할아버지보다 더 이상해질 게 분명해요!”

칼은 샤샤가 흥분을 좀 가라앉힐 수 있도록 머리를 쓰다
듬어 주고 싶었지만, 그랬다간 중심을 잃을지도 몰랐다.

“처음에는 네가 『끝없는 이야기』의 바스티안 발타자르

북스 같다고 생각했어.”

“하지만 전 여자잖아요!”

샤샤가 항의했다.

“바스티안은 상상력도 아주 많고 힘도 넘치지. 하지만 본인은 모르지. 그래서 너한테 안 어울리는 이름이더라고. 넌 네가 어떤 힘을 가졌는지 정확히 알고 있거든.”

“엄청나죠.”

샤샤는 팔의 작은 근육을 당겨 보였다.

“그러고 나서 산적의 딸 로냐로 널 찾은 줄 알았어. 그런데 로냐는 숲에 사는 아이고, 넌 도시에 살잖아. 넌 펭귄 아이스크림이 필요하고 주변에 사람도 많이 있어야 하지. 너 같은 주인공이 있는 책이 없어.”

“근데 주인공 이름을 찾았다고 얘기했잖아요!”

“아니, 생각해 봤다고 얘기했지.”

샤샤가 돌 하나를 밟았다.

“근데 방금 해결책이 떠올랐어.”

“그걸 이제 와서 얘기한다구요?”

“좀 더 재미있게 이야기해 주고 싶었어.”

“아, 할아버지 정말 못됐어요! 바로 얘기하실 거예요, 아니면 제가 먼저 울어야 하는 거예요?”

“아니 더 우는 건 안 돼. 내가 얘기해 줄게. 내가 책 읽어 주는 남자처럼 책을 쓸 거야. 거기에 딱 너 같은 여자아이가 있을 거야. 이름은 샤샤라고 붙일 거고. 그러면 네 책 이름이 네 진짜 이름이 되는 거지."

"우리 이야기를 쓸 거예요?"

"좋은 책은 진짜 사람들의 이야기를 쓴 거란다."

"제 말은, 다아시 아저씨랑 에피 아줌마랑 다른 사람들도 다 나오냐구요."

샤샤는 말을 잠시 멈추고 윗입술을 깨물었다.

"우리 아빠도. 근데 착한 우리 아빠요. 다른 그 사람 말고요. 그 사람은 이제 없거든요."

칼이 고개를 끄덕였다.

"진짜 이야기가 아니고 생각해서 쓴 이야기처럼 쓸 거야. 미스터 다아시, 에피도, 다른 사람들도 지금까지 늘 나에게 있어 왔던 것처럼 소설 주인공이 되는 거지. 책이 닫히더라도 모두가 그 속에서 계속 사는 거지. 샤샤도."

"정말 멋진 거 같아요."

"나도. 아주 멋진 것 같아."

어두운 골목에 가까워지자 칼의 발걸음이 느려졌다. 골목이 전보다 더 어둡게 느껴졌다. 갑자기 어깨에 떨리는 손 하나를 느낄 수 있었다. 누구의 손인지 보려고 뒤돌아보았다. 샤샤 아버지의 손이었다. 다른 사람들의 손도 더해졌다.

칼이 심호흡을 했다.

"이제 매일 저녁 저랑 같이 다니셔야 합니다, 아셨죠?"

웃음소리가 울려 퍼졌다. 희망 가득한 기쁨의 서막이었다. 샤샤의 계획에는 칼이 매일 저녁 어른 한 명과 함께 다니는 것이 포함되어 있었다. 칼을 돌볼 수 있도록.

그리고 다 같이 책 산책가와 함께 어두운 길을 통과해 걸었다.

책은 올바른 길로 안내해 주는 누군가가 필요했기에.

감사의 말

지금까지 제게 책을 선물해 주신 모든 분들께 감사한 마음을 전하고 싶습니다. 책은 정말 멋진 선물입니다. 누군가 한테서 소중한 책 한 권을 선물 받으면 그 애정의 일부도 함께 전해지거든요. 엄청난 영향력이 있는 작은 마술과도 같죠.

바네사에게 감사합니다. 제게는 인생의 마술과도 같은 사람입니다. 제가 글을 쓰는 동안에도 제 곁을 지켜 주기 때문이죠. 모든 작가들의 배우자분들은 제가 무슨 말을 하는지 분명히 아실 거라 생각합니다.

제 멋진 아이들, 프레데릭과 샬롯테(한동안 자신을 샤샤라고 부르기도 했고, 저에게는 히로인 같은 존재랍니다)에게도 고맙습니다.

해리, 샐리와 율헨에게도 고마운 마음을 전합니다. 이 소설을 쓰는 동안 늘 함께해 주고, 제가 쓰다듬고 긁어 줄 때면 기분 좋게 그르렁대면서 제가 마음 편하게 계속 써도 된다고 말해 주곤 했죠.

제 책의 첫 독자들이자 소설이 출간되도록 첫 불씨를 지펴 준 랄프 크람프, 데니스 비톤과 게어트 헨 그리고 케어스틴 볼프에게 감사합니다. 늘 그렇듯 제 에이전트 라스 슐체-코삭에게 감사하며, 이 이야기를 쓰는 데에 완벽한 사운드트랙이 되어 준 어쿠스틱 기타 앨범 〈Speechless〉와 〈Crowing Ignites〉를 연주한 브루스 콕번에게는 이번에 처음으로 고마운 마음을 전해 봅니다. 제 편집자 클라리사 최판 박사, 편집 부장 안드레아 뮐러 박사, 발행인 펠리치타스 폰 로벤베르크와 피퍼 출판사 전 직원들에게도 감사합니다. 큰 염원이었던 이 소설을 쓸 수 있게 해 주셔서 정말 고맙습니다.